Das Marmorhaus

Andrea Schneeberger

Impressum:

3. Auflage September 2020

Copyright: © Andrea Schneeberger, andrea-schneeberger.ch

Tempus Logus Verlag Luzern, www.tempuslogus.ch

Lektorat: Daniela Höhne, verlorene-werke.de

Cover: Juliane Schneeweiss, juliane-schneeweiss.com

Gestaltung: Book Designs, bookdesigns.de

Herstellung und Verlag: BoD – Books on Demand, Norderstedt

ISBN: 9783750499744

Andrea Schneeberger

Das Marmorhaus

ROMAN

Tempus Logus Verlag

Für Monika und Michèle

Prolog

*D*er Marmor war so kalt wie die Seelen, die dieses Haus bewohnten. Jeder Schritt darauf erklang zu laut und hallte unnatürlich von den Wänden wider.

Nur sporadisch verdeckten teure Teppiche den weißen Stein. Die schweren Samtvorhänge aus rotem Brokatstoff mit goldenen Quasten sahen unberührt aus, geradeso, als wären sie eben erst aufgehängt worden. Selbst die Bücher, welche die Regale füllten, schienen unangetastet zu sein.

Doch das stimmte nicht.

Das Haus war über einhundert Jahre alt, und genauso lange hingen diese Vorhänge hier, genauso lange stand der Sessel, auf dem er saß, in diesem Raum. Eigentlich hätte das Leder abgewetzt aussehen sollen, doch das tat es nicht. Die Zeit war einfach stehen geblieben.

Oder etwa doch nicht?

Die Standuhr in der Ecke schwang ihr Pendel brav hin und her – sofern sie aufgezogen wurde –, und die Zeiger bewegten sich. Nur das einst vertraute Ticken war verstummt.

Im Kamin brannte ein Feuer, das niemals erlosch und keine Hitze ausstrahlte; selbst die Flammen waren mehr blau als gelborange. Auryn konnte sich an eine Zeit erinnern, als es eine andere Farbe hatte und Wärme verströmte. Das Feuer von damals knisterte, weil es an Holz knabberte; die blauen Flammen indes waren lautlos. Sie bewegten sich wie geschmeidige Tänzer auf den einzelnen Holzscheiten, die jedoch unbeschadet blieben. Kein Geruch von verbranntem Holz verbreitete sich.

Ebenso verhielt es sich mit den Blumen in den Vasen, die überall im Haus verteilt waren. Ihre Farben waren kräftig, aber der süße Duft, der ihnen Natürlichkeit verlieh, fehlte gänzlich.

Das Haus war bewohnt, aber nicht belebt.

Schritte näherten sich dem Bibliothekszimmer. Auryn kannte die Schritte aller im Haus Lebenden. Diese gehörten zu einer Person, die klein und leicht war.

»Guten Abend, Hanna«, begrüßte er die junge Frau.

Hanna trug ein einfaches braunes Kleid, darüber eine Schürze. Ihr Haar hatte sie zu einem strengen Knoten frisiert. Sie blickte ihn mit ihren smaragdgrünen Augen freundlich an. Auryn konnte sich erinnern, dass diese Augen früher eher trüb gewesen waren. Heute dagegen sahen sie aus wie polierte Edelsteine. Ihr Haar leuchtete rotgolden wie der Sonnenuntergang, während die Haut wie Elfenbein schimmerte. *Wenn sie spitze Ohren hätte und Flügel, würde sie wie eine Elfe aussehen, aber von einer Elfe ist sie weit entfernt*, korrigierte er sich selbst in Gedanken.

Hanna machte einen Knicks. »Bist du hungrig?«

Seit er mit ihr das Bett geteilt hatte, duzte sie ihn. Am Anfang nur, wenn sie alleine waren, doch mittlerweile kümmerte es sie nicht mehr, und sie duzte ihn auch vor seinen Eltern. Hätte er doch bloß seine Finger von ihr gelassen, wie seine Schwester Ava es ihm geraten hatte!

Auryn schüttelte den Kopf.

»Du hast bereits gestern nicht am Mahl teilgenommen …«

Er lachte leise auf. »Führst du Buch, Hanna?«

Ihre Wangen wurden nicht rot – konnten es nicht mehr werden. Sie senkte jedoch ihren Blick, was ihr Beschämen genauso gut widerspiegelte.

»Hast du denn schon gespeist?«, fragte er, als sie weiterhin schweigend ihre zierlichen Füße anstarrte.

Hanna nickte.

»Das ist gut«, murmelte er, und seine Gedanken schweiften in die Vergangenheit. Er erinnerte sich an den letzten großen Ball, den seine Eltern gegeben hatten, und an all die Köstlichkeiten, die aufgetischt worden waren. Saftiges Fleisch mit dicker Soße, knackiges Gemüse, dazu Kartoffeln mit Butter und Salz. Zum Nachtisch hatte es Früchte, Zitronenkuchen und Käse gegeben. Die Stimmung war ausgelassen gewesen, bis …

»Deine Mutter besteht darauf, dass du isst!« Hannas glockenhelle Stimme riss ihn aus seinen Gedanken. Er sah sie fragend an, weil er die Worte nicht verstanden hatte.

»Deine Mutter besteht darauf, dass du am Mahl teilnimmst«, wiederholte Hanna gedehnt.

»Ach.« Er winkte ab. Was seine Mutter wollte, interessierte ihn schon lange nicht mehr. »Sie soll sich zum Teufel scheren! Ich bin mir sicher, er wird sie herzlichst empfangen.«

Hanna schnappte entsetzt nach Luft und bekreuzigte sich hastig. Eine lächerliche Geste, wo Gott sie schon vor langer Zeit verlassen hatte – mit Recht!

»Sag so etwas nicht. Bitte komm zum Abendessen, oder …«

»Oder was?«, unterbrach er sie gereizt. »Ich verhungere? Sterbe?«

Hanna schwieg und sah ihn unverwandt an. In ihrem Blick lag Traurigkeit. Die Augen – das Tor zur Seele. Das musste wohl stimmen. Nie war ihm das Aufblitzen von Begehren entgangen, wenn sie ihn ansah. Mit einem Seufzer ließ er sich etwas tiefer in den Sessel sinken. »Ich wünschte, der Tod würde endlich kommen.«

Nun blinzelte Hanna heftig, um gegen aufsteigende Tränen anzukämpfen. »Du hast dich verändert«, stellte sie fest.

Resignation lag in seiner Stimme, als er sagte: »Du nicht.«

Hanna schüttelte den Kopf. Ihre Finger flochten sich unruhig ineinander, um sich kurz darauf wieder voneinander zu lösen und von Neuem zu beginnen.

»Warum wünschst du dir den Tod?«, stieß sie schließlich aus.

»Wir sind bereits tot, Hanna. Das Haus ist unser Grab, das Dach unser Grabstein.«

»Du bist verbittert.«

Er lachte freudlos auf.

»Du machst mir Angst«, sagte Hanna mit bebender Stimme.

Er sprang vom Sessel auf und packte sie am Handgelenk.

»Au!«

Er ignorierte ihren Aufruf und zog sie vor den Spiegel. »Schau dich an! Schau mich an!«, forderte er sie auf.

Trotzig blickte Hanna hinein.

»Was sieht du?« Er ließ ihr Handgelenk los.

»Jugend. Unvergängliche Jugend und Schönheit.« Hanna drehte sich ihm zu und legte ihre Hand auf seine Wange. Er entzog sich ihrer Berührung. Es hatte keinen Sinn. Sie verstand ihn nicht. Niemand verstand ihn.

1. Kapitel

*A*nne saß im Sand und ließ ihre Füße vom Wasser kitzeln. Die Wellen rollten sanft an den Strand, streichelten ihn mal zärtlich und mal fordernd – wie eine Geliebte. Es war noch kühl. Wärmer wurde es in Südengland erst, wenn der Sommer sich dem Ende zuneigte und die Strände sich langsam wieder leerten.

Hinter sich hörte sie die Stimmen von ihrem Dad, Tracy und Nick. Die drei bereiteten das Picknick vor, lachten und schwatzten. Anne fühlte sich wie das fünfte Rad am Wagen – wie eine Fremde, die sich einfach ohne deren Zustimmung an eine Familie hängte und nur geduldet wurde.

Zehn Jahre war es nun her, seit sich ihre Eltern hatten scheiden lassen. Damals war sie sieben gewesen. Ihre kleine Welt war zusammengebrochen wie ein Kartenhaus und lag nach wie vor unaufgeräumt auf dem Boden.

Auf ihren Oberschenkeln balancierte sie ihr Moleskine-Notizbuch. Mit jedem Wort, das sie niederschrieb, entfernte sie sich vom Strand und tauchte ab in eine andere Welt und vergaß dabei Kummer und Sorgen, bis eine helle Stimme rief: »Anne!«

Sie sah auf und blickte direkt in das Gesicht ihres kleinen Halbbruders, der, aufgeregt vor ihr auf und ab hüpfend, ihre Hand packte.

»Komm!« Er zog unerbittlich, bis sie aufstand und ihm zur Picknickdecke folgte, erst dort ließ er sie los. »Das Essen ist fertig.« Mit vor Stolz ausgestreckter Hand deutete er auf die Auslage von Häppchen und Getränken, als hätte er selbst alles eingekauft und zubereitet.

Anne lächelte, obwohl ihr bis eben nicht danach zumute war. Nicks strahlendes Gesicht konnte es mit der Sonne am Himmel aufnehmen. Seine braunen Augen funkelten.

»Sieht gut aus«, meinte sie ehrlich und verstaute das Notizbuch in ihrer Strandtasche.

Ihr Vater fuhr Nick durch das Haar. Eine liebevolle Geste, die Anne schmerzlich daran erinnerte, wie distanziert ihr eigenes Verhältnis zu ihm war. Sie ließ sich zwischen ihrer Stiefmutter und ihrem Dad auf der gemusterten Wolldecke nieder. Nick, der aus irgendeinem Grund einen Narren an ihr gefressen hatte, drängte sich dazwischen.

»Ich will neben meiner großen Schwester sitzen«, erklärte er mit seiner piepsigen Stimme und streckte die dürren Ärmchen aus, um sich Platz zu verschaffen. Mit einem Seufzer rückte seine Mutter zur Seite. Sie erfüllte ihm diesen Wunsch wie jeden anderen auch, dessen Erfüllung im Bereich ihrer Möglichkeiten lag.

Anne war sich sicher: Nach diesem Sommer würde mit der Einschulung Nicks behütetes Leben ein jähes Ende nehmen. Jungs wie er, die keiner Fliege etwas zuleide tun konnten, gleichzeitig aber verzogen waren, gehörten nicht zu den gern gesehenen Schulkameraden. Sie boten ein viel besseres Ziel für Häme, Spott und Schläge. Besonders, da Nick eine halbe Portion war und Tracy ihn bestimmt zur Schule fahren und ihn auch wieder abholen würde.

»Na, freust du dich auf die Schule?«, fragte Anne.

»Ja«, strahlte Nick.

»Er kann schon ein wenig lesen«, warf Tracy ein, ohne sich auch nur ein bisschen Mühe zu geben, den Anflug von Stolz in ihrer Stimme zu verbergen. In ihren braunen Augen schien Freundlichkeit zu liegen, wie stets, dennoch war Anne sich nie sicher, ob Tracy sie wirklich mochte oder ob sie nur so tat. Ihre Gesten und Äußerungen gingen nie über die Höflichkeiten, die man auch fremden Menschen entgegenbrachte, hinaus. Anne wusste, dass sie sich gegenüber der neuen Frau ihres Vaters nicht anders benahm, und wenn sie ehrlich war, wollte sie auch keine nähere Beziehung zu ihr. Nicht zu einer Frau, die den Platz ihrer Mutter an der Seite des Vaters übernommen hatte. Nicht zu einer Frau, die zehn Jahre jünger war als ihr Dad und gewissenlos eine Ehe zerstört hatte.

»Tee?«, fragte Tracy und riss Anne aus ihren Gedanken.

Sie nickte.

»Ich habe einen Schulranzen, ein Mäppchen und einen schönen Ordner für die Schule bekommen«, erzählte Nick begeistert. »Auf dem Tornister ist Spiderman.«

Anne lächelte dem Jungen zu. Es war nicht überraschend, dass jemand wie Nick ein begeisterter Fan von Peter Parker war. *Sobald er zum ersten Mal verdroschen wird, träumt er bestimmt davon, dass ihn eine radioaktive Spinne beißt,* ging es Anne durch den Kopf.

Tracy verteilte kleine Häppchen von getrockneten Tomaten, Aufschnitt, hart gekochten Eiern und selbst gebackenem Brot auf Papptellern an ihre Liebsten und ihre Stieftochter. Alles schmeckte hervorragend, und es fiel Anne schwer, die junge Frau zu hassen, die sich irgendwie bemühte, wenn auch auf eine steife Art.

»Bei dir beginnt nach den Sommerferien das letzte Schuljahr. Weißt du schon, an welcher Universität du dich bewerben wirst?«, erkundigte sich der Vater.

»An der Plymouth«, erwiderte Anne müßig. Vor zwei, drei Wochen hatte sie ihm bereits von ihren Zukunftsplänen erzählt, aber das hatte er – wie so oft – schon wieder vergessen. Sich darüber aufzuregen war vergeudete Energie. Sein Speicherchip im Gehirn war viel zu überladen mit Tracy, Nick und seinem Job als Ingenieur. Da gab es kein noch so kleines freies Megabyte für seine Tochter.

»Weißt du denn, was du später studieren willst?« Tracy tupfte sich vornehm den Mund mit einer Papierserviette ab und verriet dabei ihre Herkunft aus vermögendem Hause. Wohlbehütet aufgewachsen, auf eine Privatschule gegangen und mit einem Abschluss als Juristin in der Tasche war sie am Ende in derselben Firma gelandet wie Annes Dad.

»Ich möchte Englisch und Kreatives Schreiben studieren.«

»Anne will einmal Bücher schreiben«, plärrte Nick dazwischen.

Wenigstens einer kann sich an das erinnern, was ich sage, dachte Anne.

Der Vater murmelte: »Ah ja, richtig, die angehende Autorin. Ich dachte, das wäre inzwischen Schnee von gestern.«

»Ist es nicht!«, rief Anne, von ihren Emotionen überwältigt, heftiger als beabsichtigt aus. Sie stellte den Pappteller auf die Decke und bemühte sich, ihre Gefühle in den Griff zu bekommen. Beinahe gelang es ihr, aber dann fügte ihr Vater an: »Du weißt schon, dass ein Autor für jedes verkaufte Buch höchstens 10 Prozent bekommt? Das ist nicht besonders viel. Von der großen Konkurrenz ganz zu schweigen. Mittlerweile schreibt jeder Idiot, der das Alphabet beherrscht.«

Die Worte ihres Vaters waren wie ein Tritt in die Eingeweide. Schmerzvoll und tränentreibend.

»Das weiß ich alles«, zischte Anne und sprang auf. »Ich hatte nur gehofft, mein Dad würde mich nicht zu den vielen Idioten zählen.« Sie drehte sich auf dem Absatz um und stürmte davon.

»Anne, so habe ich das nicht gemeint«, rief der Vater hinter ihr her, ohne sich von seinem Platz zu rühren.

»Warte!«, rief Nick.

Anne warf einen Blick über die Schulter und sah, wie Tracy ihren Sohn zurückhielt und mit ihm sprach. Der Wind trug die Worte zu ihr: »Sie braucht etwas Ruhe. Du solltest sie nicht stören.«

Anne rannte weiter, steuerte erst das Meer an, als wolle sie in die Wellen springen, machte dann aber einen scharfen Bogen und lief dicht am Wasser entlang direkt auf eine Gruppe von Felsen zu.

Heiße, salzige Tränen benetzten ihre Wangen. Sie rannte weiter, obwohl ihre Sicht immer mehr und mehr verschwamm.

Dieses Arschloch. Er hat überhaupt keine Ahnung!

Anne erreichte die Felsformation, kletterte darauf, setzte sich auf die äußerste Spitze und ließ ihre Füße ins Wasser baumeln. Mit den Handrücken wischte sie die Tränen weg und zog mit einem lauten Geräusch den Schnodder hoch, der sich gerade aus der Nasenhöhle hangeln wollte.

Warum bin ich bloß mitgegangen? Wenn er mich nicht beleidigt, dann ignoriert er mich!

Und sie, bescheuert, wie sie war, erwiderte seine Anrufe und freute sich, wenn er sie fragte: »Hey. Lust, etwas zu unternehmen?«

Selbstverständlich nie mit ihr alleine. Immer hatte er Nick im Schlepptau oder Tracy oder beide.

Sie dachte an ihre Mum, die so ganz anders war als ihr Dad. Sie hatte immer ein offenes Ohr und nahm sich gerne Zeit. Anne erinnerte sich daran, als wäre es gestern gewesen, wie sie mit zwölf Jahren ihre erste Geschichte geschrieben hatte und sie stolz der Mutter präsentierte. Kate More hatte sich mit einer Tasse Tee in den Sessel sinken lassen und sie gelesen, während Anne sich aufs Sofa gesetzt und gespannt gewartet hatte. Schließlich hatte die Mutter das Heft gesenkt mit einem erfreuten Lächeln auf den Lippen und glänzenden Augen. »Toll, Anne. Das hast du wirklich gut gemacht. Ich freue mich schon auf deine nächste Geschichte.«

Annes Gedanken kehrten wieder in die Gegenwart zurück. Sie ermahnte sich selbst, auf die Meinung ihres Vaters zu pfeifen. Ihre Mutter glaubte an sie, und auch ihr Englischlehrer Mr McTaggart ermutigte sie. *Jetzt muss ich nur noch selbst an mich glauben.* Letzteres war jedoch der schwierigste Teil.

Anne atmete dreimal tief ein und aus. Als sie meinte, sich einigermaßen gesammelt zu haben, wollte sie aufstehen, doch ein

Glitzern im Wasser erweckte ihre Aufmerksamkeit. Neugierig lehnte sie sich vor. Vermutlich eine Glasscherbe. Sie beugte sich noch ein Stück weiter nach vorne und runzelte die Stirn. Nein, das war keine Glasscherbe. Anne stieß sich vom Felsen ab und tauchte bis zu den Knien ins kühle Wasser ein. Das glänzende Etwas lag direkt vor ihren noch immer bloßen Füßen. Mit einer Hand stützte sie sich am Felsen ab, während sie die andere ins Wasser eintauchen ließ, um den vermeintlichen Schatz zu bergen. Ihre Finger schlossen sich um etwas Hartes, Ovales. Zu ihrer freudigen Überraschung war es tatsächlich ein Schatz! In ihrer Handfläche ruhte ein goldenes Amulett mit einem blutroten Stein in der Mitte, der die Größe eines Aprikosenkerns hatte. *Ein Rubin*, schoss es Anne durch den Kopf. Oder zumindest ein Stein, der so aussah. Die Fassung lag schwer und teuer in ihrer Hand wie echtes Gold.

Sie kletterte zurück auf den Felsen, um ihren Fund genauer zu inspizieren. Der Stein war in der Form eines Tropfens geschliffen. Anne drehte das Amulett um. Sie war etwas enttäuscht, als sie auf der Rückseite keine Inschrift fand. Sie hatte insgeheim auf eine Liebeserklärung gehofft, die sie zu einer Geschichte inspirierte. Aber trotz fehlender Gravur haftete der Kette etwas Geheimnisvolles an, und der Fundort trug sicherlich das seine dazu bei. Schließlich konnte das Schmuckstück von überall herkommen. Ohne zu zögern, legte Anne sich die Kette um den Hals. Kühl vom Wasser schmiegte sich das Schmuckstück an ihre Haut und schien Ruhe zu verströmen.

Sie lächelte. Etwas Gutes hatte dieser Tag doch noch hervorgebracht – eine wunderschöne Kette, die ihr passte wie angegossen.

Anne war heilfroh, als ihr Vater den BMW vor das Haus ihrer Mutter lenkte. Die Verabschiedung fiel unterkühlt und knapp aus. Keine Küsse, keine Umarmung, aber das hatte es nie zwischen ihnen gegeben. Es wäre auch seltsam, jetzt damit anzufangen.

Anne drehte sich kurz noch einmal um und winkte, ehe sie die Haustür öffnete. Mehr höflichkeitshalber denn aus sentimentalen Gründen wegen des Abschieds. Als sie in den vertrauten Flur trat, strömte ihr würziger Essensgeruch entgegen. Rasch streifte sie sich die Sandaletten ab. Ihr Magen knurrte bereits.

»Anne?«, rief ihre Mutter.

»Hier«, erwiderte sie und ging in die Küche.

Kate More stand, in einem Topf rührend, am Herd. Sie warf einen Blick über die Schulter und verkündete lächelnd: »Es gibt dein Lieblingsessen.«

»Spaghetti!«, freute sich Anne.

Das Lächeln ihrer Mutter wurde breiter. »Wie war der Tag mit deinem Vater?«

Anne ließ sich mit einem Seufzer an dem bereits gedeckten Tisch nieder. »Ganz nett.«

»Das klingt aber nicht gerade begeistert«, stellte die Mutter fest. Sie zuckte mit den Schultern.

»Habt ihr euch gestritten?«, hakte Kate nach und schaufelte Spaghetti auf Annes Teller.

Die schüttelte den Kopf, zuckte erneut mit den Schultern. »Nicht wirklich.« Zögerlich kamen die Worte über ihre Lippen. Ihre Mutter sah sie ernst an, ohne dabei aufdringlich oder gar fordernd zu wirken. Schließlich erzählte Anne ihr, was sich ereignet hatte. Kate brachte es fertig, sich selbst Essen auf den Teller zu schöpfen und trotzdem aufmerksam zuzuhören. Das hätte ihr Dad nicht gekonnt. Der war ja nicht mal in der Lage, richtig zuzuhören, wenn er nur dasaß und nichts tat.

»Nimm dir seine Worte nicht so sehr zu Herzen. Er weiß es nicht besser. Außerdem wird es immer wieder Menschen in deinem Leben geben, die an dir zweifeln. Das spielt aber keine Rolle! Alles, was zählt, ist, dass *du* an dich glaubst.«

Anne blies die Backen auf und ließ langsam die Luft daraus entweichen. Sie dachte an die Manuskripte in ihrer Schublade, die alle Absagen von Verlagen kassiert hatten. »Das ist einfacher gesagt als getan.«

»Ich weiß.« Kate tätschelte die Wange ihrer Tochter, ehe sie sich ebenfalls an den Tisch setzte. Statt zu essen, stocherte sie jedoch nur in ihren Spaghetti herum.

»Geht es dir nicht gut?«, fragte Anne besorgt.

Ihre Mutter winkte ab. »Ach, ich habe wohl zu viel zu Mittag gegessen, und müde bin ich auch schon wieder.«

»Vielleicht hast du einen Eisenmangel«, überlegte Anne.

Kate nickte. »Das hab ich mir auch gedacht und deshalb Tabletten gekauft.«

Anne aß weiter, und ihre Mutter schob sich dann doch noch zwei, drei Gabeln in den Mund, ehe sie das Besteck auf dem Teller ablegte.

Plötzlich fiel Anne die Kette wieder ein. »Schau mal, was ich gefunden habe.« Sie zog sie unter dem T-Shirt hervor.

»Was für ein schönes Schmuckstück!«, rief ihre Mutter entzückt.

»Hat im Meer gelegen.«

Kate beugte sich neugierig vor. »Sieht sehr wertvoll aus.«

Anne öffnete den Verschluss, um die Kette ihrer Mutter zu geben. »Was glaubst du, ist sie echt?«

Kate betrachtete das Amulett eingehend und fuhr mit den Fingerspitzen erst über den roten Stein, dann über die goldene Einfassung. »Könnte sein. Du solltest die Kette zum Fundbüro bringen. Bestimmt vermisst sie jemand.« Sie streckte ihrer Tochter das Schmuckstück hin.

Anne schloss sofort ihre Hände darum. »Mum, sie lag im Meer, die kann weiß der Teufel woher kommen.«

»Genauso gut könnte sie aber jemandem aus Newquay gehören.«

Kate sah ihre Tochter eindringlich an. »Du wärst doch auch froh, dein Eigentum wieder zurückzubekommen, wenn du es verlierst.«

Betroffen presste Anne ihre Lippen aufeinander und senkte den Blick auf das Schmuckstück in ihren Händen. »Ja, schon«, räumte sie zögerlich ein, »aber was ist, wenn die Kette wirklich angeschwemmt worden ist und sich niemand im Fundbüro danach erkundigt?«

»Wenn sie sehr lange dort liegen bleibt, wird sie versteigert«, erwiderte Kate.

»Das wäre schade«, murmelte Anne.

»Schade wäre auch, wenn die Besitzerin verzweifelt danach sucht und sie nicht findet, weil du sie behalten willst«, sagte Kate lächelnd.

Anne seufzte. »Na schön, ich bringe sie morgen nach der Arbeit zum Fundbüro.«

Kate lächelte. »Du tust das Richtige.«

Anne nickte, obwohl es sich falsch anfühlte. Warum genau, das konnte sie sich selbst nicht erklären. Vielleicht, weil ihr die Kette so gut gefiel. Möglicherweise aber auch, weil es sich anfühlte, als würde sie schon lange ihr gehören? Sie entschied, morgen einen Anflug von Vergesslichkeit zu haben und »*Huch, das Fundbüro, daran hab ich ja gar nicht mehr gedacht*« als Ausrede vorzubringen, wenn ihre Mutter nachfragen würde.

Nach dem Essen ging sie auf ihr Zimmer, zog sich aus und stellte sich in Unterwäsche vor den Spiegel an ihrer Schranktür. Die Kette lag nach wie vor perfekt in der Mulde zwischen ihren Schlüsselbeinen. Annes Fantasie ließ in ihrem Kopf Bilder von sich selbst entstehen, wie sie die Kette um den Hals trug und in ein langes wallendes Kleid gekleidet war. Ihr dunkles Haar würde nicht gerade, sondern in weichen Wellen über ihre Schultern fallen. Ihre grünen Augen wären stahlblau und umrahmt von einem dichten Kranz langer Wimpern. Das Spiegelbild von ihr begann zu verschwimmen, dafür spielte sich ein Film in ihrem Kopf ab über eine herzzerreißende Liebesgeschichte mit ihr in der Hauptrolle. Das Mädchen, das in den falschen Jungen verliebt war: Brandon McKnight, ein verwegener, blondhaariger Jüngling, der sich über alle Regeln hinwegsetzte, um mit der Frau seines Herzens zusammen sein zu können.

Anne blinzelte und schüttelte den Kopf, um sich wieder in die Realität zurückzubringen. Die Geschichte war, wie ihre Freundin Abbey sagen würde, abgedroschen und kitschig. Aber für Anne war es das Aufglimmen eines Hoffnungsfunkens, dass Brandon seine Augen auf sie richten und mehr in ihr sehen würde als das Mädchen, das früher mit ihren Eltern zu Besuch gekommen war.

Anne drehte dem Spiegel den Rücken zu und ging ins Badezimmer, um sich den Sand vom Körper zu duschen. Es war immer wieder erstaunlich, wie viele Sandkörner sich klammheimlich an die Haut hefteten und sich nach Hause transportieren ließen. Etwas später saß sie in ihrem Bett und las. Die Geschichte war so spannend, dass sie nicht bemerkte, wie die Zeiger des Weckers auf halb elf geklettert waren. Erst das Klopfen riss sie aus der erschaffenen Welt des Autors.

»Ja?«

Die Tür öffnete sich, und ihre Mutter streckte den Kopf rein. »Mach nicht mehr zu lange. Du hast morgen deinen ersten Arbeitstag.«

Anne gähnte. »Keine Sorge, ich werde jetzt schlafen.«

»Gute Nacht.« Die Mutter zog die Tür wieder zu.

Anne legte das Buch auf den Nachttisch und stellte den Wecker. Kaum hatte ihr Kopf das Kissen berührt, schlief sie auch schon ein.

Im Zimmer war es dunkel, bis auf die feinen Streifen Mondlicht, die durch die Jalousien drangen. Anne lag auf dem Rücken, die Hand im Schlaf um das Amulett geschlossen, das sie immer noch um den Hals trug. Morpheus hatte seine Hände nach ihr ausgestreckt und sie in die Welt der Träume gezogen. In dieser Traumwelt stand sie inmitten einer allumfassenden Leere vor einer großen Eichentür mit Beschlägen und einem goldenen Löwenkopf als Türklopfer. Es gab nur diese frei stehende Tür in der Dunkelheit. Von irgendwoher aus dem Nichts wurde sie von einem Scheinwerfer beleuchtet, vielleicht war es auch das Licht des Mondes, das auf sie fiel. Das eines sehr eigenartigen Mondes jedoch, denn wenn Anne sich nach der Lichtquelle umdrehte, musste sie schützend die Hände vor die Augen halten, um nicht zu erblinden.

Obwohl die Tür verlockend war, zögerte Anne zu klopfen oder sie gar aufzustoßen. Eine Stimme in ihrem Inneren wisperte. »Das ist ein Traum, hab keine Angst.« Trotzdem schlug Annes Herz schneller als gewöhnlich. Sie blickte an sich herunter und stellte fest, dass sie nur ihre Schlaf-Shorts und ein Tanktop trug.

Sie streckte die Hand nach dem Türklopfer aus. Ihre Finger schlossen sich um den goldenen Ring. Er war kalt. Unschlüssig sah sie sich nochmals um. Immer noch nichts, nur diese Tür und das grelle Licht. Sie ließ den Ring, der durch das Maul des Löwen gestoßen war, auf den goldenen Knopf fallen, der darunter lag. Drei Mal bewegte sie den Griff. Dumpf erklang das Geräusch des Aufschlagens. Nicht besonders laut. Sie zweifelte daran, dass jemand das Klopfen hörte, sofern es überhaupt jemanden hinter der Tür gab. Just als sie sich abwenden wollte, öffnete diese sich mit einem Knarzen. Ein langer Gang ohne sichtbares Ende kam dahinter zum Vorschein.

Eisige Kälte schlug Anne entgegen und ließ sie frösteln. Trotzdem wagte sie den Schritt über die Türschwelle, blieb aber einen Augenblick stehen, um den Gang genauer zu betrachten. Boden und Wände waren aus Marmor. Die Decke wies wunderschöne und aufwendige Stuckaturen auf. Durch das Weiß wirkte der Flur steril wie das Linoleum in einem Krankenhaus. Die Kälte des Bodens stach unangenehm an Annes nackten Füßen. Sie beschloss, weiterzugehen. Bereits nach wenigen Schritten klapperte sie mit den Zähnen. Kurz spielte sie mit dem Gedanken, einfach umzukehren, aber da erblickte sie einen Mantel, der an einem Kleiderhaken an der Wand aufgehängt war. Darunter stand ein Paar Stiefel. Anne eilte den Flur hinunter. Als Erstes stieg sie in die braunen Wildlederstiefel, die mit einem weichen Lammfell gefüttert waren. Freudig bewegte sie ihre Zehen im Schuh, die langsam wieder auftauten und – sehr zu ihrem Leid – dabei ein schmerzliches Pochen auslösten. Sie griff nach dem zinnoberroten Mantel, der mit goldenen Borten bestickt war und eine Kapuze hatte, die sie sich sofort über den Kopf zog. In dem Mantel fühlte sie sich wie Rotkäppchen. Anne hoffte nur, dass am Ende des Ganges nicht der böse Wolf auf sie warten würde. Trotzdem trieb Neugierde sie weiter.

Nach einer gefühlten Ewigkeit war noch immer kein Ende in Sicht. Nackter Marmor, soweit das Auge reichte. Keine Tür. Keine Treppe. Kein einziges Möbelstück. Anne blickte zurück und stellte dabei fest, dass der Gang in beiden Richtungen identisch aussah. Tränen stiegen in ihr hoch, drängten sich am Ausgang des Tränenkanals wie unartige Pendler an der Tür eines Zuges.

Sie blinzelte heftig und biss die Zähne aufeinander. Sie wollte nicht weinen. *Ich hätte nie durch diese Tür gehen dürfen*, dachte sie und ballte ihre Hände zu Fäusten. *Ich hätte einfach …* Anne hielt in dem Gedanken inne. *Ja genau, ich hätte einfach aufwachen sollen*, brachte sie ihn schließlich zu Ende. Ihre Hände öffneten sich.

»Wach auf, Anne«, flüsterte sie, dann noch einmal. Nichts geschah. Schließlich schrie sie aus voller Lunge: »Wach auf!« Ihre Stimme hallte von den Wänden wider und jagte ihr einen Schauer den Rücken hinunter. Angespannt wartete sie, doch dieser endlose

Gang schien ihren Worten zu trotzen wie Stadtmauern einem Angriff.

Resigniert setzte sie den Weg fort. Irgendwann musste doch das Ende kommen. Alles hatte ein Ende! »Aber nicht in Träumen«, wisperte sie. »In Träumen gelten andere Gesetze.«

Kraftlos sank Anne zu Boden. Tränen brachen hervor, wildes Wasser aus einem gebrochenen Damm. Sie weinte, bis die Tränen zu salzigen Straßen auf ihren Wangen trockneten. Ihre Nase war so verstopft, dass sie durch den Mund atmen musste. Kleine Wölkchen bildeten sich davor. Erschöpft und hoffnungslos schloss sie ihre Augen. Der Schlaf tastete mit seinen Händen sanft nach ihr und holte sie, ohne dass sie es bemerkte.

2. Kapitel

Ein schrilles Geräusch drang wie durch eine dicke Lage Watte zu ihr hindurch. Anne fühlte sich, als wäre ihre Seele gerade eben erst von einer langen Reise zurück in ihren Körper gekehrt. Beide, endlich wieder vereint, ließen den Motor *Hirn* rebooten. Die Watte verschwand, die Augenlider begannen zu flattern, und die Nerven leiteten die Bewegungsimpulse vom Gehirn zu den Gliedern.

Der Wecker! Annes Hand tastete danach, fand ihn und drückte den Ausschaltknopf. Erleichtert atmete sie auf und blinzelte. Die Sonnenstrahlen des Morgens schoben sich schüchtern durch die Jalousien.

»Anne«, rief Kate und klopfte an die Tür.

»Ich bin schon wach.« Langsam richtete Anne sich auf.

»Beeil dich, sonst hast du keine Zeit mehr zu frühstücken«, ermahnte Kate ihre Tochter.

»Ja, ja«, murmelte Anne und stellte die Füße auf den Boden. Ihre Zehen gruben sich in den weichen Teppich, der im Gegensatz zu dem Fußboden im Marmorhaus angenehm warm war.

Was für ein seltsamer und irgendwie schrecklicher Traum, dachte sie. Unbewusst wanderte ihre Hand zu der Kette an ihrem Hals. Das Amulett fühlte sich wärmer an als gestern.

Liegt wohl daran, weil ich es trage und es davor Tage oder gar Monate im kalten Wasser gelegen hat.

Fünfzehn Minuten später stand Anne unten in der Küche.

»Steht dir gut, das Shirt«, lächelte ihre Mutter, die bereits am Tisch saß und ein Toastbrot mit salziger Butter beschmierte.

Anne blickte an sich herunter. Sie trug das babyblaue T-Shirt des *Mystic Souvenir-Shops*, dessen Logo – eine auf einer Klippe stehende Ruine – auf der Brustseite prangte, darunter eine Muschel und der Schriftzug *Newquay*. Der Name des Shops war um das Logo herum in goldenen Lettern gestickt. Anne fand die Farbe des Shirts zu kindisch. Am liebsten hätte sie es ausgezogen, aber Adrian McKnight – Vater des anbetungswürdigen Brandon und neuerdings Annes Chef – bestand darauf, dass sie es trug. Die Kunden sollten sofort erkennen, wer im Laden arbeitete.

»Hast du schon etwas von Abbey gehört?«, erkundigte sich ihre Mutter.

Anne setzte sich an den Tisch und griff nach der Müsli-Schachtel. »Ja. Sie sind in San Francisco gelandet«, erwiderte sie. Abbey verbrachte den ganzen Sommer mit ihrer Familie an der Westküste der USA. Das war einer der Gründe gewesen, warum Anne sich für den Ferienjob im Souvenirgeschäft beworben hatte. Ein Sommer ohne die beste Freundin war ein langweiliger Sommer. Andere Freunde hatte Anne nicht. Dafür fiel es ihr zu schwer, neue Kontakte zu knüpfen oder gar zu vertiefen. Nur die Freundschaft mit Abbey, die hielt seit der ersten Klasse an, und das war Anne mehr wert als zehn andere Freunde. Bei Abbey wusste sie, dass sie sich auf sie verlassen konnte, und umgekehrt war es genauso.

Sie blickte von ihrer Müslischüssel auf. Ihre Mutter saß da und starrte den angebissenen Toast an, als könne er zum Leben erwachen und vom Teller hüpfen.

»Hast du immer noch keinen Hunger?«, fragte Anne.

»Nicht so richtig.« Kate nahm den Toast in die Hand, drehte und wendete ihn, nahm einen weiteren Bissen und ließ ihn schließlich wieder zurücksinken. »Meine Güte!«, rief sie auf. »Du musst los.«

Anne sah auf ihre Armbanduhr. Es war kurz vor halb neun. Der Laden öffnete erst um neun, aber Adrian verlangte, dass sie eine Viertelstunde vorher da war. Sie sprang vom Stuhl auf und wollte ihre Sachen abräumen, aber ihre Mutter meinte, sie würde das schon erledigen. Zum Zähneputzen reichte es nicht mehr. Anne nahm einen Kaugummi und eilte nach draußen zu ihrem Fahrrad.

Gerade noch rechtzeitig erreichte sie den *Mystic Souvenir-Shop*. Völlig außer Atem kettete sie hinter dem Laden ihr Fahrrad an die Regenrinne. Der Shop befand sich, wie es sich für so ein Geschäft gehörte, im Herzen des Zentrums, inmitten von Restaurants und anderen Läden.

Auf dem Bürgersteig blieb Anne einen Moment stehen und betrachtete den Shop, der mit den großen Schaufenstern und dem weißen Anstrich sehr einladend wirkte. Vor der Tür stand der obligate Kartenständer, und im Schaufenster lagen einige handgemachte Souvenirs, die den Touristen einen Hauch von Strand und Sonne nach Hause bringen und ihnen dabei helfen würden, in den Erinnerungen an den letzten Urlaub zu schwelgen.

Als Anne den Laden betrat, erklang das sanfte Bimmeln eines Glockenspiels, das über der Tür hing. Adrian, der hinter der Theke stand, blickte auf. Ein freundliches Lächeln zeigte sich auf seinem Gesicht und erinnerte Anne daran, warum er von vielen der *George Clooney von Newquay* genannt wurde. Allerdings hatte er blondes Haar, durch das sich die ersten grauen Strähnen zogen, was seiner Attraktivität jedoch in keiner Weise schadete. Für einen Engländer hatte er das ganze Jahr über eine unverschämte Bräune, was sicherlich an seiner Begeisterung für Outdoor-Sport lag.

»Guten Morgen, Anne.«

»Guten Morgen, Adrian.« Sie erwiderte sein Lächeln.

Früher, als ihre Eltern noch nicht geschieden waren, hatten die McKnights und die Mores sich öfter zu gemeinsamen Unternehmungen getroffen. Der Kontakt war abgebrochen, nachdem Helen McKnight eines Tages ihre Sachen gepackt, die Scheidung eingereicht und ihren Sohn beim Vater gelassen hatte. Kurz darauf trennten sich auch Annes Eltern. Danach hatte Anne längere Zeit gehofft, Adrian und ihre Mutter würden zusammenkommen und Brandon würde mit ihr unter einem Dach wohnen, wo er sich in sie verliebte. So wie in einem Groschenroman oder einer Soap.

»Bereit, die kaufwütigen Touristen zu bedienen?«, fragte Adrian grinsend.

»Allzeit bereit«, erwiderte Anne lächelnd.

»Sehr gut. Ich zeig dir kurz noch einmal, wie die Kasse zu bedienen ist«, sagte er und begann sofort mit seinen Ausführungen. Anne hörte geduldig zu, obwohl sie keine erneute Erklärung benötigt hätte. Im Gegensatz zu ihrer etwas zerstreuten, aber liebenswerten Freundin hatte sie ein Elefantengedächtnis, wie Abbey neckend zu sagen pflegte.

Nachdem Adrian ihr noch ein paar Testfragen gestellt hatte, war er zufrieden und stellte auf Small Talk um.

»Willst du immer noch Schriftstellerin werden?«, fragte er, als Anne ihm erzählte, sie wolle Englisch studieren.

Erstaunt blickte sie zu ihm auf.

»Brandon hat mir davon erzählt«, erklärte Adrian, dem ihre Verwunderung nicht entgangen war.

Brandon McKnight, der Prinz aus ihren Tagträumen, der sie in der Realität höchstens mit einem freundlichen Nicken beglückte, redete mit seinem Vater über sie. Diese Tatsache ließ ihren Puls beschleunigen.

»Bran hat sich noch keine Gedanken über seine berufliche Zukunft gemacht«, seufzte Adrian. »Außer Surfen scheint er nichts im Kopf zu haben.« Kaum hatte er die Worte ausgesprochen, erklang das Glockenspiel. Anne sah Richtung Tür. Augenblicklich setzte ihr Herzschlag aus, um kurz darauf im Galopp davonzujagen und das Blut im rauschenden Eiltempo durch ihre Ohren zu pumpen. *Wenn man vom Teufel spricht …*

Brandon McKnight himself betrat gemächlich und verdammt cool das Geschäft seines Vaters. Auf der Nase eine Sonnenbrille von Ray-Ban. Das blonde längere Haar zerzaust, als wäre er gerade aus dem Bett gekommen, aber auf eine gepflegt attraktive Weise. Unter dem Arm trug er sein Surfbrett.

Annes Blick wanderte von seinem kantigen Gesicht zu seinem breiten v-förmigen Oberkörper, der in einem hellblauen T-Shirt steckte. Das gleiche Shirt, das sie anhatte! Warum trug Brandon das gleiche Shirt? *Weil der Laden seinem Vater gehört, Dummerchen,* beantwortete sie sich selbst die Frage.

»Hi, Anne. Hi, Dad.«

»Du kommst zu spät!«, tadelte Adrian.

»Sorry, die Wellen waren einfach zu perfekt.« Obwohl Brandon zu seinem Vater sprach, blickte er Anne an. Sein Mund verzog sich zu einem unwiderstehlichen Lächeln. Anne fühlte sich wie Eiscreme, die an der Sonne schmolz.

Reiß dich zusammen! Denk daran, was Abbey immer sagt: Der Typ ist wie ein Schoko-Osterhase. Süßes Äußeres, innen hohl.

»Du setzt deine Prioritäten falsch«, schnaubte Adrian. »Los, stell das Brett nach hinten.«

»Sagt der Richtige«, meinte Brandon und verschwand in den Lagerraum.

Anne biss sich auf die Unterlippe. Da war wohl ein Konflikt am Laufen, der, wie es schien, mit dem Surfen zu tun hatte. Was ein wenig seltsam war, denn Anne wusste, dass Brandons Vater früher auch diesem Sport nachgegangen war und sogar von einer Profikarriere geträumt hatte.

»So Dad, du kannst abzischen. Anne und ich werden den Laden schmeißen.« Brandon klopfte seinem Vater auf die Schulter.

Panik keimte in Anne auf. Sie und Brandon ganz alleine! Ihr Herz entschied sich zu einem Sturzflug Richtung Boden, während sich die Knochen in den Beinen zu Gummi verwandelten. Anne stützte sich um Fassung ringend an der Theke ab. Ehe sie sichs versah, war Adrian verschwunden und Brandon stand neben ihr. Er nahm die Sonnenbrille ab, um sie an den Ausschnitt des Shirts zu hängen.

»Du weißt, wie der Laden hier läuft?«, fragte er.

Anne brachte nur ein Nicken zustande. Ihre Stimmbänder waren wie verklebt, und ihre Zunge schien das Gewicht eines Lastwagens zu haben.

»Gut«, grinste Brandon. »Ich verdrück mich mal nach hinten ins Büro. Wenn was ist, kannst du mich ja rufen.«

Entgeistert blickte Anne ihm hinterher. Als sie sich wieder einigermaßen beruhigt hatte, zog sie ihr Handy hervor und schrieb Abbey eine SMS: *Allein mit Brandon McKnight im Geschäft seines Vaters.*

Sehr zu Annes Erstaunen vergingen keine zwei Minuten, da antworte Abbey: *Atme tief durch. Bleib cool. Habt ihr euch schon unterhalten?*

Umgehend lieferte Anne einen kurzen Abriss der Ereignisse per Kurznachricht an ihre Freundin und fragte: *Ist bei euch nicht zwei Uhr morgens?*

Abbeys Reaktion folgte sogleich: *So ein Gockel! Du kennst doch meine schwache Blase und meine Handy-Sucht ;-)*

Anne schmunzelte. Das war eine typische Abbey-Antwort.

Das Glockenspiel über der Tür kündete die ersten Kunden des Tages an. Schnell steckte Anne das Mobiltelefon zurück in die Gesäßtasche ihrer Jeans. Mit einem freundlichen Lächeln ging sie auf das ältere Pärchen zu, das sich im Laden umsah.

»Kann ich Ihnen helfen?«, fragte sie. Geduldig zeigte sie den beiden verschiedene Holzschatullen, für die sich das Ehepaar interessierte. Ein kurzer Disput folgte zwischen Mann und Frau, schließlich einigten sich die beiden darauf, einfach von jeder Ausführung eine zu nehmen.

Anne steuerte mit den Schatullen in den Händen Richtung Kasse, wo Brandon stand und in einer Zeitschrift blätterte. Vermutlich war ihm das düstere Zimmer, das Adrian Büro nannte, zu trist. Es gab nur ein winziges vergittertes Fenster, das in den Hof zeigte und kaum Tageslicht in den Raum ließ. Die Wände waren zugestellt mit Kartons und Ordnern. Es gab einen großen Schreibtisch, der sehr aufgeräumt war, und zwei Stühle.

Brandon blickte genau in dem Moment auf, als Anne über ihre eigenen Füße stolperte – möglicherweise stolperte sie aber auch, weil er aufsah. Trotz Kästchen in den Händen schaffte sie es gerade noch so, das Gleichgewicht zu finden.

»Alles okay?«, fragte er.

Überhaupt nicht, nein! Ich hab mich gerade vor dir zum Deppen gemacht! Verärgert über sich selbst presste Anne die Lippen fest aufeinander und nickte. Mit rasendem Puls stellte sie sich neben Brandon an die Kasse. Wie durch ein Wunder schaffte sie es, ohne ein weiteres Missgeschick zu kassieren und die Schatullen zu verpacken.

Nachdem das Paar den Laden verlassen hatte, fragte Brandon: »Warum arbeitest du eigentlich hier?« Er lehnte sich lässig an die Theke, die vom Paddeln durchtrainierten Arme vor der Brust verschränkt. Das hellblaue T-Shirt passte perfekt zu seinen blaugrauen Augen, stellte Anne mit einem innerlichen Seufzer fest.

»Weil ich mein Taschengeld aufbessern will«, erwiderte sie.

»Aha.« Brandon wandte sich wieder seiner Zeitschrift zu.

Anne beugte sich sachte vor, um zu sehen, was er so eingehend studierte. »Und du arbeitest hier, um dir ein neues Brett zu kaufen?«, fragte sie.

Mit einem Lächeln sah Brandon auf. Ein Lächeln, das Anne nach Luft ringen ließ. »Gut kombiniert, Sherlock Holmes, aber ich will mir nicht nur dieses Brett hier kaufen«, er tippte mit dem Zeigefinger auf ein Surfbrett, »sondern mir auch eine Reise nach Hawaii verdienen.«

»Das ist bestimmt teuer«, meinte Anne.

Brandon nickte. »Verdammt teuer sogar.«

»Wann willst du nach Hawaii gehen?«

Er zuckte mit den Schultern. »Vielleicht nächstes Jahr, nach der Schule. Und wofür sparst du?«

Anne lächelte verlegen. So viel Aufmerksamkeit von Brandon war sie nicht gewohnt. »Ich möchte an einem Schreibkurs in London teilnehmen.«

Brandon winkte ab. »Ach, wofür willst du einen Schreibkurs machen? Du kannst doch schon gut schreiben.«

»Kann ich?«, stotterte Anne überrascht.

»Klar. Ich hab deine Kurzgeschichte in der Schülerzeitung gelesen. Die war klasse.«

Hitze flutete Annes Körper, und sie fühlte sich schwindelig, als hätte sie Alkohol getrunken, aber gerade nur so viel, dass sie in einen leicht schwebenden Zustand geriet. »Danke«, flüsterte sie heiser.

Sie sahen einander in die Augen. Annes Herz wummerte hart gegen ihre Brust, als wolle es hervorbrechen, um sich Brandon vor die Füße zu werfen.

Er lächelte verlegen. *Ja, tatsächlich verlegen*, stellte Anne erfreut fest. *Was für ein Moment!*

Der köstliche Augenblick wurde jedoch jäh unterbrochen vom Klang des Glockenspiels und einer zuckersüßen Stimme, die schmetterte: »Braaaaandon!«

Verwundert drehte Anne sich um. An der Tür stand Vicky Benett in weißen Shorts, die so unverschämt kurz waren, dass sie eigentlich mehr die Bezeichnung Slip verdient hätten. Anne presste säuerlich die Lippen aufeinander.

Mit klimpernden Wimpern und wiegenden Hüften kam Vicky näher.

»Ich dachte, ich bringe dir einen Kaffee vorbei«, säuselte sie und bewegte sich mit der Anmut einer Gazelle vorwärts.

Anne wünschte sich, Vicky würde über ihre Füße stolpern und mit dem Gesicht im Kaffee landen, den sie in zwei Pappbechern mit sich trug. Sehr zu ihrer Enttäuschung erreichte Vicky die Theke ohne Zwischenfall und stellte die Becher ab.

»Dein Lieblingskaffee«, sagte sie und tippte mit dem perfekt manikürten Zeigefinger auf einen der weißen Deckel.

Anne fragte sich, wie jemand seine Fingernägel stets in diesen makellosen Zustand brachte. Ihre eigenen Nägel waren meistens mit einem dunklen Rand geschmückt, dessen Herkunft sich ihr nicht erschloss. Außerdem rissen ihre Nägel bei jeder sich bietenden Gelegenheit ein, weshalb sie sie kurz trug.

»Danke.« Brandon wirkte etwas überrascht, zog aber den Becher näher zu sich heran.

»Wie lange musst du arbeiten?«, fragte Vicky.

Anne fühlt sich wie das fünfte Rad am Wagen. Ein sehr hässliches, unförmiges Rad. Neben dem blonden Mädchen mit den schönen blauen Augen kam sie sich vor wie die ausgewaschene Imitation eines weiblichen Menschen.

»Bis fünf.«

Brandons Antwort ließ Vickys kleinen Mund zucken. »Und ich dachte, wir könnten an den Strand gehen.« Sie lehnte sich so an die Theke, dass Brandon einen perfekten Blick in ihren Ausschnitt hatte.

Anne wurde das Ganze zu blöd. Sie verzog sich aufs Klo, um ihrer besten Freundin per SMS mitzuteilen, wie Vicky den schönen Moment zwischen ihr und Brandon ruiniert hatte.

Wenn er auf die Zicke hereinfällt, ist er ohnehin keinen Penny wert! Vergiss den Kerl doch endlich, lautete Abbeys ehrliche Antwort, die

Anne einen resignierten Seufzer entweichen ließ. Wenn das bloß so einfach wäre, wie ihre Freundin immer sagte. Brandon war wie ein Magnet, der sie anzog. Ein Teil von ihr glaubte fest daran, dass er kein Schokohase war, sondern ein Mensch, der gekonnt eine Fassade um sich aufgebaut hatte, hinter der sich der tiefgründige, einfühlsame Junge von damals versteckte. Der Junge, der das klägliche Mauzen einer Katze hörte und nicht aufgab, bis er sie gefunden und gerettet hatte.

Anne lächelte bei der Erinnerung. Der Kater hatte angefahren in einem Gebüsch gelegen. Ein schrecklicher Anblick, der ihr Übelkeit bescherte und sie in eine Art Schockstarre versetzt hatte.

»Lauf nach Hause und hol Hilfe. Ich bleibe bei der Katze«, hatte Brandon sie mit fester Stimme angewiesen und dabei wie ein Erwachsener geklungen. Der Kater wurde zum Tierarzt gebracht, danach von Brandon liebevoll aufgepäppelt und auf den Namen Harold getauft, weil er dasselbe rote Haar hatte wie sein Onkel Harold, der ewige Junggeselle und Weltenbummler.

Anne überlegte, wie es dem Kater und seinem menschlichen Namensvetter wohl ging, und sie nahm sich vor, Brandon nach beiden zu fragen. Sie steckte das Handy wieder in die Hosentasche und ging zurück nach vorne. Sehr zu ihrer Überraschung stand Brandon alleine an der Theke.

»Nanu, ist Vicky schon gegangen?«, fragte sie und versuchte, die Freude darüber zu verbergen.

Brandon drehte sich mit einem Lächeln zu ihr um. »Es war ihr zu langweilig hier.« Er verdrehte die Augen. »Magst du einen Schluck?« Er streckte ihr den Kaffeebecher hin.

Anne schüttelte den Kopf.

»Es ist ein White Mocca …«

Nun lächelte sie, denn das war auch ihr Lieblingskaffee. »Wenn das so ist, sage ich nicht nein.«

»Hab ich's doch geahnt«, zwinkerte Brandon.

Als Anne nach dem Becher griff, streiften ihre Finger die von Brandon. Ein angenehmer Schauer rieselte ihren Rücken hinunter und ließ ihren Puls in die Höhe schnellen.

Sie brauchte ihre ganze Konzentration, um den Becher nicht zitternd an ihre Lippen zu führen. Vorsichtig nahm sie einen Schluck vom Kaffee, nur einen kleinen, weil Brandons Blick auf ihr ruhte. Doch als sie die warme, klebrige Flüssigkeit schluckte, machte ihre Kehle ein so lautes Geräusch, dass sie am liebsten im Erdboden versunken wäre. Verstohlen sah sie zu Brandon. Der schien von dem hässlichen Schluckgeräusch nichts gehört zu haben. Seine Aufmerksamkeit galt wieder ganz und gar den Surfbrettern.

»Wie geht es eigentlich Harold, dem Kater?«, fragte sie zögerlich.

Brandon hielt den Blick gesenkt, als er mit belegter Stimme antwortete: »Er musste vor einem Monat eingeschläfert werden.«

Beschämt biss Anne sich auf die Unterlippe. »Das … das tut mir leid.«

Brandon sah auf. Schmerz lag in seinen Augen, den er mit einem reichlich verkrampften Lächeln verdecken wollte. »Er war ein alter, tauber Herr mit Nierenleiden.«

Einen Moment lang wusste Anne nicht, was sie darauf erwidern sollte. »Ich weiß noch, wie du ihn gefunden und dich um ihn gekümmert hast«, sagte sie schließlich.

»Du bist weiß geworden wie ein Laken.« Brandon straffte seine Schultern und lachte leise auf.

»Die Verletzung sah aber auch wirklich übel aus, doch Harold war ein echter Kämpfer, und mit dir an seiner Seite …« Sie sprach den Satz nicht zu Ende.

Wehmut lag in Brandons Stimme, als er sagte: »Ja, das war er wirklich, und ein treuer Freund.«

Die Frage nach dem Onkel verkniff sich Anne. Sie war der Meinung, in genügend Fettnäpfchen getreten zu sein für einen Tag.

Die Stunden im *Mystic Souvenir-Shop* vergingen wie im Flug. Die Touristen fanden ihren Weg mit leeren Händen hinein und gingen mit vollen hinaus. Anne und Brandon wirbelten zwischen Regalen und Kasse hin und her. Geduldig beantworteten sie Fragen zu den Produkten, aber auch zu Sehenswürdigkeiten der Umgebung.

Als Brandon um fünf Uhr den Schlüssel im Schloss herumdrehte, nachdem er das *Closed*-Schild aufgehängt hatte, fühlte sich Anne wie erschlagen, und ihr Magen knurrte.

»Gehst du nach Hause?« Brandons Frage verunsicherte sie ein wenig, weil sie nicht wusste, ob es sich dabei einfach um Small Talk handelte oder ob er vielleicht mit ihr etwas essen gehen wollte. Letzteres verwarf sie aber schnell. Warum sollte er auch plötzlich mit ihr zu Abend essen wollen?

»Ja«, antwortete sie brüsk. Die Verabschiedung fiel ähnlich knapp aus. Anne holte ihr Fahrrad und radelte davon.

»Na, wie war dein erster Arbeitstag?«, fragte Kate More, als ihre Tochter die Küche betrat.

»Gut«, antwortete Anne.

Der Tisch war bereits gedeckt, und eine Schüssel mit Salat stand in der Mitte. Dazu gab es Brot und Käse. Annes Magen knurrte so laut, dass es auch ihre Mutter hörte.

»Na komm, setz dich hin und greif zu«, lachte Kate. Ein Lachen, das nicht ganz so hell und klar war wie sonst. Sie hatte eine dunkle Färbung, die im Kontrast zur Farblosigkeit im Gesicht der Mutter stand.

»Ist dir nicht gut?«, fragte Anne besorgt.

»Ich fühle mich immer noch etwas schlapp«, winkte Kate ab. »Es dauert wohl noch ein paar Tage, bis die Tabletten wirken. Warst du auf dem Fundbüro?«

»Ich hatte keine Zeit«, erwiderte Anne.

Ihre Mutter sah sie fragend mit hochgezogener Augenbraue an.

»Wirklich«, bekräftigte Anne und fügte etwas gereizt hinzu: »Wenn du mir nicht glaubst, kannst du Brandon fragen!«

Beschwichtigend hob die Mutter die Hände in die Höhe. »Ich glaub dir ja.«

Schweigen senkte sich über die beiden. Anne legte kurz die Gabel ab, um nach dem Amulett zu tasten. Sie hatte den ganzen Tag nicht daran gedacht. Trotzdem war ihr Entschluss gefasst: Sie würde das Schmuckstück auf keinen Fall ins Fundbüro bringen! Wenn es sein musste, würde sie die Kette vor der Mutter verstecken.

Viel später am Abend, nach gemütlichem Fernsehen, lag Anne in ihrem Bett. Das Licht hatte sie gelöscht, die Augen bereits geschlossen. Ihre Erinnerungen warfen an die geschlossenen Lider das Porträt eines lächelnden Brandon. Der Anblick erwärmte ihr Herz, aber nur kurz, denn die Stimme der Vernunft, die sehr viel Ähnlichkeit mit der Stimme ihrer Freundin Abbey hatte, wies sie darauf hin, dass sie sich zu sehr von Brandons Äußerem beeinflussen ließ. Seit ihrem siebten Lebensjahr hatte sie keinen näheren Kontakt mehr zu ihm gehabt. Sie wusste eigentlich nichts über ihn. Ein nagendes, sehr hartnäckiges Gefühl behauptete jedoch: *Brandon hat viel mehr drauf, als er nach außen hin zeigt. Denk an heute, als du nach Harold gefragt hast, wie verletzlich er dabei gewirkt hat und wie sensibel.*

Anne drehte sich auf die Seite, zog die Decke noch etwas höher und schlief schließlich ein, als ihre gedanklichen Zwiegespräche verstummt waren.

Als die neongrün leuchtenden Zeiger auf Mitternacht kraxelten, träumte Anne erneut von dem endlosen Flur. Der Traum begann dort, wo er letzte Nacht aufgehört hatte, denn sie trug bereits Stiefel und Mantel. Für sie ein Novum in jeder Beziehung. Sie erinnerte sich nicht daran, überhaupt schon einmal einen Traum ein zweites

Mal geträumt zu haben, geschweige denn eine Fortsetzung. Besonders war auch die Tatsache, dass sie sich im Schlaf an all das erinnern konnte.

Sie warf einen Blick über die Schulter. Noch immer waren kein Anfang und kein Ende des Flurs zu erkennen. Resigniert steckte sie die Hände in die warmen Taschen des Mantels. Nach einer Weile des Weges, Annes Füße meldeten sich bereits vorwurfsvoll, blitzte etwas Goldenes vor ihr auf. Die Schmerzen waren vergessen. Neugierde trieb Anne wie ein Motor an. Doch als sie vor dem glänzenden Etwas stand, flutete sie Enttäuschung.

Ein Spiegel! Wenn auch ein außergewöhnlich schönes Exemplar. In den Goldrahmen waren Einhörner, Kleeblätter und Ornamente eingeschnitzt.

Zaghaft streckte sie ihre Hand aus, um den Rahmen zu berühren, der ungewöhnlich warm war. Verwundert runzelte sie die Stirn. Ihr Blick fiel auf die polierte Fläche des Spiegels, und sie stellte dabei fest, dass der rote Umhang ausgezeichnet zu ihrem dunkelbraunen Haar passte und ihre grünlichen Augen unterstrich. Allerdings entsprach dieses Bild nicht ganz der Realität. Eher glich es dem Porträt eines Künstlers, der ihre Merkmale vorteilhaft herausgestrichen hatte. So waren ihre Augen grüner und wiesen goldene Sprenkel auf. Das Braun ihres Haars war intensiver, die Nase schmaler, fast schon aristokratisch, während sich die Jochbeine schärfer unter der Haut abzeichneten. Selbst die Linien ihres Mundes waren voller und geschwungener.

Während Anne sich betrachtete, verblasste ihr eigenes Spiegelbild und ein neues erschien. Es zeigte das Gesicht eines jungen Mannes, der nur wenige Jahre älter wirkte als sie selbst. Sein langes schwarzes Haar hatte er im Nacken zusammengebunden. Einzelne Strähnen hatten sich daraus gelöst. Er blickte Anne direkt und offen mit einer Mischung aus Verwunderung und Freude an. Seine wohlgeformten Lippen öffneten sich zu stummen Worten. Als er jedoch bemerkte, dass Anne ihn nicht hörte, verdunkelten sich seine schönen, mit dunklen Wimpern umkränzten Augen zu einem Gewitterhimmel. Dann verblasste sein Gesicht. Anne sah wieder ihr eigenes Bild, allerdings ihr alltägliches, nicht die schöne Version von vorhin.

Sie wandte sich vom Spiegel ab, sah sich suchend nach rechts und links um, als erwarte sie, den jungen Mann aus dem Spiegel zu erblicken. Doch sie war alleine in dem endlosen Flur aus Marmor.

3. Kapitel

*A*uryn stand für seine tägliche Selbstinspektion vor dem Spiegel, in der verzweifelten Hoffnung, eine Veränderung an sich festzustellen. Er hielt Ausschau nach Falten und suchte in den dunklen Haaren nach grauen Strähnen. Doch weder das eine noch das andere ließ sich finden. Die Zeiger der Uhren im Haus bewegten sich vorwärts, doch sein Körper verharrte im Jahre 1908.

»Narr«, schimpfte Auryn sein Spiegelbild. »Wenn du so weitermachst, wirst du eines Tages den Verstand verlieren.«

Das Spiegelbild bot ihm schweigend die Stirn, dem Auryn stoisch standhielt, bis er seinen eigenen Anblick nicht mehr ertrug und sich mit einem resignierten Seufzer abwenden wollte, als ein Flackern ihn in der Bewegung innehalten ließ.

Das Gesicht eines Mädchens tauchte auf der polierten Fläche auf. Verwundernd blinzelnd starrte er sie an, während sein Herzschlag sich mit einer Heftigkeit beschleunigte, die ihm einen stechenden Schmerz in der Brust bescherte.

Das Mädchen war auf eine interessante Weise schön. Sie trug nicht diese makellose, geglättete Schönheit zur Schau, die seiner Mutter und seiner Schwester eigen war. In ihren grünen Augen leuchteten Hoffnung und Träume. Ihr weicher Mund erzählte ihm von unschuldiger Liebe. Diese Art von Liebe, über die er so gerne gespottet hatte.

Ihr Anblick erschien ihm wie ein Sonnenaufgang nach einer endlos langen Nacht. Endlich ein neues Gesicht! Doch als sein Blick auf das Amulett um ihren Hals fiel, verkrampfte sich sein Herz, und das Bild der jungen Frau verblasste wie eine Lichtspiegelung am fernen Horizont. Auryn rieb sich mit den Handballen die Augen und murmelte: »Ich bin bereits dabei, meinen Verstand zu verlieren.« Anders ließ sich nämlich das Erscheinen der jungen Frau nicht erklären. Kopfschüttelnd bewegte er sich vom Spiegel weg, während in seinem Kopf Bilder aufstiegen, die in seinem Mund einen schalen Geschmack hinterließen. Erinnerungen an jenen Tag, als seine Mutter das Amulett als Geschenk erhalten hatte. Auryn ließ sich rücklings auf sein Bett fallen und tauchte ein in die Vergangenheit.

Im Haus herrschte die typische angespannte Stimmung vor einem Ball. Der Zwang von Perfektion und Schönheit lag in der Luft wie schweres Parfum – was maßgeblich an seiner Mutter Eleonora lag. Wie ein wachsamer Teufel wanderte sie durchs Haus und bemerkte jeden Fehler, jede Nachlässigkeit des Personals. Obwohl sie eine zierliche Erscheinung war, konnte sie sehr energisch und laut werden.

Eleonora selbst hatte sich bereits perfekt zurechtgemacht. Das schwarze Haar war mit goldenen Spangen hochgesteckt, das Gesicht geschminkt. Nur das richtige Kleid trug sie noch nicht. Das tat sie nie. Eine Dame muss sich mindestens zwei bis drei Mal am Tag umziehen, so lautete ihre Devise.

Auryn zog es an solchen Tagen vor, die Flucht zu ergreifen und lange Ausritte zu unternehmen, die meistens mit einem ersten Schäferstündchen abgerundet wurden. Das zweite folgte im Verlauf eines Balls oder im Anschluss. An jenem schicksalhaften Tag, als er seinen Hengst in den Stall brachte, wartete Hanna in der Box. Sie hatte eine Decke um sich gewickelt, ihr Kleid lag im Stroh.

»Auryn«, flüsterte sie und ließ kokett die Decke etwas heruntergleiten, sodass eine Schulter entblößt wurde.

Ein Strahlen erhellte Auryns Gesicht. Endlich gab sie seinen Avancen nach. »Ich bringe Cabal in eine andere Box.«

Hannas süßer Schmollmund verzog sich zu einem Lächeln.

Ein Tag, dachte Auryn, *der alles verändert und verkompliziert hat.* Seine Schwester Ava hatte ihn immer davor gewarnt, mit Hanna anzubandeln, aber damals hatte er nicht geahnt, dass er die nächsten Jahrzehnte mit ihr in einem Haus festsitzen würde.

Als er in die Box zurückkehrte, ließ Hanna die Decke fallen.

Viel später war Auryn ins Haus zurückgekehrt. Im Haar noch Stroh, die Kleider nach Pferd und Mist riechend. In gut drei Stunden würden die Gäste eintreffen, bis dahin musste er gebadet und frisch angezogen sein oder seine Mutter würde einen hysterischen Anfall bekommen. Außerdem lag es auch in seinem Interesse, einen guten Eindruck zu machen, schließlich sollte Laura Adams an den Feierlichkeiten teilnehmen. Sie war die Tochter eines angesehenen Bankiers, ein hübsches junges Ding und der Inbegriff an Keuschheit. Auryns Erfahrung hatte ihn gelehrt, dass gerade in diesen Mädchen eine Leidenschaft schlummerte, die, einmal entfacht, alle Hemmungen fallen ließ. Er war zuversichtlich, dass er heute Abend diese Leidenschaft in Laura erwecken würde.

Damals war er ein junger Mann gewesen, der alles bekam, was er wollte, der sich nahm, wonach es ihn dürstete. Nie hatte er sich hingesetzt und darüber nachgedacht, welche Konsequenzen sein Handeln hatte. Nicht für ihn und schon gar nicht für die jungen Frauen, deren Unschuld er raubte und mit deren Gefühlen und Hoffnungen er spielte wie ein grausames Kind, das ein Kätzchen in den Fluss warf.

Die vergangenen Jahrzehnte waren ihm ein guter Lehrmeister gewesen. Wenn auch ein unbarmherziger, der ihm aufzeigte, dass er es verdient hatte, mit seiner Familie und den Bediensteten im Haus zu versauern.

Als er an jenem schicksalhaften Tag am Schlafzimmer seiner Eltern vorbeiging, hörte er seine Mutter weinen und seinen Vater leise auf sie einreden. Normalerweise gehörte Auryn nicht zu den Leuten, die an den Türen anderer lauschten, doch an diesem Tag blieb er stehen.

»Jeden Tag kommen mehr Falten dazu und nun auch noch zwei graue Haare«, klagte Eleonora.

»Liebste, das ist der Lauf der Zeit«, redete William Locke auf seine Frau mit Engelszungen ein. »Du siehst immer noch hinreißend aus. Heute Abend werden wieder alle Augen neidisch auf dich gerichtet sein, glaube mir. Jede Frau im Raum wird sich wünschen, so auszusehen wie du.«

»Glaubst du?«

Nie zuvor hatte Auryn seine Mutter so verletzlich erlebt. Normalerweise war sie wie der Marmor in diesem Haus: kalt und hart.

»Ich weiß es«, erwiderte William und küsste seine Frau.

Auryn hatte genug gehört. Er wollte von seinen Eltern nicht beim Lauschen erwischt werden. Außerdem hatte ihn das Gespräch peinlich berührt.

Der Ball war nicht nur musikalisch ein Erlebnis, sondern auch kulinarisch. Seine Mutter ließ sich niemals lumpen, was Wein und Speisen anbelangte. Zu sehr genoss sie den Moment, die Gäste mit exotischen Lebensmitteln zu überraschen. Und selbst Williams Brust schwoll an, wenn die Gäste zufrieden und beeindruckt waren.

An diesem Abend galt Auryns Aufmerksamkeit der jungen Laura. Er forderte sie zum Tanz auf, doch sie lehnte ab.

»Sie brechen mir das Herz«, sagte er.

»Jetzt wissen Sie, wie das ist«, konterte Laura mit einem süffisanten Lächeln, das in Auryn einen Funken entzündete. Den Funken, um jeden Preis zu erobern.

»Gnädigste, Sie sollten Ihre Ohren vor wilden Gerüchten verschließen. Tanzen Sie mit mir, lernen Sie mich kennen. Ich bin kein Schuft.«

»Da habe ich aber anderes vernommen«, beharrte die Tochter des Bankiers.

»Ich bin ein Romantiker mit einem rastlosen Herzen auf der Suche nach der einen Frau, die der Hafen für mein Herz ist. Das ist alles.« Mit jedem Wort, das seine Lippen verließ, wurden Lauras Gesichtszüge weicher. Schließlich willigte sie in den Tanz ein, und Auryn bekam die Gelegenheit, seinen Charme weiter spielen zu lassen. Der ihm jedoch beinahe einfror, als er Hannas wütenden Blick erhaschte. Sie verschoss wahre Giftpfeile in seine und Lauras Richtung.

Trotzig entschied er, Hanna für den Rest des Abends zu ignorieren. Es stand ihr nicht zu, Besitzansprüche auf ihn zu erheben. Wer war sie denn schon? Eine kleine Dienerin, die ganz hübsch anzusehen war, nicht mehr.

Laura wurde zunehmend zu Wachs in seinen Händen. Ein Umstand, den er nutzen wollte, also schlug er vor, nach draußen zu gehen. »Etwas frische Luft wird uns beiden gut bekommen«, sagte er, dachte aber an den Gartenpavillon. Doch gerade, als er Laura an der Hand aus dem Saal führen wollte, tauchte ein fremder Gast auf. Eine Frau von solch einer außergewöhnlichen Schönheit, dass er nicht anders konnte, als sie verwundert anzustarren. Laura und sämtlichen anderen Gästen im Saal schien es gleich zu ergehen. Die Gespräche verstummten, die Tanzpaare blieben stehen, und selbst die Musik setzte aus.

Eleonora zog misstrauisch die Augenbrauen zusammen, während William ganz unverfroren gaffte. Auryns Mutter fing sich aber schnell wieder und setzte ihr freundlichstes Lächeln auf, als sie der weißhaarigen Dame entgegenschwebte. William folgte ihr dicht auf den Fersen.

Auryn hätte eigentlich damals stutzig werden sollen, wie die Frau überhaupt ins Haus gelangt war. Die Diener an der Tür hatten klare Weisungen gehabt, niemanden durchzulassen, der nicht im Besitz einer Einladung war.

Die Frau, die nahe neben Auryn stand, war außergewöhnlich groß. Sie überragte seine Mutter um einen Kopf und war damit lediglich eine Handbreit kleiner als sein Vater, der ein Mann von äußerst stattlichem Wuchs war.

Die schmalen Lippen der Unbekannten verzogen sich zu einem Lächeln. »Mr Locke und Mrs Locke«, rief sie erfreut. Ihre Stimme war kräftig, ohne laut zu sein, sodass Auryn glaubte, sie sei womöglich eine berühmte Opernsängerin. Allerdings eine ungewöhnlich schmalgesichtige und dürre Sängerin.

»Und Sie sind?«, fragte Eleonora mit einem eingefrorenen Lächeln.

»Innogen Ashton.«

Was für ein Name, dachte Auryn und bewunderte gleichzeitig die großen lapislazuliblauen Augen. Augen wie zwei Spiegel zu einer unergründlichen Seele.

Innogen streckte, sich dabei verbeugend, seiner Mutter die Hand hin. Eine bleiche Hand mit schmalen Fingern und spitzen Nägeln.

Ein eisiger Schauer rieselte Auryn den Rücken hinunter. Die Bewunderung wich einem beunruhigenden Gefühl. Innerlich rief er seinen Eltern zu: »Haltet euch von ihr fern!« Doch er schwieg, und dafür hasste er sich heute noch.

»Ich kann mich nicht erinnern, Sie eingeladen zu haben«, sagte Eleonora so leise, dass es nur die Frau und die Umstehenden hören konnten. Schließlich sollte niemand von den anderen mitbekommen, dass sich ein ungebetener Gast ins Haus der Lockes geschlichen hatte.

»Oh, in gewisser Weise schon«, lächelte Innogen geheimnisvoll.

»Was soll das heißen?«, fragte William mit sonorer Stimme.

»Ihre werte Gattin hat nach mir gerufen.« Die Frau machte einen erneuten Knicks. Eine Geste frei von Demut und Unterwerfung – ein Possenspiel, nicht mehr und nicht weniger. Umso überraschender waren ihre nachfolgenden Worte: »Ich habe ein kleines

Gastgeschenk mitgebracht.« Aus der Tasche ihres rosafarbenen Mantels zog sie eine schlichte Schatulle aus Holz, die sie Eleonora hinstreckte.

»Das kann ich nicht annehmen«, meinte Auryns Mutter abwehrend.

»Ich bestehe darauf.« Innogen drückte ihr das Kästchen in die Hand. Unschlüssig starrte die Gastgeberin auf das unerwartete Geschenk.

»Öffnen Sie es«, forderte Innogen.

Zögerlich klappte Auryns Mutter den Deckel auf. Ihre Augen weiteten sich erstaunt. »Das ... das kann ich wirklich nicht annehmen«, stotterte sie heiser.

»Doch, Sie *können*«, lächelte Innogen. »Mrs Locke, Sie würden mich beleidigen, wenn Sie dieses Geschenk nicht entgegennehmen.«

Eleonora biss sich auf die Unterlippe und starrte den Inhalt des Kästchens an.

»Was wohl darin ist?«, hauchte Laura und reckte neugierig ihren Hals.

Auryn zuckte mit den Schultern. Er konnte genauso wenig sehen wie sie.

»Oh, Mutter, wie bezaubernd!«, rief Ava. Unverfroren, wie sie war, griff sie in das Kästchen hinein und zog eine Kette heraus. »Sie wird Ihnen ganz bestimmt wunderbar stehen.«

»Lassen Sie es sich anlegen, Mrs Locke«, bestärkte Innogen.

Ava reagierte sofort und legte ihrer Mutter das Schmuckstück um den Hals. »Es ist wie für Sie gemacht.«

»Ich brauche einen Spiegel«, rief Eleonora.

Sofort eilte Hanna davon, um das Geforderte zu bringen.

Begeisterung blitzte in Eleonoras Augen auf, als sie die Kette einen Augenblick später im Spiegel betrachtete. Eine Kostbarkeit in Gold, die ihren Geschmack traf. In der Mitte ein blutstropfenförmiger Rubin. »Wunderschön«, hauchte sie.

»Es ist ein ganz besonderes Schmuckstück«, sagte Innogen. »Eines, das einen Wunsch erfüllen kann.«

Eleonora lachte laut auf, und Innogen stimmte in das Lachen ein, als hätte sie einen Scherz gemacht.

»Herzlichen Dank«, sagte Eleonora schließlich. »Ich weiß nicht, womit ich das verdient habe.«

Ein süffisantes Lächeln verzog die schmalen Lippen Innogens. »Oh, Sie haben es wahrlich verdient, Mrs Locke.«

»Nennen Sie mich Eleonora«, winkte Auryns Mutter ab.

»Innogen.«

»Höchst erfreut. Treten Sie ein, feiern Sie mit uns«, forderte Eleonora die Besucherin auf. Innogen schüttelte bedauernd den Kopf. »Ich muss leider weiter.«

»Wie schade«, meinte Eleonora ehrlich und fügte schnell hinzu: »Besuchen Sie uns wieder, wenn Sie in der Nähe sind.«

»Das werde ich machen. Schon bald. Ich wünsche allen einen schönen Abend.« In einer fließenden Bewegung drehte Innogen sich um und verließ den Saal.

»Was für eine seltsame Person«, flüsterte Laura.

Auryn nickte gerade zustimmend, als Lauras Vater auftauchte. Besorgnis stand ihm ins Gesicht geschrieben. Mit offensichtlicher Mühe begrüßte er Auryn, um gleich darauf seine Tochter an der Hand zu nehmen mit den Worten: »Es ist schon spät, wir sollten nach Hause.«

Verdrießlich sah Auryn den beiden nach.

Ja, es war ein seltsamer Abend gewesen, und was später folgte, war erschreckend. Schnell schob Auryn die Erinnerung beiseite. Die Gegenwart zählte mehr. Die Gegenwart und dieses Mädchen im Spiegel mit dem Amulett. Sollte sie kein Geschöpf seiner Fantasie gewesen sein, so bot sich ihm vielleicht eine unverhoffte Möglichkeit, seinem jetzigen Dasein zu entrinnen.

4. Kapitel

*A*nne ging an diesem Abend früher ins Bett als sonst. Sie war müde und unglücklich. Müde von der Arbeit und unglücklich, weil Brandon heute nicht im Laden aufgekreuzt war. Er half an vier Tagen der Woche aus, unter anderem an Annes beiden freien Tagen, die von Woche zu Woche variierten, was zwar sinnvoll war, aber so gar nicht ihrem Wunsch entsprach.

»Die restlichen Tage verbringt er auf dem Surfbrett«, hatte Adrian missmutig erklärt.

Anne sah vor ihrem geistigen Auge, wie Vicky, nur im Bikini und kokett mit den Hüften schwingend, um Brandon herumscharwenzelte. Diese Vorstellung verursachte ihr Magenschmerzen. Hoffentlich ließ Brandon sich davon nicht bezirzen.

Mit einem traurigen Seufzer löschte sie das Licht. Sie zog sich die Decke bis zum Kinn und hoffte auf den Schlaf. Doch der ließ auf sich warten. Ihre Finger tasteten nach dem Amulett an ihrem Hals. Sie fuhr sanft über die glatte Oberfläche des Rubins. In ihrem Kopf tauchte plötzlich das Bild des jungen Mannes aus ihrem Traum auf. Saphirblaue Augen in einem bleichen Gesicht, dunkles Haar. Genau der Typ, der ein Mädchenherz nach dem anderen brach.

Kaum hatte Anne den Gedanken zu Ende gedacht, senkte sich eine köstliche Schwere über sie. Sanft wurde sie in die Welt des Schlafes gezogen.

Kälte ließ sie erwachen. Nein, erwachen war falsch, die Kälte läutete erneut den Traum von letzter und vorletzter Nacht ein. Wieder stand sie in dem Haus aus Marmor, direkt vor dem Spiegel. Trotz des roten Mantels und der Stiefel fröstelte sie. Ihr eigenes

Spiegelbild blickte ihr entgegen. Ein verschlafenes Gesicht, die Haare ein wenig zerzaust, als sei sie tatsächlich soeben aus ihrem Bett aufgestanden.

»Ist dieser Traum so etwas wie eine Serie, die sich jeden Abend fortsetzt?«, fragte sie ihr Spiegelbild. Dieses schwieg, die Lippen fest aufeinander gepresst, abwartend.

Schließlich zerfloss ihr eigenes Bild wie eine Pfütze aus Öl im Regen. Ein neues formte sich. Blaue Augen sahen sie an. Das ebenmäßige Gesicht des jungen Mannes nahm um die Augen Form an.

»Hören Sie mich?«, fragte er mit einer weichen und zugleich tiefen Stimme.

Anne war so überrumpelt, dass sie nur ein krächzendes »Ja« zustande brachte, was dem jungen Mann ein Lächeln entlockte.

»Wie ist Ihr Name, Gnädigste?«, fragt er weiter.

»Anne. Und du … äh … Sie?«

»Auryn.«

Leise flüsternd wiederholte Anne den Namen. Er klang melodiös und schön wie die Stimme seines Trägers.

»Wo sind Sie?« Auryn beugte sich blinzelnd vor. »Sie sind in unserem Haus«, beantworte er seine Frage selbst.

»In Ihrem Haus?«, echote Anne und sah sich nach allen Seiten um. Endloser Flur und kein Mensch weit und breit.

»Weißer Marmor, so weit das Auge reicht, nicht wahr?«, lachte Auryn. Es war ein bitteres Lachen.

»Ja, genau«, bestätigte Anne.

»Bleiben Sie, wo Sie sind, ich komme zu Ihnen«, rief er aufgeregt und verschwand.

Mit klopfendem Herzen wandte Anne sich vom Spiegel ab. Wie lange würde es wohl dauern, bis Auryn hier auftauchte? Der Flur war länger als der Eurotunnel! Dass hier tatsächlich jemand wohnen sollte, konnte sie kaum glauben. An einem Ort, der jedem Kühlschrank Konkurrenz machte.

Die Sekunden verstrichen, wurden zu Minuten. Auryn tauchte nicht auf. Ein hohles Gefühl breitete sich in Annes Bauch aus. Dasselbe Gefühl, das sie empfand, wenn ihr Vater sie enttäuschte.

»Anne!«, rief Auryn aufgeregt.

Ihr Puls schnellte in die Höhe. Sie sah sich hastig um. Dann fiel ihr Blick auf den Spiegel, wo Auryn erneut aufgetaucht war. In seinem Gesicht spiegelte sich die Enttäuschung wider, die sie in ihrem Inneren fühlte.

»Sie sind immer noch da, aber ich war doch unten im Flur«, stammelte Auryn. Sein dunkles Haar war zerzaust vom Rennen und hing ihm ins Gesicht. Mit seinen langen Fingern strich er es zurück hinters Ohr.

»Wo sonst? Dieser Gang ist endlos«, sagte Anne.

Auryn schüttelte entschieden den Kopf. »Das ist unmöglich. Nur drei, vier Meter nach dem Spiegel kommt die breite Treppe, die nach oben führt.«

»Nein, da gibt es keine Treppe«, versicherte sie ihm.

»Unmöglich. Der Flur ist in unserem Haus.« Auryn krauste nachdenklich die Stirn.

»Wie kannst du … ich meine, wie können Sie sich so sicher sein?«, fragte Anne. »Hinter mir sehen Sie einfach nur weißen Marmor.« Für Anne war es seltsam, jemanden zu siezen, der nur ein paar Jahre älter war als sie selbst, aber da er damit begonnen hatte, tat sie es ihm gleich.

»Der bis zur Decke reicht. Ich kenne dieses Haus auswendig. Selbst die Maserung im Marmor ist mir vertraut. Es klingt verrückt, ich weiß. Doch ich erkenne auch den Mantel, den Sie tragen. Er gehört meiner Schwester Ava.«

»Oh!« Verlegen sah Anne an sich herunter.

»Diese Angelegenheit ist höchst merkwürdig«, sinnierte Auryn.

Anne zuckte mit den Schultern. »Das haben Träume an sich.«

Überrascht schnellte Auryns rechte Augenbraue in die Höhe. »Was haben Träume damit zu tun?«

»Naja, das hier *ist* ein Traum.« Sie sprach jedes einzelne Wort langsam und betont aus.

Auryn runzelte die Stirn, schüttelte den Kopf und meinte: »Also, ich bin wach.«

»Klar, weil Sie ein Gespinst meiner Fantasie sind.«

Auryn brach in Gelächter aus. Erst fühlte Anne sich pikiert, dann begriff sie aber, dass es gar kein spöttisches Lachen war. Es lag eher etwas Angespanntes und Verzweifeltes darin.

»Ich wünschte, das hier wäre wirklich nur ein Traum«, sagte Auryn, als er sich wieder beruhigt hatte. »Nicht dass ich unsere frische Bekanntschaft missen möchte, doch ist es mein Leben, das für mich wie ein Albtraum ist.« Seine Augen verdunkelten sich wie ein im Sturm aufgewühlter Ozean. Sein Mund formte eine bekümmerte, unglückliche Linie, die Annes Herz Anteil nehmend zusammenzog.

»So schlimm?«, fragte sie leise.

Auryn nickte.

Betroffen starrte sie auf ihre Füße hinunter. Stille nistete sich zwischen den beiden ein. Sie zog den Mantel etwas enger um sich, und Auryn nestelte an seiner Weste.

»Du … Sie sind altmodisch gekleidet und sprechen gehoben«, stellte Anne fest.

Auryns Brauen hoben sich zu einem vorwurfsvollen stummen Ausruf in die Höhe. Zeitgleich zucken seine Mundwinkel nach oben. »Soso, altmodisch …«

Anne spürte, wie ihre Wangen rot wurden. »Ja, irgendwie schon. Das Siezen ist auch seltsam.«

»Irgendwie? Seltsam?«, hakte Auryn nach.

»Na ja, du gibst mir damit das Gefühl, hundert Jahre alt zu sein. Ist das eine Taschenuhr? Bist du dafür und für deine ganze Kleidung nicht zu jung?« Anne deutete auf die Kette an der Tasche der Brokatweste.

Auryn legte seine Hand darauf. »Ich weiß gar nicht, warum ich die noch bei mir trage.« Da er die Worte mehr zu sich selbst sagte, schwieg Anne geduldig.

»Ich bin nicht *zu jung*«, sagte Auryn schließlich. »Im Gegenteil. Sag mir, welches Jahr wird geschrieben?«

Anne nannte ihm das Jahr, worauf Auryn ein erstaunter Pfiff zwischen den Lippen entwich. »Ich hatte geahnt, dass viel Zeit vergangen ist, aber so viel …« Er schüttelte den Kopf.

»Was meinst du damit?«, fragte Anne neugierig nach.

»Ich sitze seit 1908 in diesem von Gott verfluchten Haus fest«, stieß Auryn eine geballte Ladung Bitterkeit aus.

Wie um seine Wut zu unterstreichen, ertönte ein unangenehm kreischendes Geräusch. Anne zuckte erschrocken zusammen. Sie blickte über die Schulter, konnte aber nicht ausmachen, woher das Geräusch kam.

»Was ist das?«, fragte sie und drehte sich wieder dem Spiegel zu. Doch statt Auryn sah sie nur ihr eigenes Abbild.

Das unangenehme Geräusch schrillte weiter, während sich Dunkelheit über Anne senkte. Es dauerte einen Augenblick, bis sie begriff, dass der nervtötende Ton von ihrem Wecker stammte, der sie beharrlich aus dem Traum zu wecken versuchte – am Ende mit Erfolg.

Sie schlug ihre Augen auf, richtete sich auf und schaltete ihn ab. Mit einem Seufzer ließ sie sich zurück auf die Matratze fallen. Sie brauchte einen Moment, um ihre Gedanken zu sortieren. Der Traum hatte sich in ihren Knochen festgesetzt. Bisher hatte noch nie jemand in einem Traum behauptet, real zu sein. Anne fuhr sich mit den Händen übers Gesicht, seufzte erneut und stand schließlich auf, weil ihre Mutter bereits nach ihr rief. Noch unter der Dusche haftete der Traum – und besonders Auryn – in ihrem Gedächtnis wie eine Erinnerung, die so echt war, als hätte sie ihn gestern in einem Pub kennengelernt. Während heißes Wasser auf ihren Körper prasselte, erinnerte sich jede Faser von ihr an die Kälte in dem Marmorhaus und an die glatte Oberfläche des Spiegels.

Erst als sie sich an den Tisch setzte und mit ihrer Mutter frühstückte, rückte die vergangene Nacht hinter all die anderen alltäglichen Dinge ihres Lebens.

5. Kapitel

»Anne?«, rief Auryn, doch als Antwort erhielt er nur ein erneutes Klopfen an der Tür. Wer auch immer davor stand, sollte sich zum Teufel scheren!

Frustriert drehte er sich vom Spiegel ab und setzte sich aufs Bett. Das Gesicht vergrub er in den Händen. Annes plötzliches Auftauchen hatte in ihm Hoffnung entfacht. Hoffnung darauf, diesem Haus zu entkommen, und wenn nicht das, so bot Anne ihm doch eine willkommene Abwechslung. Sie schien ein nettes Mädchen zu sein. Gänzlich anders als die illustre Gesellschaft, die er im Marmorhaus mit seiner Familie genoss.

Wieder erklang das Klopfen. Dieses Mal lauter und mit mehr Nachdruck. Noch ehe Auryn darauf reagieren konnte, stand seine Schwester Ava bereits im Zimmer.

»Hast du inzwischen deinen Verstand vollkommen verloren?«, herrschte sie ihn herausfordernd an. Ihre Augen waren blau wie Eis und die angehobenen Brauen darüber scharf gezeichnet wie die Klingen eines Messers. »Führst Selbstgespräche wie ein Schwachsinniger, rennst dann den Flur hinunter, als wäre der Leibhaftige hinter dir her, um wieder in dein Gemach zurückzukehren und weiter Selbstgespräche zu führen.«

Auryn schwieg. Doch seine Kiefer malmten. Er hatte keinen Augenblick darüber nachgedacht, dass jemand ihn hören könnte und welche Konsequenzen es haben würde.

»Wer ist Anne?«, hakte Ava weiter nach.

»Ich habe keine Ahnung, wovon du sprichst«, erwiderte Auryn eisig.

Seine Schwester setzte sich mit der Anmut einer Ballerina neben ihn aufs Bett. Wie eine Vertraute legte sie ihm ihren Arm um die Schulter. »Du hast vorhin eine *Anne* gerufen. Ich hab es klar und deutlich gehört.« Ihr Atem streifte seine Wangen. Auryn wand sich aus der Umarmung. Mit einem Ruck stand er auf. »Verschwinde!«

In Avas Augen sah er ein gefährliches Aufblitzen. So schnell würde sie nicht lockerlassen.

»Versteckst du ein Mädchen hier im Zimmer? Das erste Mal wäre es nicht.« Süffisant lächelnd stand sie auf, um unters Bett zu schauen. »Hier ist sie nicht«, stellte sie mit Enttäuschung fest und ging hinüber zum Kleiderschrank.

»Das kannst du dir sparen«, sagte Auryn mit ruhiger Stimme und lehnte sich an den Schreibtisch. »Hier ist niemand.«

Ava verschränkte ihre Arme vor der Brust. »Pass nur auf, dass deine kleine Magd dich nicht diesen Namen rufen hört. Sonst entflammt in ihrem Herzchen erneut die Eifersucht.«

Schön wie eine Venus und gefährlich wie eine Viper, dachte Auryn. Es würde ihn nicht wundern, wenn sie selbst Hanna davon berichten würde.

Ava stolzierte in einem geschmeidigen Gang zur Tür, warf einen Blick über die Schulter und winkte ihm mit einem Lächeln auf den Lippen zu. Ein Lächeln, das zu sagen schien: *Ich hab dir deine Worte nicht abgekauft und werde dir noch auf die Schliche kommen.* Theatralisch knallte sie hinter sich die Tür zu.

Wütend stieß Auryn sich vom Schreibtisch ab und wechselte hinüber ans Fenster. Mit einem beklommenen Gefühl in der Brust starrte er hinaus auf die vereiste Landschaft. Rasen, Bäume, selbst die geliebten Rosenhecken seiner Mutter waren eingefroren und leblos. Der Himmel darüber war blau, die Wolken unbewegliche, stetig verharrende Wattebäusche. Der Garten war so unwirklich wie sein eigenes Leben.

Mit verschränkten Armen lehnte sich Auryn an die Wand und fixierte das Weiß draußen. Er hätte nicht laut werden dürfen wie ein schuldiger Tölpel. Von nun an würde seine Schwester bestimmt ein Auge auf ihn haben. Und wenn Ava ihn gehört hatte, dann konnte genauso gut auch Hanna etwas mitbekommen haben. Oft huschte sie durch die Gänge, trug Kleidungsstücke umher, räumte im Auftrag seiner Mutter irgendetwas in die Schränke. In dieser Beziehung waren seine Eltern strikt, gemeinsames Schicksal hin oder her. Das Leben sollte geordnet weitergehen. Was bedeutete: Die Bediensteten hatten weiterhin zu dienen.

Manchmal schien Hanna aber einfach auch nur vor seiner Tür zu lauern. Sie nutzte jede Gelegenheit, um ihm zu begegnen. Immer hoffend, dass er sich besann und sie wieder in seine Arme zog und somit in sein Bett. Früher hatten diese kleinen Spielereien seine Wirkung auf ihn gehabt. Doch mittlerweile war er nicht mehr der Mann, der er einmal gewesen war. Hanna schien das jedoch nicht zu begreifen. Erst vor ein paar Tagen hatte sie einen neuen Anlauf genommen und scheu an seine Tür geklopft. Unter dem Vorwand, sein Bett neu beziehen zu müssen, war sie eingetreten. Er hatte sie eingelassen, was sie als Aufforderung sah, ihm um den Hals zu fallen. Er hatte sie von sich gestoßen, ein wenig zu heftig, das musste er selbst einräumen, worauf ein Streit zwischen ihnen entbrannt war, der erst ein Ende fand, als Auryn sie daran erinnerte, dass sie nur eine Bedienstete war. Die Worte trafen sie unvermittelt hart und trieben ihr die Tränen in die Augen.

Auryn war darauf nicht stolz. Er schüttelte den Kopf, als wollte er damit die Erinnerung abschütteln. Doch diese war nicht die schlechteste. Die schlimmste Erinnerung war jene, als Hanna ihn getötet hatte.

6. Kapitel

Als Anne den Laden betrat, stand Brandon an einem Regal, in der einen Hand ein Klemmbrett, in der anderen einen Kugelschreiber.

Am liebsten hätte sie sich einfach an ihm vorbeigeschlichen, aber das verräterische Glockenspiel über der Tür verriet ihr Eintreten. Brandon wandte sich um. Ein schiefes Grinsen verzog seinen hübschen Mund, und seine blauen Augen funkelten lebenslustig.

»Guten Morgen, Anne«, sagte er und drehte sich dann aber – sehr zu ihrer Erleichterung – wieder dem Regal zu.

»Hallo Brandon.« In ihren Ohren klang ihre Stimme wie eine knarrende Tür, die in rostigen Angeln hing.

Aus dem Lagerraum trat Adrian. Sein Gesicht erhellte sich, als er sie erblickte. Freundlich begrüßte er seine Angestellte: »Bereit, die Touristen wieder um den Finger zu wickeln?« Und an Brandon gewandt sagte er: »Anne geht gut mit der Kundschaft um.«

Anne spürte, wie ihre Wangen zu zwei glühenden Punkten wurden. Bestimmt sah es aus, als hätte sie zwei Ampeln im Gesicht montiert. Sie warf einen verstohlenen Blick in Brandons Richtung, aber der war damit beschäftigt, etwas zu zählen, und würdigte sie keines Blicks, und schon gar nicht reagierte er auf die Worte seines Vaters. Was Anne erleichterte und gleichzeitig enttäuschte. Letzteres wiederum ärgerte sie mehr, als ihr lieb war.

Glücklicherweise enterte in diesem Augenblick eine ganze Busladung Touristen das Geschäft, und Anne kam für den Rest des Morgens nicht mehr dazu, über Brandon oder über Auryn aus ihren Träumen nachzudenken.

Um halb zwölf warf Adrian einen Blick auf seine Uhr und schlug seinem Sohn und Anne vor, eine Mittagspause zu machen.

»Wo wollen wir essen gehen?«, fragte Brandon.

Anne drehte sich verdattert zu ihm um. Hatte er tatsächlich das Wort *wir* in den Mund genommen?

»Ich … keine Ahnung … also, ich dachte … also, ich hab …« Anne räusperte sich. »Ich wollte zu *Jerry's Fish 'n' Chips* gehen.« Sie stieß ihre Antwort mit einer Heftigkeit und Schnelligkeit aus, dass sie beinahe zu einem einzigen Wort fusionierten. Als die Worte draußen waren, schnappte sie nach Luft wie ein erstickender Fisch an Land.

»Einverstanden«, meinte Brandon und schritt zur Tür.

Anne spürte, wie sich ihre Beine automatisch in Bewegung setzten und Brandon auf die Straße folgten. Ihr Herz wummerte gegen ihre Brust, als wolle es sich einen Tunnel hinausgraben und Brandon direkt in die Hände fliegen. Unwillkürlich presste sie ihre Hände auf die Brust.

»Alles in Ordnung?«, fragte Brandon. Sorgenfalten zeichneten sich auf seiner hohen Stirn ab.

Sofort ließ Anne die Hände sinken. »Ja. Bestens.« Sie schob ihren Worten ein Lächeln nach, das sich grimassenhaft anfühlte.

Sie erreichten *Jerry's Fish 'n' Chips* und fanden einen Platz auf der Terrasse. Sofort kam eine Kellnerin und streckte ihnen die Karte hin. Auf einer Seite waren Menüs aufgelistet, auf der anderen die Getränke. Bei *Jerry's* gab es ausschließlich Fisch-Gerichte, dafür war das Restaurant bekannt und beliebt.

»Schreibst du gerade an einem Buch?«, fragte Brandon, nachdem die Kellnerin ihre Bestellung aufgenommen hatte.

»Ich schreibe immer«, antwortete Anne vage. Brandons Interesse an ihr verursachte in ihrem Kopf ein heilloses Durcheinander, und ihre Zunge wurde zu einem widerspenstigen Instrument, das die Worte nur träge und völlig unsexy über ihre Lippen brachte.

»Aha.«

Verlegen nestelte Anne an der Serviette herum, die vor ihr auf dem Tisch lag.

»Redest du nicht gerne übers Schreiben?«

Anne nickte erst, dann schüttelte sie den Kopf. »Ich bin es nicht gewohnt, dass sich jemand dafür interessiert«, erklärte sie und fügte hinzu: »Ich arbeite an einem neuen Manuskript. Das könnte ganz gut sein und vielleicht sogar von einem Verlag angenommen werden.«

Kaum hatte sie den Satz zu Ende gesprochen, biss sie sich auf die Unterlippe. Sie hatte das Gefühl, viel zu viel gesagt zu haben und gleichzeitig prahlerisch zu wirken. Deshalb ergänzte sie: »Ich habe noch andere Geschichten, aber die sind nicht so besonders, deswegen liegen sie einfach in einer Schublade.«

»Dann wünsche ich dir viel Glück mit dem neuen Manuskript.« Brandon hob demonstrativ seine Hand hoch und drückte den Daumen. »Was die anderen Geschichten angeht, so glaube ich, du bist einfach zu selbstkritisch.«

Anne senkte ihren Blick. Die Serviette sah aus, als hätte eine Kuh auf ihr herumgekaut und sie wieder ausgespuckt. Erfolglos versuchte sie, das Papier wieder glatt zu streichen, während sie verlegen stammelte: »Na ja, sie sind wirklich nicht gut.«

»Du solltest das jemand anderen entscheiden lassen«, meinte Brandon und sah sie mit einer Offenheit an, die ihren Puls beschleunigte. »Zum Beispiel deine Eltern oder deine Freunde.«

»Meine Mutter findet ohnehin alles gut, was ich schreibe, und mein Vater findet die Schreiberei albern.«

Brandon verzog seinen Mund mitfühlend. »Mein Dad findet das Surfen Zeitverschwendung. Er meint, ich soll mir in der Schule mehr Mühe geben, damit ich auf die Universität gehen kann. Mit einem Uniabschluss würden mir alle Türen offen stehen, sagt er.«

»Na ja, ganz unrecht hat er nicht. Kommt halt einfach drauf an, was du später machen willst.«

Brandon pustete sich eine Haarsträhne aus dem Gesicht. »Siehst du, da liegt mein Problem. Ich weiß, dass ich surfen will, aber was ich sonst noch machen könnte – keine Ahnung. Mein Dad sagt immer: *Junge, wenn du weniger über Wellen und Surfbretter nachdenken würdest, dann wüsstest du auch, was du mit deinem Leben anfangen willst.*« Brandon ahmte die Stimme seines Vaters so gelungen nach, dass Anne laut auflachen musste. Er stimmte mit ein.

Die Kellnerin kam mit ihrem Essen an den Tisch, beide hatten sich für Fish 'n' Chips entschieden. Ihr Auftauchen ließ das Lachen verstummen und störte die kurz aufgekommene ungezwungene Stimmung zwischen den beiden. Während der ersten Bissen legte sich Stille über den Tisch. Anne machte sich Sorgen, dass dies kein gutes Zeichen war und Brandon sein Interesse an ihr bereits verloren hatte. Also suchte sie verzweifelt nach einem Gesprächsthema, doch gähnende Leere war alles, was sich in ihrem Kopf wiederfand.

»Die besten Fish 'n' Chips«, teilte Brandon zwischen zwei Bissen mit und brach damit das beunruhigende Schweigen.

Anne nickte zustimmend. Erneute Stille, dann fragte sie: »Willst du Surfprofi werden?«

Überraschung blitzte in Brandons Augen auf. »Findest du die Idee lächerlich?«, erwiderte er und lieferte unterschwellig eine Antwort mit.

Anne wischte sich die Hände an der Serviette ab. Sie blickte Brandon direkt in die Augen. Ihr Puls normalisierte sich zum ersten Mal in seiner Gegenwart.

»Nein! Was ist falsch daran, Erfolg in dem zu suchen, was man am liebsten macht?«

»*Das,* genau *das* solltest du meinem Dad sagen«, lachte Brandon freudlos auf.

Anne neigte ihren Kopf leicht zur Seite. »Ich verstehe nicht, warum er so gegen das Surfen ist. Er war doch selbst einmal ganz gut darin.«

»Er war nicht schlecht, ja, aber nicht gut genug für eine Karriere. Trotzdem hat er die Schule vernachlässigt und ist seinem Traum nachgehetzt und gescheitert. Am Ende blieb ihm nichts anderes übrig, als den Laden seiner Eltern zu übernehmen, und obendrein hat ihn seine Frau verlassen für einen erfolgreichen Arzt.«

Anne nickte. Nun verstand sie Adrians Beweggründe. Ihr war aber auch nicht entgangen, dass Brandon *seine Frau* gesagt hatte, nicht *meine Mutter*. Der Kontakt zwischen ihr und ihm schien nicht besonders gut zu sein.

»Er hat Angst, dass du dein Ziel nicht erreichst, so wie er selbst, und am Ende ohne Ausbildung dastehst«, überlegte sie laut.

»So ist es«, bestätigte Brandon und schob sich ein Kartoffelstäbchen in den Mund. »Doch ich bin nicht *er*. Ich krieg das hin.«

Anne senkte ihren Blick auf den Teller. In dieser Beziehung waren sich Adrian und ihr Vater ähnlich. Sie hatten kein Vertrauen in die Fähigkeit ihrer Kinder.

»Was sagt deine Mutter zu deinem Traum?«, fragte sie zögerlich.

Brandons Gesichtszüge verhärteten sich, ehe er den Kopf senkte und brummte: »Nichts.«

Betroffen biss sie sich auf die Unterlippe. Sie hatte sich auf Glatteis gewagt. Am einfachsten wäre es, umzukehren, aber das wollte sie nicht. Sie wollte mehr über Brandon wissen, seine Gefühle, seine Ängste, seine Hoffnungen …

»Ihr redet nicht mehr miteinander?«, schlussfolgerte sie.

Brandon sah auf. Wut und Enttäuschung spiegelten sich in seinen blauen Augen. »Eines Tages bin ich aus der Schule zurückgekommen und sie war weg. Puff.« Er gestikulierte mit den Händen. »Das hat ziemlich viel zerstört.«

»Das ist hart.« Etwas Besseres fiel Anne dazu nicht ein, obwohl sie vor Mitgefühl fast verging und wünschte, sie könnte Brandon in die Arme nehmen, um ihn zu trösten.

»Was für ein beschissenes Gesprächsthema«, lachte er auf und fuhr sich mit den Händen durchs Haar.

»Tut mir leid, ich wollte ni…«

»Du musst dich nicht entschuldigen«, unterbrach er sie. »Es ist nur … na ja, bisher hab ich noch nie darüber geredet.«

Anne schwieg und wartete. Doch Brandon sprach nicht weiter. Verbissen schaufelte er sich die restlichen Chips in den Mund und spülte mit Cola nach.

Sie wünschte, sie hätte sich ihre neugierigen Fragen verkniffen. Resigniert knüllte sie ihre Serviette zusammen und legte sie auf den Teller. Dann entschuldigte sie sich, um auf die Toilette zu gehen und gleichzeitig eine kurze Auszeit zu nehmen von dem betretenen Schweigen, das sich plötzlich wieder zwischen sie gestellt hatte.

Beim Händewaschen warf sie einen Blick in den Spiegel. Sofort dachte sie an den Traum und an die Unterhaltung mit Auryn. Plötzlich fühlte sich das Amulett wärmer an. Erstaunt berührte sie das Schmuckstück. Der Rubin pulsierte wie ein lebendes Herz unter ihren Fingerspitzen, durch das Blut gepumpt wurde. Verwundert krauste sie die Stirn.

»Anne?«

Erschrocken zuckte sie zusammen. Hastig blickte sie sich um, entdeckte aber niemanden im Waschraum.

»Anne, wo bist du?« Die Stimme, sie kannte diese Stimme. Langsam drehte sie ihren Kopf Richtung Spiegel, ihr Herz schlug schnell und hart. In ihrem Hals bildete sich ein Knoten.

»Auryn?« Ein heiseres Flüstern drang aus ihrer Kehle, als sie ihn im Spiegel erblickte.

»Wo bist du?«, fragte er erneut.

»Träume ich?« Ihre Stimme bebte.

»Nein.«

»Unmöglich«, stieß sie aus. Ihre Gedanken überschlugen sich. War Auryn tatsächlich real? Oder verlor sie den Verstand?

»Was sind das für Türen hinter dir? Wo führen sie hin?«, wollte er wissen.

»Dahinter sind nur Toiletten.« *O Gott, ich verliere den Verstand. Ja, das muss es sein*, dachte sie.

»Ich sagte dir, es ist kein Traum. Glaubst du mir nun?«, fragte Auryn.

Anne schüttelte den Kopf. Gleichzeitig fuhr sie sich mit den Händen übers Gesicht. Ihre Schläfen pochten, als Ankündigung von Kopfschmerzen. »Das ist verrückt.« Mit hängenden Schultern blickte sie Auryn an, direkt in die blauen Augen. Augen, die so unnatürlich blau waren, als würde er Kontaktlinsen tragen. »Es kann einfach nicht sein. Du lebst in einer völlig anderen Zeitepoche, hinter einem Spiegel, und behauptest, kein Gespinst zu sein. Das klingt nicht nur verrückt, das ist es auch.«

Auryn nickte und schüttelte gleich darauf abwesend den Kopf. Er war selbst mit der Situation überfordert. »Ich weiß, es klingt absurd, dennoch ist es die Wahrheit. Anne, glaubst du an Magie?«

»Nein«, antwortete sie wahrheitsgemäß.

»Das solltest du aber«, meinte Auryn. »Und du solltest dich davor in Acht nehmen.«

»Das verstehe ich nicht.« Sie runzelte die Stirn.

Auryn wollte gerade antworten, als die Tür zum Waschraum aufging und eine Frau eintrat. Augenblicklich verblasste sein Bild im Spiegel.

Anne schüttelte den Kopf. Seine Worte waren ein Rätsel für sie, genauso wie sein plötzliches Erscheinen außerhalb eines Traumes, oder hatte sie doch geträumt? Möglicherweise nur ein Sekundenschlaf. Sie stellte das Wasser am Hahn auf kalt und spritze es sich ins Gesicht. Die Erinnerungen an das Marmorhaus, an Auryn und den Spiegel ließen sich aber nicht wegspülen. Anne tupfte sich mit dem rauen Handtuchpapier das Gesicht ab und zupfte sich die Haare zurecht, ehe sie den Waschraum verließ.

Das Amulett schmiegte sich wie ein unschuldiges Kätzchen in die Grube zwischen den Schlüsselbeinen. *Ich sollte es abnehmen*, dachte sie, machte aber keine Anstalten, es auch zu tun. Stattdessen kehrte sie zurück an den Tisch, wo Brandon gerade bezahlte. Als Anne ihr Portemonnaie aus der Handtasche klaubte, schüttelte er vehement den Kopf. Sie protestierte.

»Du kannst das nächste Mal bezahlen«, meinte Brandon. Er hatte wieder zurück zu seiner guten Laune gefunden, was Anne mit Erleichterung erfüllte.

Das nächste Mal, hallte es in ihrem Kopf wider. Junge Schmetterlinge in ihrem Bauch machten zaghaft erste Flugversuche.

7. Kapitel

*A*uryn spürte eine Schwere in seiner Brust, die ihm früher nicht vertraut gewesen war. Erst in den vergangenen Jahren hatte sie zugenommen und heute lastete sie besonders. Doch etwas Neues war dazu gekommen. Etwas Reines. Ein Hauch von Wärme, so wie beim ersten Aufglimmen eines entstehenden Feuers. Diese Wärme rührte von seiner Begegnung mit Anne her, daran zweifelte er keinen Augenblick. Wenn sie lächelte, spiegelte sich das in ihren grünen Augen wider, und die Sprenkel in ihren Pupillen schimmerten wie geschmolzenes Gold. Ihr Mund hatte die zarte Form eines Herzens, das gefiel ihm. Lippen hatten ihn schon seit je her in den Bann gezogen. Hannas etwas eigensinnig schmollender Mund hatte ihm damals verheißungsvolle Küsse versprochen. Doch die stärkste Erinnerung an diese Lippen war nicht ihr Versprechen, sondern die harten Linien der Eifersucht und Wut. Damals, als sie ihn mit Laura erwischte.

Zwei Tage nach dem Ball wollte er die Tochter des Bankiers nochmals treffen, weil seine Bemühungen vom Vater unterbrochen worden waren. Ava hatte ihm geholfen, dieses Treffen einzufädeln. Sie hatte Laura zum Tee eingeladen. Doch statt Ava saß Auryn in der Bibliothek …

»Auryn, Sie?« Laura ließ ihren Blick schweifen. »Wo ist Ava?«

Entschuldigend lächelnd kam Auryn auf sie zu. »Sie ist verhindert.«

»Und das soll ich Ihnen glauben?« Laura drückte ihre kleine Handtasche schützend an sich.

Ohne auf ihre Frage einzugehen, legte er seine Hände an ihre schmale Taille. »Wollen wir nicht zum *Du* wechseln?«

»Auryn! Was ist, wenn jemand hereinkommt?«, flüsterte sie. Auf ihren Wangen zeichnete sich die zarte Röte des keuschen Mädchens ab, das sie *noch* war.

Er beugte sich vor und flüsterte in ihr Ohr: »In meiner Familie sind alle lesefaul.«

Laura kicherte. Auryn hauchte ihr Komplimente ins Ohr, die sie weiterkichern ließen, und als er ihr einen Kuss auf die Wange drückte, entfloh ihren Lippen ein leiser Aufschrei.

»Willst du mich kompromittieren?«, fragte Laura.

Auryn grinste schelmisch. »Was für ein schreckliches Wort.« Seine Hände wanderten zu den Knöpfen ihrer weißen Bluse.

Leise Proteste kamen von Laura, die er mit Küssen zum Verstummen brachte.

»Du raubst mir jede Vernunft«, flüsterte sie heiser, nur noch in Beinkleid und Korsage gekleidet, während Auryn noch in Hose, Hemd und Weste dastand. Sie wollte sich gerade an die Knöpfe seines Hemdes machen, als ein Poltern erklang. Erschrocken fuhren die beiden zusammen.

Wie eine Furie mit flammendem Haar stürmte Hanna in den Raum.

»Du Heuchler!«, schrie sie und griff in einem erbosten Reflex nach dem Schürhaken. Laura stieß einen spitzen Schrei aus und ging hinter Auryns breitem Rücken in Deckung.

»Du Lügner!«, kreischte Hanna und fuchtelte mit dem Schürhaken in der Luft herum.

»Ich habe dich nie angelogen oder irgendetwas geheuchelt«, sagte Auryn sachlich und bemüht, einen kühlen Kopf zu bewahren.

»Du hast mir Hoffnungen gemacht!«, beharrte Hanna.

»Ich wüsste nicht, wann. Leg den Schürhaken weg.«

»Versprechen und Hoffnung lagen in deinen Blicken und deinen Berührungen«, erklärte Hanna und fügte an: »Du hast mir ins Ohr geflüstert, ich würde dein Herz höher schlagen lassen.«

»Das hat er auch mir gesagt«, hauchte Laura. Sie entfernte sich rückwärtsgehend von Auryn, bis sie beim Fenster angekommen war. Ängstlich klammerte sie sich an den schweren Samtstoff des Vorhangs.

»Vermutlich sagt er das zu allen«, zischte Hanna wütend. Sie machte einen schnellen und unerwarteten Ausfallschritt. Beide Hände umschlossen den Schürhaken und schnellten vor. Auryn wich aus. Die Spitze des Hakens verfehlte ihn nur knapp. Hanna stieß erneut in seine Richtung. Dieses Mal war Auryn zu langsam. Ein stechender Schmerz zuckte wie ein Blitz durch seinen Unterleib. Erstaunt blickte er an sich hinab. Starrte auf den Griff, der aus seinem Leib ragte.

Wie aus weiter Ferne hörte er Laura kreischen. Ihre Worte unverständlich und schrill. Mit zitternden Händen tastete er sich wie ein Blinder an die Wunde heran. Fühlte das nasse, warme Blut, während eisige Kälte von seinem Körper Besitz ergriff.

Hanna stand einfach da. Die Augen weit aufgerissen, der Mund zu einem erstaunten, ja fast dümmlichen O geöffnet, als wäre nicht sie es gewesen, die den Schürhaken geführt hatte.

Kraftlos sank Auryn auf die Knie.

»Du hast ihn umgebracht!«, schrie Laura und lockte damit die Bewohner des Hauses an, die einer nach dem anderen hereingestürmt kamen. Eleonora drängte sich, ihren Mann im Schlepptau, am neugierigen Dienstpersonal vorbei. Ihre verärgerte Miene versteinerte, als sie ihren Sohn sah. Schlagartig wich jede Farbe aus ihrem Gesicht. Ihr Blick schweifte zwischen Auryn, Hanna und Laura hin und her, ehe sie loskreischte: »Mörderin!« Sie stieß Hanna zur Seite. Mit Tränen in den Augen kniete sie sich neben ihren Sohn.

William schrie einen Diener an, er solle gefälligst einen Arzt rufen.

Ava kniete sich neben ihre Mutter, und als Auryn zu seiner Schwester aufsah, sagte sie: »Ich hab dich vor dem Dienstgesindel

66

gewarnt.« Ihre Worte waren wie Säure. Sie brannten sich in seinem Inneren ein. Er hatte seine Schwester nie für einen guten Menschen gehalten, doch nach diesem Tag hatte er begriffen, dass in ihrer Brust wohl kein Herz schlug. An dessen Stelle lag ein kalter Stein, der zwar pulsierte und pochte, mehr aber auch nicht.

»Sir, ich kann das Grundstück nicht verlassen.« Die Worte des zurückgekehrten Dieners und die darauffolgende Aufregung drangen wie durch Watte zu Auryn hindurch. Immer wieder umfing ihn Schwärze.

Er wusste nicht, wie lange er, gestützt von seiner Mutter, gekniet hatte, doch irgendwann trocknete das Blut, und die Kälte füllte seinen ganzen Körper aus. Aus einem Impuls heraus legte er seine Hände um den Schürhaken und zog ihn heraus.

Eleonore schnappte erschrocken nach Luft, den Blick starr auf die Wunde gerichtet. Die Blutung hatte aufgehört.

»Das ist unmöglich«, flüsterte Hanna, als Auryn sich aufrichtete.

William, der bisher in einer Art Schreckensstarre dagestanden war, trat nun entschlossen vor. Er riss das Hemd seines Sohnes an der Einstichstelle auf. »Bringt Wasser und einen Lappen«, herrschte er den Diener an. Dieser nickte zwar, setzte sich aber nicht in Bewegung. Es war Hanna, die davoneilte und mit dem Gewünschten zurückkam. William schenkte ihr einen Blick des tiefsten Hasses. Er nahm ihr den Lappen aus der Hand, tränkte ihn mit Wasser und wusch vorsichtig die Wunde aus.

Auryn starrte fassungslos auf die Verletzung oder besser gesagt auf das Loch, das zurückblieb und einen Einblick in sein Inneres gewährte.

Laura sah es auch und sackte zusammen. Ein Diener konnte sie gerade noch auffangen. Ava zückte Riechsalz.

»Das ist unmöglich«, stammelte Eleonora und näherte sich ihrem Sohn, als wäre er eine unberechenbare Bestie, die jederzeit vorspringen konnte, um seine Klauen in sie zu graben.

»Das ist Magie.« Wie aus dem Nichts war Innogen aufgetaucht. Sie trug ein enges schwarzes Kleid, das ihre helle Hautfarbe unterstrich. Die lapislazulifarbenen Augen leuchteten unmenschlich.

»Was bist du?«, stieß Eleonora mit bebender Stimme aus.

Ein kaltes Lächeln zeigte sich auf den Lippen von Innogen. »Ich bringe Geschenke, die Wünsche erfüllen«, erklärte sie. »Dein Wunsch, Eleonora, war mir Befehl.« Innogen breitete die Arme aus. Augenblicklich brachen alle im Raum zusammen. Eisige Kälte strömte aus ihren Fingern und ergriff Besitz von Hanna, William, Ava und der Dienerschaft. Laura hingegen zerfiel – sehr zu Auryns Entsetzen – zu Staub.

»Welchen Wunsch hast du ihr erfüllt?«, verlangte Auryn zu wissen.

»Ewiges Leben«, erwiderte Innogen.

8. Kapitel

Brandon hatte am Nachmittag nur bis drei Uhr gearbeitet, dann war er von seinen beiden besten Freunden zum Surfen abgeholt worden. Anne schaute ihnen neidisch hinterher. Nicht wegen des Surfens, sondern wegen der Freizeit. Am liebsten wäre sie nach Hause gegangen, um zu schreiben. Ihre Finger juckten förmlich, und in ihrem Kopf spielte sich hartnäckig immer wieder ein Film ab. Eine Geschichte, die darauf drängte, weitergeschrieben zu werden.

Als sie nach Feierabend zu Hause die Tür aufschloss, wurde sie von Stille empfangen. Kein Essensgeruch schwebte ihr entgegen, wie es normalerweise der Fall war. Kein Klappern von Geschirr oder Pfannen war zu hören.

»Mum?«

Keine Antwort. Aus Gewohnheit ging Anne zuerst in die Küche und fand sie leer vor.

»Mum?« Ihr Herzschlag beschleunigte sich. Rasch überprüfte sie auf ihrem Handy, ob sie eine Nachricht verpasst hatte. Sie hatte keine. Lediglich Abbey hatte ihr ein paar Fotos aus San Francisco geschickt und unendlich viele Fragen zu Brandon.

»Mum?« Dieses Mal rief Anne lauter. Sie eilte ins Wohnzimmer. Und da lag ihre Mutter, schlafend auf dem Sofa. Sie war blass, wirkte fast durchsichtig.

Anne beugte sich besorgt über sie, um sie sanft an der Schulter zu berühren. »Mum?«

Kate erwachte. Verschlafen blickte sie ihre Tochter an. »Du meine Güte, wie viel Uhr haben wir?« Schlaftrunken setzte sie sich auf.

»Geht's dir nicht gut?« Angst schlich sich in Annes Eingeweide und verursachte pochendes Bauchweh.

»Ich musste mich am Nachmittag übergeben. Wohl irgendeine Grippe«, murmelte Kate und wollte aufstehen, aber Anne drückte ihre Mutter an den Schultern sanft zurück aufs Sofa. »Bleib liegen, ruh dich aus. Soll ich einen Arzt rufen?«

Kate schüttelte den Kopf. »Morgen geht es mir bestimmt wieder besser.«

Anne nickte und hoffte, dass sie recht behielt. »Willst du eine Brühe oder Cola?«

»Nichts«, hauchte Kate. »Einfach ein bisschen ausruhen und schlafen.« Sie schloss ihre Augen und schlief augenblicklich wieder ein.

Anne ging in die Küche, um sich etwas zum Abendessen zu machen. Während sie belegte Brote aß, las sie die Nachrichten von Abbey und beantwortete ihre Fragen zu Brandon. Als sie ins Bett ging, legte sie das Amulett auf den Nachttisch. Ihr Schlaf fiel traumlos und dunkel aus.

Am nächsten Morgen fand Anne ihre Mutter im Wohnzimmer vor. Sie sah immer noch unglaublich blass aus. Vor die Nase hielt sie sich ein Taschentuch gedrückt, das bereits mit Blut vollgesaugt war.

»Mum!«, rief Anne erschrocken und hielt ihr ein neues Taschentuch hin.

»Ich glaube, ich sollte zum Arzt gehen«, näselte Kate.

»Das denke ich auch«, stimmte Anne zu.

Und so saßen sie etwas später zusammen im Wartezimmer. Anne hatte bei Adrian angerufen und sich entschuldigt. Der hatte sofort Verständnis gezeigt, sehr zu Annes Erleichterung. Den Job wollte sie auf keinen Fall verlieren. Sie brauchte das Geld für den Kurs.

Nach einer gefühlten Ewigkeit wurden die beiden aufgerufen. Im Sprechzimmer des Arztes mussten sie nochmals warten. Anne rutschte unruhig auf dem Stuhl hin und her. »Ist das zu glauben, so lange warten zu müssen?«

Ihre Mutter zuckte nur müde mit den Schultern.

Schließlich erschien ihr Hausarzt Dr. Patterson und entschuldigte sich für die lange Wartezeit.

»Mrs More, es muss schon etwas Ernstes sein, wenn Sie zu mir in die Praxis kommen.« Mit sorgenvoll gerunzelter Stirn ließ er sich auf dem Ledersessel hinter dem Schreibtisch nieder. Kate gehörte zu jenen Menschen, die erst dann einen Arzt aufsuchten, wenn es nicht anders ging. Als sie vor ein paar Jahren eine Lungenentzündung hatte, war sie beinahe zu spät in der Praxis erschienen.

»Was fehlt Ihnen?« Patterson schlug Kates Krankenakte auf.

»Ich bin müde, habe keinen Appetit, und gestern war mir ziemlich schlecht.«

»Mussten Sie erbrechen?«

Kate nickte.

»Durchfall?«

»Nein.«

»Heute Morgen hattest du noch Nasenbluten«, warf Anne ein.

»Das war vielleicht nur ein Zufall«, meinte Kate abwinkend.

Patterson machte sich Notizen. »Wie lange sind Sie schon müde?«

Kate zuckte unsicher mit den Schultern. »Ungefähr zwei Wochen.«

»Aha.«

»Ich habe Eisen-Tabletten eingenommen.«

Patterson legte den Kugelschreiber auf die Tischplatte. »Tat aber keine Wirkung?«

Kate schüttelte den Kopf.

»Darf ich Sie bitten, hier rüberzukommen?« Patterson stand auf und deutete auf die Liege. Kate folgte seiner Aufforderung.

Der Arzt überprüfte Puls, Pupillen, Rachen, hörte Kates Atem ab und tastete schließlich auch den Hals ab.

»Die Lymphknoten sind geschwollen«, stellte er fest. »Ich denke, eine Blutuntersuchung wird am besten Aufschluss geben.«

Anne schaute weg, als der Arzt ihrer Mutter das Blut entnahm. Eine halbe Stunde später standen sie draußen vor der Praxis.

»Was jetzt?«, fragte Anne ihre Mutter.

»Nach Hause. Ich möchte mich hinlegen.«

9. Kapitel

Auryn saß schwermütig zusammengesunken in seinem Lieblingsohrensessel in der Bibliothek. Letzte Nacht war Anne nicht im Spiegel erschienen. Obwohl es erst eine Nacht her war, hatte er das Gefühl, als wäre die Verbindung unterbrochen. Vielleicht lag es an dem Amulett? Hatte sie es verloren oder abgelegt? Möglicherweise wollte sie auch einfach keinen Kontakt mehr zu ihm.

Grübelnd saß er dort, konnte aber keinen Anlass finden, den er Anne geboten haben könnte, um den Kontakt mit ihm nicht wieder aufzunehmen.

»Auryn?« William Locke betrat die Bibliothek. »Was ist los?«

»Nichts«, zischte sein Sohn.

William zog hinter sich die Tür zu. »Wegen nichts schaust du so trübselig?« Er ließ sich auf dem Sessel neben Auryn nieder und musterte ihn mit den gleichen saphirblauen Augen, die auch seinem Sohn eigen waren.

Auryn malträtierte mit den Fingern sein Kinn. Sollte er sich seinem Vater anvertrauen und ihm von Anne erzählen? Von dem Mädchen, das im Besitz des Amuletts war, mit dem alles begonnen hatte? Nein, entschied er, aber er konnte eine Andeutung machen.

»Ich dachte, ich hätte eine Möglichkeit gefunden, dem hier zu entkommen.« Er machte eine Handbewegung, die den Raum umschloss, aber eigentlich das ganze Haus meinte.

William seufzte. »Es hätte uns auch schlimmer erwischen können.«

Auryn blinzelte. Er glaubte, sich verhört zu haben. »Bitte? Was könnte denn noch schlimmer sein, als die Ewigkeit in diesem Haus zu verbringen?«

»Der Tod.« Ein dunkler Schatten fiel auf Williams Gesicht.

»Ha!« Ein einzelner krächzender Laut.

»Wir wissen nicht, was uns im Tode erwartet«, fuhr der Vater unbeirrt fort.

»Wann haben Sie Ihren Glauben abgelegt, Vater?«

William winkte ab. »Komm mir nicht damit.«

»Wir sind jeden Sonntag in die Kirche gegangen«, erinnerte Auryn.

»Wie alle anderen auch.«

»Um den Glauben vor der Gesellschaft zu heucheln, mehr also nicht?« Auryn sah seinen Vater herausfordernd an.

Dieser ließ sich davon nicht beeindrucken. »Woran glaubst du, mein Sohn? Los, sag es mir!«

»Dass es einen Ausweg hier raus geben muss.« Auryn ballte die Hände, die auf den Armlehnen ruhten, zu Fäusten.

Entschieden schüttelte William den Kopf. »Es gibt keinen Weg hier raus. Akzeptier das endlich.«

»Ich würde auch den Tod hinnehmen«, sagte Auryn. Doch sein Herz zog sich schmerzlich zusammen, als er die Worte aussprach. Angst flackerte kurz in ihm auf.

William neigte seinen Kopf leicht zur Seite. Versonnen strich er sich mit der Hand über den Bart. »Du hast dich verändert.«

Auryn schwieg. Sein Blick war zum Fenster gerichtet. Die knorrigen Finger eines Baumes drängten sich in das Blickfeld. Leblos, tot.

»Du bist nachdenklicher geworden, erwachsener.« William beugte sich vor und legte seinem Sohn eine Hand auf den Unterarm.

Auryn wandte den Blick vom Fenster ab und richtete ihn auf seinen Vater.

»Ich bin stolz auf dich.«

»Tatsächlich?«

William nickte.

Die Worte seines Vaters wärmten Auryn von innen heraus. Er konnte sich nicht erinnern, wann er zuletzt ein so offenes Gespräch mit ihm geführt, geschweige denn aus seinem Mund ein Kompliment vernommen hatte. William Locke war ein fleißiger, ehrgeiziger Mann gewesen. Bestrebt, den Reichtum der Familie zu mehren und deren materiellen Wünsche zu erfüllen. In den anderen Bedürfnissen tat er sich eher schwer – für gewöhnlich.

»Danke, Vater.«

10. Kapitel

Kate More war krankgeschrieben und ruhte sich zu Hause aus. Als Anne am Sonntag, nach ihren beiden freien Tagen, nicht in den Souvenir-Shop wollte, bestand sie darauf, dass sie weiter zur Arbeit ging. Erst war Anne eingeschnappt. Sie machte sich Sorgen um ihre Mutter und wollte bei ihr bleiben für den Fall, dass sich ihr Zustand verschlechterte. Kate jedoch fand kurzeitig ihre Kräfte wieder und scheuchte ihre Tochter mit den Worten hinaus: »Du bist hier nicht die Mutter im Haus. Das bin immer noch ich. Und ich kann sehr wohl abschätzen, ob ich alleine zurechtkomme.«

Als Anne den Shop betrat, wurde sie von Adrian mit einem freundlichen Lächeln, aber auch mit Besorgnis in der Stimme begrüßt. »Wie geht es deiner Mutter?«

»Nicht besser. Wir warten auf die Blutwerte.«

»Muss ich mir ernsthaft Sorgen machen?«, fragte Adrian.

Anne zuckte mit den Schultern. »Dr. Patterson wirkte noch nicht beunruhigt.«

»Was denkst du?«

»Ich?«, fragte Anne erstaunt.

Adrian nickte.

»Ich hab ein mulmiges Gefühl«, beantwortete sie seine Frage ehrlich und erzählte ihm von den Symptomen, die ihre Mutter zeigte.

Einen kurzen Augenblick wirkte Adrian erschrocken. Seine Augen weiteten sich, und in ihnen schien eine dunkle Erinnerung aufzublitzen. Beides jedoch nur für wenige Sekunden, sodass Anne an ihrer Wahrnehmung zweifelte, als Adrians Gesichtsausdruck sich wieder veränderte und sein Mund sich zu einem aufmunternden Lächeln verzog. »Wir sollten uns bereit machen für den Ansturm«, sagte er und zwinkerte ihr zu.

Wenig später war Anne ihrer Mutter dankbar. Die Arbeit lenkte sie ab. Brandon erschien an diesem und auch am darauffolgenden Tag nicht. Ambivalente Gefühle durchströmten sie. Enttäuschung, aber auch Erleichterung. Erleichterung, weil zur Sorge um ihre Mutter nicht auch noch die Aufregung hinzukam, in der Gegenwart von Brandon zu arbeiten. Enttäuschung, weil ein Teil von ihr sich nach ihm sehnte. Sie wollte Zeit mit Brandon verbringen und hoffte dabei, dass er sie genauso mögen würde wie sie ihn.

Beim Mittagessen setzte Anne sich mit einem Sandwich nicht unweit von *Jerry's Fish 'n' Chips* auf eine Bank. Während sie gedankenverloren kaute, fiel ihr auf, dass sie völlig vergessen hatte, das Amulett umzulegen. Plötzlich fühlte sie sich, als würde ihr ein Arm oder ein Bein fehlen. Vielleicht hatte sie deshalb zwei traumlose Nächte gehabt, schließlich waren Auryn und das Marmorhaus erst seit dem Fund des Amuletts in ihr Leben getreten.

Auryn! Eine undefinierbare Empfindung kroch in Annes Bauch. Den letzten Bissen des Sandwiches würgte sie hinunter.

Als sie noch vor Ablauf ihrer Mittagszeit in den Laden zurückkehrte, sah Adrian sie verwundert an.

»Ich brauche Ablenkung«, sagte Anne.

Adrian nickte verständnisvoll.

Als sie nach Hause kam, saß ihre Mutter zusammengesunken am Esstisch in der Küche. Ein Taschentuch in den Händen, schon dünn wie Pergament, weil es so abgegriffen war.

»Mum?« Annes Magen zog sich unter einer Vorahnung zusammen.

Kate More blickte auf. Sie sah abgekämpft aus und schien noch bleicher geworden zu sein, falls das überhaupt möglich war. Obwohl sie viel geschlafen hatte, zeichneten sich unter ihren Augen dunkle Schatten ab, wie die Vorboten einer schlechten Nachricht.

»Dr. Patterson hat angerufen.« Ihre Stimme war leise.

Anne näherte sich dem Esstisch mit weichen Knien. Obwohl sie die Antwort scheute, fragte sie: »Was hat er gesagt?«

»Ich soll ins Krankenhaus überwiesen werden für eine Knochenmarkuntersuchung.«

Anne klammerte sich an die Stuhllehne vor sich. Ihre Gedanken kreisten wie trunkene Planeten umeinander. »Wieso?« Das Wort hinterließ einen schalen Nachgeschmack in ihrem Mund.

»Meine Blutwerte sind sehr schlecht«, begann Kate stockend. »Es kann sein, dass ich Leukämie habe.«

Anne blinzelte, als wäre sie soeben aus einem tiefen Schlaf erwacht, dem ein Alkoholrausch vorangegangen war, der noch immer ihre Gedanken lähmte, während die Worte ihrer Mutter in ihr widerhallten. Ihre Beine drohten, unter ihr nachzugeben. Sie zog den Stuhl vor, um sich darauf niederzulassen. Die Hände zwischen die Oberschenkel geklemmt, sah sie ihre Mutter durch einen Schleier an, der sich durch Blinzeln in Tränen verwandelte.

»Nicht weinen«, sagte Kate mit brüchiger Stimme. »Noch ist die Diagnose nicht definitiv.«

Anne nickte stumm, in ihrem Hals steckte ein dicker Kloß.

Ihre Mutter versuchte, sich optimistisch zu geben. »Dr. Patterson ist ein guter Arzt.«

Anne presste die Lippen aufeinander. Als ob sie diese Tatsache beruhigen würde. »Ich muss hier raus.« Mit einem Ruck stand sie auf. Sie konnte ihrer Mutter nicht länger gegenübersitzen.

»Willst du nichts essen?«, fragte Kate.

»Ich hab keinen Hunger«, sagte Anne.

In ihrem Zimmer warf sie sich aufs Bett, schnappte sich ihren iPod vom Nachttisch. Unter den sanften Klängen von *While your lips are still red* von *Nightwish* beruhigten sich ihre Gedanken, während Schwermut auf sie herabfiel. Gleichzeitig meldete sich das schlechte Gewissen, weil sie einfach aus der Küche gestürmt war und ihre Mutter alleine gelassen hatte.

Anne starrte die Decke an, die Hände auf der Brust um den iPod gefaltet zu einem stummen Gebet: *Bitte lass es nicht Leukämie sein, bitte nicht!* Anne wiederholte die Worte in Gedanken immer wieder, bis ihre Augenlider schwer wurden und sie einnickte.

Als sie wieder erwachte, war ihr iPod verstummt. Einen Moment blieb sie liegen. *Was für ein Traum*, dachte sie. Doch kaum hatte sie den Gedanken zu Ende gedacht, begriff sie, dass es kein Traum gewesen war. Das Gespräch mit ihrer Mutter hatte stattgefunden. Der Verdacht auf Leukämie war beklemmend real. *Und ich bin einfach weggerannt!* Anne richtete sich abrupt auf. Sie riss sich die Kopfhörer aus den Ohren und eilte hinunter.

Ihre Mutter saß im Wohnzimmer und sah fern.

Fast so, als sei nichts, dachte Anne kurz. Doch dann sah sie genauer hin. Der Körper spiegelte den schwachen Zustand ihrer Mutter wider. In der blassen Hautfarbe, den dunklen Schatten unter den Augen, den Furchen um den Mund und in der trägen Bewegung, als Kate zu ihrer Tochter aufblickte.

»Es tut mir leid«, stammelte Anne.

»Was?« Kate schien ehrlich überrascht zu sein.

Anne setzte sich auf die Lehne des Sofas. »Dass ich einfach aus der Küche gestürmt bin.«

Kate lächelte verständnisvoll. »Was glaubst du, wie gerne ich einfach weglaufen würde?« Sie lachte leise, aber es war dennoch ein Lachen, das Anne hoffen ließ. Und wie um diese Hoffnung zu stärken, fuhr Kate fort: »Noch ist es nur ein Verdacht.«

Anne nickte und meinte: »Auch Ärzte und Labore können sich einmal irren.«

»Das will ich doch meinen«, stimmte Kate zu.

Mutter und Tochter sahen sich lächelnd an. Beide wussten sie, dass sie sich etwas vormachten, aber irgendwie tat es gut, die Situation schönzureden.

»Wie wird die Untersuchung ablaufen?«, fragte Anne.

Kate rieb sich mit Daumen und Mittelfinger die Schläfe. »Die wollen mir Knochenmark entnehmen und eine größere Gewebeprobe. Das soll nicht besonders lange dauern, ließ ich mir sagen. Eine halbe Stunde danach soll ich liegen bleiben. Außerdem vierundzwanzig Stunden nicht Auto fahren. Und es kann sein, dass ich ziemliche Kopfschmerzen als Nebenwirkung bekomme.«

»Dann müssen wir den Bus oder ein Taxi nehmen«, überlegte Anne laut.

»Ich hab deinen Vater angerufen.«

Anne ließ missmutig ihre Mundwinkel zucken. »Warum?«

»Damit er uns hin- und zurückfährt. Außerdem wollte ich, dass er Bescheid weiß.«

»Hätte es nicht gereicht, wenn wir Gewissheit haben?«

»Hab dich nicht so«, sagte Kate und sah ihre Tochter müde an.

Ihrer Mutter zuliebe verkniff sie sich einen weiteren Kommentar.

11. Kapitel

*A*nne schlief in der Nacht unruhig. Sie träumte davon, auf einem Operationstisch zu liegen. Ein Arzt in grüner Kleidung kam mit einer riesigen Nadel auf sie zu, die so dick war wie ihr Daumen.

»Keine Angst, das tut überhaupt nicht weh«, sagte er und schwenkte das medizinische Instrument freudig hin und her.

Anne wollte vom OP-Tisch springen, doch sie war wie gelähmt. Gerade als der Arzt die Spritze anhob, schrie sie zeitgleich mit dem Wecker.

Sie schlug die Augen auf. Es dauerte einen Moment, bis sich ihr Puls normalisierte. Mit einem flauen Gefühl im Bauch stand sie auf, duschte, kleidete sich an und ging hinunter in die Küche, wo ihre Mutter bereits alles fürs Frühstück vorbereitet hatte. Sie selbst saß am Tisch mit einem Glas Wasser vor sich.

»Wie geht es dir?«, fragte Anne.

»Etwas nervös«, antwortete Kate und fügte ihren Worten ein hilfloses Lächeln an.

Anne wollte etwas sagen, um ihr Mut zu machen, aber ihr fiel nichts Gescheites ein. Jedes Wort, jeder Satz, der ihr durch den Kopf ging, schien ihr unpassend und floskelhaft. Deswegen fragte sie einfach: »Wann kommt Dad?«

Kate sah auf ihre Armbanduhr. »In zehn Minuten.«

Da James More zur pünktlichen Sorte Mensch gehörte, würgte Anne hastig ein paar Frühstücksflocken hinunter. Sie war gerade dabei, Ordnung in der Küche zu machen, als es an der Haustüre klingelte.

»Ich gehe«, sagte sie, ehe ihre Mutter sich erheben konnte.

Vor der Tür stand ihr Vater. Ungewohnte Sorgenfalten zeichneten sich auf seiner Stirn ab.

»Hallo Anne, wie geht es deiner Mutter?«, fragte er.

»Hi Dad. Sie ist müde und angespannt.« Anne trat zur Seite, um ihren Vater ins Haus zu lassen.

»Wo ist sie?«

»In der Küche.« Überrascht folgte sie ihrem Vater. Sie konnte sich nicht erinnern, ihn jemals so besorgt gesehen zu haben.

Kate schenkte ihrem Ex-Mann ein Lächeln, als er in die Küche trat.

»Wie geht es dir?«, fragte James und ließ sich auf dem Stuhl neben ihr nieder.

»Müde. Am liebsten würde ich mich auf der Stelle hinlegen.« Anne lehnte sich an die Küchenkombination und verfolgte mit, wie ihr Vater ihrer Mutter den Unterarm tätschelte, während er ihr aufmunternde Worte zusprach, die er wirklich so zu meinen schien. Hatte sie ihm unrecht getan? War er doch nicht so selbstsüchtig, wie sie dachte?

Mit klammen Fingern zog sie ihr Mobiltelefon hervor. Abbey hatte ihr geschrieben. Sie wünschte sich, ihre Freundin wäre hier und nicht Tausende Kilometer entfernt.

Ich drücke deiner Mutter fest den Daumen. Es ist bestimmt keine Leukämie. Kann es einfach nicht sein. Umarmung und Kuss, Abbey.

Die Worte ihrer Freundin taten Anne gut. Noch gab es keinen Grund, hysterisch zu werden. Leukämie war bisher nur der Verdacht, bestätigt war noch nichts.

»Sollten wir nicht langsam los?«, fragte Anne ihre Eltern.

»Ja, klar«, stimmte James nach einem Blick auf seine Armbanduhr zu.

Die Autofahrt zum Krankenhaus verbrachten sie schweigend. Jeder hing seinen eigenen Gedanken nach. Beim Eintreten in die Klinik verspürte Anne überraschenderweise Erleichterung. Bald würden sie Gewissheit haben. Doch als James den Facharzt, der sich als Dr. Brent vorstellte, fragte, wann man denn mit den Ergebnissen rechnen dürfte, erhielt ihre Erleichterung einen Dämpfer.

»Die Resultate der Knochenmarkpunktion erhalten Sie nach vierundzwanzig bis achtundvierzig Stunden. Das der Knochenmarkbiopsie nach einigen Tagen. Ich denke am Montag können wir Ihnen genaueres sagen.«

James blies seine Wangen auf und ließ die Luft langsam daraus entweichen.

»Und was passiert, wenn es Leukämie ist?«, fragte Kate mit dünner Stimme.

»Dann werden weitere Untersuchungen folgen, um die bestmögliche Behandlung für Sie zu finden.« Dr. Brent sprach ruhig und klar, sodass Anne zumindest den Eindruck hatte, dass ihre Mutter hier in guten Händen war. Trotzdem trug es nicht dazu bei, sich entspannter zu fühlen.

Während Kate in den OP gebracht wurde, machten sich Anne und ihr Vater auf den Weg Richtung Cafeteria, wo sie sich die Zeit vertreiben wollten. Nebeneinander gingen sie den Flur hinunter zum Fahrstuhl, ohne ein Wort zu reden. Erst in der Cafeteria, als sie ihre Getränke hatten und sie sich einen Tisch suchten, wechselten sie kurz ein paar Sätze.

Das kann ja heiter werden, dachte Anne und ließ sich unmotiviert in den Stuhl sinken.

Ihr Vater nahm ihr gegenüber Platz, schob sich umständlich das Tablett zurecht, ehe er schließlich die Kaffeetasse, vorbei am Teller mit dem Muffin, näher zu sich heranzog.

»Anne, ich wollte noch mit dir über den Vorfall am Strand reden«, begann er zaghaft.

»Aha«, sagte Anne, weil ihr dazu nichts anderes einfiel, und rührte andächtig die Milch in ihren Tee ein.

»Du hast mich falsch verstanden.«

»So, habe ich?« Sie sah ihren Dad mit zusammengezogenen Augenbrauen an. Tief in sich drinnen spürte sie das Verlangen, einfach aufzustehen und wegzulaufen, aber wohin? Und was würde das schon bringen?

James nickte. »Ich wollte lediglich sagen, dass es schwer ist, als Autor Geld zu verdienen.«

»Das hast du am Strand bereits gesagt.«

»Ich wollte deine Arbeit damit nicht schmälern oder andeuten, dass du schlecht schreibst. Das kann ich gar nicht beurteilen, weil ich noch nie etwas von dir gelesen habe.«

Anne horchte auf. Waren die letzten Worte tatsächlich mit Gekränktsein gefärbt?

»Es scheint dich ja auch nicht zu interessieren«, erwiderte sie und befreite ihren Muffin aus dem Förmchen.

Ihr Vater seufzte. »Das ist nicht wahr. Ich hab einfach viel zu tun.«

»Mit Tracy und Nick.« Anne biss in den Muffin. Wütend kaute sie auf dem schal schmeckenden Gebäckstück herum.

»Unter anderem, ja.«

»Und für mich interessierst du dich überhaupt nicht!«, schleuderte sie ihrem Vater mit einer Ladung Krümel über den Tisch, wovon einige – so hoffte sie – in seinem beschissenen Kaffee landen würden.

James sah seine Tochter für einen Moment bestürzt an, dann sprach er mit belegter Stimme: »Mir war nicht klar, dass du so empfindest. Ich interessiere mich sehr wohl für dich. Du machst es mir bloß nicht einfach.«

Anne lachte höhnisch auf. Ihre Finger gruben sich in den Muffin.

»Du hältst mich auf Distanz, als hätte ich eine ansteckende Krankheit.«

Schweigend starrte sie auf ihren geschändeten Muffin herunter, der mit jeder verstreichenden Sekunde mehr und mehr vor ihren

Augen verschwamm. Sie blinzelte heftig, konnte aber die Tränen nicht zurückhalten.

»Anne.« James beugte sich vor und legte seiner Tochter eine Hand auf den Unterarm. »Du bist meine Tochter, ich liebe dich. Ich werde immer für dich da sein, auch wenn du manchmal den Eindruck hast, es sei nicht so. Ich bin für dich da!«

Anne schniefte leise. Sie wusste nicht, was sie auf diese Worte erwidern sollte. Sie wollte ihm glauben, aber Zweifel nagten unaufhörlich an ihr wie eine gefräßige Maus an einem Stück Käse.

»Du bist mir immer noch böse wegen der Scheidung und Tracy«, sagte James mit ruhiger Stimme.

Anne fragte sich, wie er so gelassen sein und gleichzeitig so verletzt klingen konnte. In diesem Moment wünschte sie sich aus der Cafeteria. Irgendwohin, überall war es besser, als hier dieses ätzende und aufwühlende Gespräch zu führen.

»Anne, hörst du mir zu?«, riss ihr Vater sie aus den Gedanken.

Sie sah auf.

Er nahm die Hand von ihrem Unterarm und reichte ihr ein Taschentuch, damit sie sich die Wangen trocknen konnte.

»Ist es wegen Tracy und der Scheidung?«, wiederholte ihr Dad seine Frage.

»Du hast Mum gegen sie ausgetauscht, einfach so.« Anne schnäuzte sich die Nase.

»Nein, so war das nicht, das weißt du genau, wenn du ehrlich bist«, widersprach James. »Ich habe vielleicht nicht alles richtig gemacht, hätte mich viel früher von deiner Mum trennen sollen, aber so einfach war das nicht.«

Anne blickte auf. Sie kaute auf ihrer Unterlippe, die Hände zwischen ihre Knie geklemmt. »Du hast Mum sehr verletzt.«

»Und dich«, ergänzte James mit einem Nicken. »Das tut mir leid. Wenn ich könnte, würde ich einiges anders machen.«

»Bei uns bleiben?«

»Nein.« Entschieden schüttelte er den Kopf. »Deine Mutter und ich, das stimmte nicht mehr – jedenfalls für mich. Zu bleiben wäre eine noch größere Lüge gewesen als der Betrug.«

Anne hatte einen dicken Kloß im Hals. »Ich kann das nicht verstehen«, krächzte sie.

James lachte leise auf. »So geht es mir manchmal selbst. Damals und heute. Gefühle verändern sich, Menschen ändern sich, und manchmal weiß man selbst nicht, warum. Du bist noch jung, aber du wirst es auch erleben.«

»Ich werde niemals meinen Mann betrügen!«

»Das meine ich auch nicht«, beschwichtigte James seine Tochter. »Ich wollte bloß sagen, dass du dich weiterentwickeln wirst, und dann wird sich deine Sicht auf die Dinge ändern.«

Anne seufzte.

»Ich würde mich freuen, wenn du mir irgendwann verzeihen könntest und Tracy und Nick eine Chance gibst.«

»Ich mag Nick.« Anne knüllte das Taschentuch in ihrer Hand zusammen.

James nickte. »Das weiß ich doch. Vielleicht magst du irgendwann Tracy auch ein wenig und vielleicht auch mich wieder?« Ihr Dad neigte den Kopf leicht zur Seite, ob bewusst oder unbewusst, konnte Anne nicht sagen. Wohl eher Letzteres. Ihr Vater gehörte nicht zu jenen Menschen, die gerne Späßchen machten. Trotzdem sah es jetzt lustig aus, und sie musste schmunzeln.

»Was?«, fragte James.

Anne kicherte und schüttelte den Kopf. »Du hast deinen Kopf so komisch zur Seite geneigt.«

»Und das ist lustig?«, fragte ihr Vater mit nach oben zuckenden Mundwinkeln.

»Irgendwie schon, ja.«

Am Ende hatten sie beinahe den ganzen Tag im Krankenhaus verbracht. Kate Moor wurde von einer Entnahme zur nächsten geschickt und von dort zu einer weiteren Untersuchung oder umgekehrt. Anne verlor den Überblick vor lauter Fachausdrücken wie Aspiration, Lumbalpunktion, Knochenmarkbiopsie – alles klang gleich erschreckend nach Leukämie. Ihre Mutter schien diese Tortur mit viel Geduld über sich ergehen zu lassen, wofür Anne sie bewunderte. *Ich wär an ihrer Stelle wohl schon durchgedreht*, dachte sie. Als es dann endlich nach Hause ging, war Kate jedoch ziemlich müde und sank auf dem Beifahrersitz zusammen. Fast augenblicklich schlief sie ein. Erst als James den Wagen vor dem Haus parkte, erwachte sie wieder.

»Sind wir schon da?«, fragte sie leise und öffnete die Tür.

James sprang sofort aus dem Wagen und half seiner Ex-Frau beim Aussteigen. »Du bist noch etwas wacklig auf den Beinen«, sagte er und führte sie ins Haus.

Anne folgte den beiden. Sie fragte sich, wie es wäre, wenn ihr Vater treu geblieben wäre? Wie wären die letzten Jahre verlaufen? Wäre sie die gleiche Anne, die sie heute war, oder wäre sie eine ganz andere? Was wäre mit ihrer Mutter und ihrem Vater?

Vielleicht wäre ich selbstsicherer, mutiger, allenfalls sogar glücklicher, überlegte sie, entschied dann aber, dass all die Fragen nicht zu beantworten waren. Es gab kein *Was* wäre, *wenn?*, es gab nur das Jetzt, und das war so, wie es eben war. Sie selbst war so, wie sie nun mal war, und irgendwie, wenn sie es sich eingestand, war es auch ganz in Ordnung.

James brachte Kate zum Sofa im Wohnzimmer. »Bist du sicher, dass du nicht ins Bett willst?«, fragte er und setzte sich neben sie.

»Im schlimmsten Fall muss ich noch genug im Bett liegen«, erwiderte sie trocken.

Anne setzte sich in den Sessel gegenüber dem Sofa.

James räusperte sich. »Wenn wir gerade bei diesem schlimmsten Fall sind«, begann er und löste damit bei Anne eine Gänsehaut aus. »Ich möchte, dass ihr beide wisst, dass ich da sein werde. Für dich, Kate, auch wenn wir geschieden sind, und natürlich auch für dich, Anne.«

Anne war gerührt und ihre Mutter auch, denn sie blinzelte heftig, als sie ein heiseres »Danke« flüsterte.

»So, jetzt muss ich aber los«, sagte James mit einem Blick auf seine Armbanduhr. »Wir sind heute Abend bei Tracys Eltern eingeladen. Falls irgendetwas ist, ruft mich an.«

Tracy, der Name löste bei Anne so etwas wie einen unangenehmen Schauer aus.

Ihr Vater verabschiedete sich mit Händedruck und Küsschen auf die Wange bei seiner Ex-Frau. Anne drückte er einen Kuss auf den Scheitel. Es war ungewohnt, aber irgendwie auch schön, in dieser Art von ihm verabschiedet zu werden.

»So habe ich ihn schon lange nicht mehr gesehen«, sagte Kate, als James das Haus verlassen hatte.

Anne sah ihre Mutter fragend an.

»Besorgt und interessiert.«

»Ich auch nicht«, stimmte sie ihrer Mutter zu.

12. Kapitel

Noch beim Aufstehen war Anne sich sicher: Nichts würde sie vom Warten auf die Untersuchungsergebnisse ihrer Mutter ablenken. Doch dann kam alles anders.

Sie fuhr mit dem Fahrrad zur Arbeit. Kurz vor ihrem Ziel erinnerte sie sich daran, dass sie heute Morgen noch gar nicht dazu gekommen war, die Nachrichten auf ihrem Handy anzuschauen. Also zog sie das Telefon aus der Tasche ihres Pullovers. Sie drosselte das Tempo, lesend und fahrend, die Augen immer hin und her schweifend. Sie bog ab, fuhr auf den Bordstein, sah hoch – der Weg zum Hinterhof war frei – und senkte erneut ihren Blick.

Die Nachrichten waren allesamt von Abbey, die vom Yosemite-Nationalpark berichtete. Erst folgte ein beschauliches Foto von einem Wasserfall, dann ein zweites von einem weiß-braunen Etwas in einem Holzverschlag, das sich erst beim zweiten Blick als ein total besch… Klo herausstellte. Dazu schrieb Abbey: *Bei dem Anblick fror mir das Pipi in der Blase ein.*

Anne blickte lachend auf. Wie aus dem Nichts war Brandon direkt vor ihr aufgetaucht. Ebenfalls versunken in das Mobiltelefon in seiner Hand.

»Brandon!«, stieß Anne aus.

Sie drückte die Bremsen ihres Fahrrades, riss den Lenker herum und kam ins Schlittern. Das Letzte, was sie sah, waren Brandons schreckgeweitete Augen, dann rutschte das Fahrrad unter ihr weg. Anne kniff Augen und Zähne zusammen, als sie hart auf dem Asphalt landete. Mehrere Herzschläge lang blieb sie einfach liegen und wünschte sich, sie könnte im Erdboden versinken. Sie hatte sich gerade vor Brandon zum Deppen gemacht! Schon wieder! O Gott, wie peinlich.

»Anne, hast du dich verletzt?« Die Sorge in seiner Stimme, und das Fehlen von Spott darin, brachte Bewegung in sie. Anne öffnete ihre Augen und richtete sich in eine sitzende Position auf.

»Nein, alles bestens«, antwortete sie, obwohl ihre Knie schmerzten und der rechte Unterarm brannte. Sie langte nach ihrem Handy, das – wie durch ein Wunder – nur ein paar hässliche Dellen abbekommen hatte. Der Bildschirm war heil geblieben, und es schien auch noch zu funktionieren. Rasch steckte sie es in die Tasche.

»Blödsinn, du blutest.« Sofort ging Brandon neben ihr in die Hocke. Sanft schloss er seine Hand um ihr Handgelenk. »Siehst du«, sagte er und drehte sachte ihren Arm.

Seine Berührung löste in ihr wohlig warme Schauerwellen aus. Sie spürte, wie ihre Wangen rot wurden. Rasch senkte sie den Blick. Ihr Unterarm wies eine große Schramme auf, aus der Blut sickerte. »Komm, lass uns reingehen. Mein Dad hat bestimmt einen Erste-Hilfe-Kasten im Shop.«

Anne ließ sich von Brandon aufhelfen. In diesem kurzen Augenblick war er der rettende Prinz aus ihren Tagträumen. Sie sah zu ihm hoch und schenkte ihm ein Lächeln. »Danke.«

Brandon lächelte ebenfalls. Ein Lächeln, das Annes Beine in Pudding verwandelte. Sie wankte.

»Ist dir schwindelig?«, fragte er besorgt.

»Nein, doch, ein bisschen«, murmelte sie.

»Hast du dir den Kopf gestoßen?«

»Ich denke nicht.« Anne atmete tief durch und versuchte sich zusammenzureißen. Es fiel ihr ziemlich schwer. Die Knie schlotterten und ihr Herz überschlug sich förmlich in ihrer Brust.

»Mein Rad?« Sie drehte sich um.

Brandon ließ sie los.

Anne biss sich auf die Unterlippe. Hätte sie doch bloß nichts gesagt!

»Scheint in Ordnung zu sein«, meinte Brandon nach einem prüfenden Blick und dem Test der Bremsen. Er lehnte das Fahrrad direkt vor das Schaufenster des Ladens.

»Darüber wird dein Vater *hocherfreut* sein«, bemerkte Anne schmunzelnd.

Brandon grinste: »Ich weiß, aber schließlich handelt es sich um einen Notfall.«

»Notfall?« Anne zog fragend eine Augenbraue hoch.

»Du musst verarztet werden.«

Brandon machte Ernst. Wie ein Bodyguard ging er neben ihr her, hielt ihr die Tür auf, und als sein Vater, der gerade aus dem Lager kam, die beiden begrüßte, verkündete er: »Anne hat sich bei einem Sturz verletzt. Hast du einen Erste-Hilfe-Kasten?«

Adrian nickte. »Ja, klar. Anne, geht es dir gut?«

»Nur Schürfungen.« Langsam wurde ihr die Aufmerksamkeit doch unangenehm.

»Kommt mit nach hinten«, forderte Adrian die jungen Leute auf. Anne musste auf einem Stuhl Platz nehmen.

»Ich mach das schon«, sagte Brandon und nahm seinem Vater den Verbandskasten ab.

Adrian wirkte einen Moment irritiert, dann aber zuckten seine Mundwinkel kurz in die Höhe zu einem Grinsen, das flüchtig wie Gas war. Rasch drehte er sich um und ließ die beiden alleine.

Annes Kehle war wie zugeschnürt, als Brandon die große Schürfwunde an ihrem Arm bedächtig desinfizierte.

»Geht es?« Er blickte zwischen einigen Haarsträhnen hindurch, die ihm ins Gesicht gefallen waren. Anne hätte sie ihm am liebsten aus der Stirn gestrichen und ihn geküsst.

Sie nickte. Zu mehr war sie nicht in der Lage. Seine Berührung, seine Aufmerksamkeit und Besorgnis versetzten sie in einen leicht berauschten Zustand, in dem sie das Gefühl hatte, die Zeit würde langsamer vergehen und die einzigen Geräusche auf der Welt wären ihr Herzschlag und Brandons Stimme.

»Tut mir leid, ich hab dich vorhin weder gesehen noch gehört.«

Anne schüttelte vehement den Kopf. »Nein, es ist meine Schuld. Ich hab eine SMS gelesen, statt nach vorne zu schauen. Dir ist nichts passiert, oder?« Sie schämte sich dafür, ihn nicht eher gefragt zu haben.

»Alles bestens. Ich bin rechtzeitig zur Seite gesprungen.«

»Gut«, sagte Anne, der nichts Besseres einfiel.

»Wie geht es deiner Mum? Mein Dad sagte, sie ist krank?« Brandon sprach die Worte leise und mit einer gewissen Zurückhaltung aus, die zeigte, dass er nicht indiskret sein wollte.

»Wir wissen noch nicht mit Sicherheit, was es ist«, antwortete Anne ausweichend. Sofort schloss sich eine kalte, harte Hand um ihr Herz. Sie wollte das Wort mit »L« nicht aussprechen. Verzweifelt klammerte sie sich noch an die Hoffnung, dass sich das Labor beim Bluttest geirrt hatte.

Brandon sah sie ernst an. Er öffnete seinen Mund, doch kein Ton kam zwischen seinen Lippen hervor, also schloss er ihn wieder. Er senkte seinen Blick und strich Anne Salbe auf die Verletzung.

Seine Berührungen waren wie unzählige zärtliche Stromstöße, die ihre Energie durch Annes ganzen Körper jagten, um ihren Puls in die Höhe schnellen zu lassen. Sie hielt unwillkürlich den Atem an. Bestand die Möglichkeit, dass Brandon sie mochte? Mehr in ihr sah, als sie bisher angenommen hatte? Aber was war mit Vicky? Anne schüttelte innerlich über sich selbst den Kopf. Sie machte sich etwas vor. Brandon war lediglich hilfsbereit. Nicht mehr und nicht weniger.

»Könnte es etwas Ernstes sein?«, platzte es aus ihm heraus.

»Was?«, fragte Anne verdattert.

»Bei deiner Mutter?«

Anne biss sich auf die Unterlippe und nickte.

»Scheiße«, entfuhr es Brandon. »Sorry, ich wollte nicht … es ist nur …«

»Doch. *Scheiße* ist das richtige Wort, wenn es wirklich Leukämie ist«, fiel ihm Anne grimmig ins Wort.

»Fuck.« Brandon fuhr sich mit beiden Händen durchs Haar.

»Noch kann alles ein Missverständnis sein. Die Resultate sind noch nicht endgültig«, sagte Anne mehr zu sich selbst als zu Brandon.

»Hoffentlich«, sagte er und sah ziemlich betreten drein.

Anne nickte.

»Alles okay bei euch?« Adrian McKnights Frage ließ die jungen Leute zusammenzucken.

Brandon klappte den Erste-Hilfe-Koffer zu. »Ja, alles okay.«

Anne stand auf. Ihre Beine fühlten sich nach wie vor wie Pudding an.

»Könnt ihr bis zwei Uhr die Stellung halten? Ich hab ein paar Besorgungen zu erledigen.«

Die beiden nickten synchron.

13. Kapitel

Ungewissheit ist ein unbequemer Begleiter. Und der heftete sich schon seit zwei Tagen an die Fersen von Anne und ihrer Mutter. Kate trank in dieser Zeit unzählige Tassen Beruhigungstee, wenn sie nicht gerade im Bett oder auf dem Sofa lag und schlief.

»Wir sollten im Krankenhaus nachhaken«, sagte Anne, als sie mit Schrecken feststellte, dass der Teint ihrer Mutter den weißen Wänden im Haus Konkurrenz machte.

»Dr. Brent hat gesagt, dass wir heute Bescheid erhalten.«

»Es ist schon ein Uhr!«

»Es ist *erst* ein Uhr. Dr. Brent hat noch den ganzen Nachmittag Zeit, um anzurufen.«

Anne kaute unglücklich auf ihrer Unterlippe herum.

»Wir müssen uns gedulden«, fügte Kate hinzu und nahm noch einen Schluck von ihrem Tee, der wohl seine Wirkung tat, denn anders konnte Anne sich die Ruhe ihrer Mutter nicht erklären.

Wenig später rief James an.

»Nein, die Resultate habe ich noch nicht erhalten.« Kate sah ihre Tochter an und rollte mit den Augen. Gestern hatte er auch schon angerufen. »Nein, wir vergessen dich nicht. Du gehörst zu den Ersten, die ich informieren werde«, versprach sie. Als sie das Gespräch beendet hatte, sagte sie zu Anne: »Er ist fast so schlimm wie Jane, aber nur fast.«

Jane war ihre jüngere Schwester und sowohl Annes Tante als auch Taufpatin. Kate hatte sie erst gestern angerufen – zu spät, wie Jane fand, was zu einer längeren Diskussion geführt hatte. Die beiden Schwestern hatten nur noch einander. Vater und Mutter waren beide früh gestorben. Die Mutter hatte sich umgebracht, als Kate vier und Jane gerade einmal zwei Jahre alt gewesen war. Der Vater hatte die beiden alleine großgezogen. »Er hat einen guten Job gemacht«, pflegte Kate zu sagen. Anne war sich aber sicher, dass ihre Mum sich trotzdem manchmal wünschte, ihre Mutter wäre noch am Leben. Sie konnte es an dem wehmütigen Glanz in ihren Augen sehen, wenn sie sagte, ihr Dad habe *einen guten Job* gemacht.

Jedenfalls meldete sich Jane nun mehrmals täglich via SMS und erkundigte sich nach dem Wohlergehen der Schwester und ob die Resultate denn schon bekannt seien. Ihre letzte Nachricht lautete: *Soll ich vorbeikommen und bei den Ärzten auf den Tisch hauen?*

Kate schrieb mit einem schweren Seufzer zurück: *Hab Geduld.*

Auch Abbey fragte immer wieder nach. Anne schrieb ihr zurück und wollte ihrerseits wissen, wie es der Freundin im Urlaub erging. Abbeys Reisebericht und die Fotos, die sie schickte, lenkten sie ein wenig ab, aber eben nur ein wenig, denn die Ungewissheit hauchte ihr ständig mahnend in den Nacken. So penetrant, dass sie das Amulett und Auryn fast vergaß. Hie und da dachte sie an das Schmuckstück, das oben in ihrem Zimmer auf dem Nachttisch lag, und spielte mit dem Gedanken, raufzugehen und es sich umzulegen. Doch dann schob sie ihn wieder beiseite, weil immer etwas dazwischen kam.

Um sechzehn Uhr war es der Anruf von Dr. Brent aus dem Krankenhaus. Kate nahm ab, sprach kaum etwas, sagte nur immer wieder »Ja« oder »Mmh«.

Anne krallte sich in die Lehne des Sessels. Ihr Herz schlug hart und schnell gegen die Brust. Ihre Beine kribbelten, wollten sie auffordern, aus dem Raum zu rennen.

»Morgen?«, sagte Kate. »Um welche Zeit? – Okay. Danke.« Sie ließ den Hörer sinken.

»Was hat er gesagt?«, fragte Anne mit bebender Stimme.

»Ich muss ins Krankenhaus …« Kate atmete tief durch, während ihre Augenlider flatterten, um gegen die aufsteigenden Tränen anzukämpfen.

Anne stand sofort vom Sessel auf und setzte sich neben ihre Mutter aufs Sofa. Nun brach Kate in Tränen aus. Stumm legte Anne ihr einen Arm um die Schulter. Eine ganze Weile saßen sie einfach nur aneinandergelehnt da. Anne war auch zum Weinen zumute, aber keine Träne floss. Sie wollte nicht. Ihre Mutter sollte sich jetzt keine Sorgen um sie machen. Sie wollte stark sein, um ihre Mum zu unterstützen, so, wie die es in all den Jahren auch immer bei ihr getan hatte.

»Ich muss Jane und James anrufen.« Kate löste sich von ihrer Tochter und beugte sich nach dem Päckchen Taschentücher vor, das auf dem Salontischchen lag. Mit zittrigen Fingern öffnete sie es.

»Ich rufe die beiden an«, bestimmte Anne.

Kate nickte dankbar und schnäuzte sich die Nase.

Anne rief erst ihren Vater an, weil sie der Meinung war, das Telefongespräch mit ihm würde am kürzesten dauern. Tat es auch. Er bestand darauf, morgen den Chauffeur zu spielen. Anne fragte ihre Mutter, ob das in Ordnung sei. Die nickte schwach und dankbar lächelnd.

Jane verlangte, sofort mit ihrer Schwester zu reden. Annes Worte waren ihr zu wenig. Sie wollte alles direkt von Kate hören, also reichte Anne ihrer Mutter den Hörer.

»Ich bin oben, falls etwas ist«, sagte sie, ehe sie ging.

In ihrem Zimmer ließ sie sich bäuchlings aufs Bett fallen und vergrub ihr Gesicht im Kissen. Noch immer konnte sie nicht weinen. Vielleicht lag es auch daran, dass ihr die ganze Situation so unwirklich vorkam. Geradeso, als wäre alles nur ein schlechter Traum, und irgendwann würde sie wieder aufwachen und alles wäre gut.

Anne drehte sich auf die Seite. Ihr Blick fiel auf das Amulett. Es wirkte surreal. Vielleicht war das alles hier nur ein Traum und ihre Mutter hatte gar keine Leukämie. Doch die Vorstellung zerbröselte schon in dem Augenblick, als Anne sie zu Ende gebracht hatte. Das hier war real, ob es ihr gefiel oder nicht.

Seufzend fuhr sie sich mit den Händen durchs Haar, blieb mehre Herzschläge lang liegen, und dann tat sie, was sie immer tat, wenn sie sich schlecht fühlte: Sie setzte sich an ihren Laptop und schrieb.

14. Kapitel

»Was ist bloß los mit dir?«, fragte Ava. »Du benimmst dich noch seltsamer als gewöhnlich.«

Auryn saß am Schreibtisch in seinem Zimmer. Seine Schwester hatte sich davor aufgebaut, nachdem sie wie ein tosender Sturm hereingeplatzt war.

»Mangelt es dir an Beschäftigung, Ava?« Er lehnte sich im Stuhl zurück und verschränkte die Arme vor der Brust.

Genervt verdrehte Ava die Augen und hob die Hände. »Du und deine Gegenfragen.«

Ja, damit hatte er sie schon immer zur Weißglut treiben können. Heute genoss er es fast so sehr wie damals.

»Na los, sag schon! Was ist los mit dir?«

»Machst du dir Sorgen um mich?«

Ava setzte sich auf den Schreibtisch. »Selbstverständlich, du bist mein Bruder!«

»Deine Besorgnis war damals nicht so groß, als du mir Hanna auf den Hals gehetzt hast.«

»Ich wasche meine Hände nach wie vor in Unschuld«, sagte Ava, aber ihre Lippen verzogen sich zu einem Grinsen.

»Du hast deine Rolle schon besser gespielt«, sagte Auryn.

»Und wenn schon.« Sie rutschte vom Schreibtisch, um einen Streifzug durch sein Zimmer zu beginnen. Ihre Hände glitten über den Samtstoff der Vorhänge, die Rahmen der Bilder, das Holz der Regale und verweilten dort nachdenklich.

»Suchst du etwas Bestimmtes?«, fragte Auryn ungehalten. »Ich hätte gern meine Ruhe.«

»Ich suche das Mädchen.«

Auryn lachte auf. »Welches Mädchen?«

»Dessen Stimme ich vor ein paar Tagen gehört habe.«

»Du bist verrückt.«

Ava drehte sich ihm zu. Eine Augenbraue hochgezogen. »Das denke ich nicht.«

»Das sagen alle Verrückten.«

Ava setzte ihren Rundgang fort, hin zum Bett, wo sie sich hinkniete, um darunter zu schauen.

Auryn stand wütend auf. »Du benimmst dich völlig lächerlich. Wo soll hier bitte ein Mädchen herkommen?«

»Keine Ahnung.«

»Es kann niemand das Anwesen betreten oder verlassen, außer uns und unseren üblichen Gästen.«

Ava kicherte. »Und die verlassen das Haus nie lebend.«

»Na also.«

»Trotzdem, ich habe die Stimme gehört. Die Stimme eines jungen Dings, das ein Gossen-Englisch spricht.«

Auryn biss die Zähne aufeinander, um sich einen Kommentar zu verkneifen.

Ava fixierte ihn. Ein Lächeln formte ihre Lippen. »Du bist so leicht zu durchschauen.«

»Verschwinde endlich!«, zischte Auryn. »Es gibt hier niemanden außer unserer gottverdammten Familie und dem unerträglichen Personal!«

Ihr Lächeln verzog sich zu einem Grinsen. »Ich könnte Hanna von meinem Verdacht erzählen …«

»Und?«

»Vielleicht wird sie versuchen, dich ein zweites Mal umzubringen«, kicherte Ava.

»Deine Zunge wird von Jahr zu Jahr spitzer«, stellte Auryn freudlos fest. »Los, verschwinde endlich, oder …«

»Oder was?« Ava sah ihren Bruder herausfordernd an.

Der ließ sich erneut vor dem Schreibtisch nieder. Statt zu antworten, erwiderte er den Blick seiner Schwester standhaft. Wie zwei Raubtiere hielten sie für mehrere Herzschläge Augenkontakt, schließlich seufzte Ava und drehte sich mit den Worten ab: »Du langweilst mich.«

Auryn atmete erleichtert aus, als sie die Türe hinter sich zuknallte. Er stützte seine Ellbogen auf dem Tisch ab. Sein Kopf sank entnervt nach vorne in seine Handflächen. »Verfluchtes Weib«, grummelte er in die Hände. Seine Gedanken schweiften von seiner Schwester zu Anne, zu der er schon seit Tagen den Kontakt verloren hatte. War ihr vielleicht etwas zugestoßen? Oder hatte er sie doch mit irgendetwas verärgert? Er machte sich immer größere Sorgen. Möglicherweise hatte sie aber auch das Amulett verloren. Der Gedanke erschreckte ihn noch mehr als die Möglichkeit, dass er etwas Falsches gesagt haben könnte. Auryn musste sich selbst eingestehen, dass er nicht nur Annes Gesellschaft genossen hatte, sondern auch den Anblick des Schmuckstücks. Es hatte Hoffnungen in ihm geweckt, die längst erloschen waren. Wenn es nur einen Weg gäbe, an das Amulett heranzukommen … oder vielleicht würde Anne ihn sogar einen Wunsch erfüllen lassen … Aber was war, wenn er nie wieder etwas von ihr hörte?

»Dann werde ich wahnsinnig oder zum erfolglosen Meuchelmörder meiner Schwester«, lachte er bitter auf.

15. Kapitel

Dreitausend Wörter hatte Anne geschrieben. Zufrieden lehnte sie sich auf dem Stuhl zurück. Dieses Manuskript würde etwas Besonderes werden, das konnte sie spüren. Die Worte waren in den letzten Stunden nur so aus ihr herausgeflossen. Sie beugte sich wieder vor, speicherte die Geschichte und fuhr den Laptop herunter. Dann ging sie hinüber zum Nachttisch und hob das Amulett auf. Es war durch seine Form und das Fehlen jeglicher Verzierung schlicht, dennoch strahlte es etwas sehr Kostbares aus. Der schimmernde Rubin trug sicherlich auch noch dazu bei, keine Frage. Anne strich mit den Fingerspitzen über den Stein. Sie dachte an Auryn, den sie in den letzten Tagen nicht mehr gesehen hatte, aber nun doch irgendwie vermisste. Plötzlich wurde der Stein warm. Nicht heiß, nur warm. Verwundert blickte sie darauf, als ein Ruf der freudigen Überraschung erklang.

Anne drehte sich um.

Auryn! Der Spiegel hatte sich wieder zum Fenster in sein Zimmer verwandelt.

Sie erwiderte sein Lächeln, wenn auch etwas müde.

»Ich dachte schon, dir sei etwas zugestoßen«, sagte Auryn.

»Mir geht es gut. Ich hatte nur viel um die Ohren.«

Auryn neigte seinen Kopf leicht zur Seite und runzelte die Stirn. »Habe ich dich verärgert?«

»Nein.«

»Aber irgendetwas ist mit dir«, beharrte er.

»Es hat nichts mit dir zu tun. Du hast alles richtig gemacht.« Anne setzte sich aufs Bett. »Es ist nur …« Sie brach ab.

»Was? Du kannst mir alles sagen.«

»Wir kennen uns doch kaum«, sagte Anne.

Auryn nickte. »Das ist in der Tat so, und dennoch verspüre ich eine Vertrautheit, wenn ich mit dir spreche. Du hast mir gefehlt.«

Anne errötete. »Ist das dein Charme, mit dem du früher den Mädchen den Kopf verdreht hast?«

»Das hier ist authentisch«, erwiderte Auryn und sah Anne direkt mit der Standhaftigkeit der Wahrheit an.

»Bei meiner Mutter wurde Leukämie diagnostiziert.« Das Wort kam schwerfällig über ihre Lippen. Anne fühlte sich, als könnte sie mit dem Aussprechen des Wortes ihre Mutter zum Tode verurteilen.

»Das tut mir leid«, sagte Auryn und fügte zögerlich an: »Meine folgende Frage wird möglicherweise taktlos erscheinen, aber ich muss sie stellen.«

Anne nickte ihm auffordernd zu.

»In deiner Zeit sind noch immer nicht alle Krankheiten heilbar?«

»Einige sind es«, antwortete Anne, »andere nicht. Außerdem sind neue dazugekommen.«

Auryn sah enttäuscht aus.

»Wir machen uns auch Hoffnungen, dass irgendwann Krebs oder Aids heilbar sein wird.«

»Aids?«, fragte Auryn verwundert. Worauf Anne ihm kurz erklärte, um was für eine Art von Krankheit es sich dabei handelte.

»Und für deine Mutter gibt es nichts, was die Ärzte tun können?«

»Doch, doch, das gibt es. Trotzdem habe ich Angst um sie. Noch immer sterben viele Menschen an Leukämie, junge und alte. Manche erholen sich für ein paar Jahre, sterben aber dann trotzdem. Es gibt unterschiedliche Arten der Leukämie, und genauso differenziert sind die Behandlungsarten und Chancen auf Heilung. Morgen werden wir im Krankenhaus mehr erfahren.«

Auryn nickte Anteil nehmend. »Ich wünsche deiner Mutter alles Gute.«

»Danke.« Bedrücktes Schweigen setzte ein. Auryn nestelte an der Kette seiner Taschenuhr herum, während Anne an einem Häutchen am Daumennagel zupfte.

»Du darfst einfach die Hoffnung nicht aufgeben«, brach Auryn schließlich die Stille. »Ich selbst hoffe nach all den Jahrzehnten immer noch.«

»Worauf?«, fragte Anne.

»Erlösung.«

»Wovon?«

»Von der Unsterblichkeit«, seufzte Auryn.

»Ist es wirklich so schlimm?«, wollte Anne wissen. »Du bist für immer jung und gesund.«

Ein trauriges Lächeln umspielte seine Lippen. »Und auf immer und ewig an dieses Haus gebunden und die Menschen, die darin leben und versuchen, mich in den Wahnsinn zu treiben.« Er verdrehte die Augen. »Du bist die erste Abwechslung, das erste neue Gesicht seit vielen Jahren. Deshalb genieße ich die Konversationen mit dir.« Er wirkte etwas verlegen und fügte leise an: »Nein, es ist nicht nur deswegen, du bist eine sehr angenehme Gesprächspartnerin und hübsch anzusehen.«

Eine feine Röte überzog Annes Wangen. Sie versuchte, ihre Verlegenheit mit einem Hüsteln zu überspielen. »Erzähl mir mehr von dir und deiner ach so nervenden Familie. Ich kann etwas Ablenkung gut gebrauchen.«

Auryn lächelte verschmitzt: »Sei aber gewarnt: Die Lockes sind keine sympathische Familie.«

»Unsinn.« Anne schüttelte entschieden den Kopf. »Du bist sympathisch.« Und leiser fügte sie an: »Also können die anderen gar nicht so übel sein.«

Auryn seufzte. »Was du siehst, ist nur ein hübscher Anstrich, der zu täuschen vermag. Hinter diesem netten Aussehen steckt ein Schuft.«

»Ein Schokohase«, murmelte Anne und dachte dabei an Abbeys Bemerkung über Brandon.

»Hase? Was hat ein Hase aus Schokolade mit mir zu tun?« Auryn sah sie mit einem derart entgeisterten Gesichtsausdruck an, dass sie kichern musste.

»Es freut mich dich mit meinen Worten zu erheitern.« Er verschränkte die Arme vor der Brust und setzte eine übertrieben beleidigte Miene auf, die Anne noch mehr zum Lachen brachte. Nun schnellten auch Auryns Mundwinkel in die Höhe, und er stimmte in das Gelächter ein, aber nur kurz, dann kam ihm Ava wieder in den Sinn und ihre Neugierde. »Wir sollten leiser sein«, sagte er. »Ich hatte heute schon eine mühselige Unterhaltung mit meiner Schwester, die deine Stimme gehört haben will.«

Anne presste erschrocken die Lippen zusammen. Sie hatte keinen Augenblick daran gedacht, dass ihre Unterhaltung mit Auryn auch von ihrer Mutter gehört werden konnte.

»Tut mir leid«, flüsterte sie. Sie stand vom Bett auf und setzte sich im Schneidersitz auf den Boden, direkt vor den Spiegel. Auryn tat es ihr gleich. Jetzt trennten sie nur noch wenige Zentimeter und eine Scheibe.

»Wenn sie nichts Verdächtiges mehr hört, wird sie aufgeben.«

»Erzähl mir mehr von deiner Familie«, forderte Anne. »Du hast mich jetzt noch neugieriger gemacht.«

Auryn runzelte die Stirn. »Wo und bei wem soll ich beginnen?«

Anne wartete geduldig und gespannt. Schließlich erzählte er von seiner wunderschönen Mutter, der es an Wärme fehlte. Von seinem Vater, dessen Leidenschaft die Vermehrung des Familienvermögens war, und von Ava, die, genau wie er, ein verwöhntes und gelangweiltes Kind war. »Ich verführte Mädchen und brach ihre Herzen, während Ava Konkurrentinnen mit gemeinen Intrigen ausstach, Gerüchte in die Welt setzte und das Glück anderer zerstörte.«

»Konntet ihr euch nur darüber freuen?«, wollte Anne wissen.

Auryn senkte beschämt seinen Kopf. »Auf eine perverse Art – ja.«

»Aber du hast dich verändert …«

Ein heiseres, bitteres Lachen. »Ich hatte in den letzten Jahren viel Zeit zum Nachdenken.«

»Und deine Eltern und deine Schwester?«

Auryn ließ seine Schultern sinken, als trüge er eine unsichtbare Last darauf. Er schüttelte den Kopf. »Sie verstehen mich nicht und halten an ihren alten Mustern fest.«

»Wie war dein Leben damals?«

Ein Lächeln stahl sich auf Auryns Lippen. »Jedes Detail? Jede Eroberung?«

Anne verneinte lachend. »Nicht von deinen Liebschaften, das Drumherum.«

»Soso, das Drumherum.« Einen Moment dachte er nach, um dann von der Universität zu berichten und die Bälle zu beschreiben, die seine Mutter im Haus veranstaltet hatte oder zu denen die Lockes eingeladen wurden.

Anne hörte ihm gerne zu. Während der Erzählung rückte die Diagnose ihrer Mutter in weite Ferne. Sie bemerkte Auryns warme, sonore Stimme und begann ihren Klang zu genießen. Zwischendurch strich er sich eine widerspenstige Haarsträhne mit seinen langen, schmalen Fingern aus dem Gesicht.

Die zarten Finger eines Jungen, der nie hat arbeiten müssen, schoss es Anne durch den Kopf. Sie ertappte sich dabei, wie sie Auryn mit Brandon verglich. Die beiden könnten nicht unterschiedlicher sein. Brandon hatte kräftige Hände. Seine Stimme war auch tief, aber nicht so sehr wie Auryns. Obwohl sie beide blaue Augen hatten, war das Blau verschieden wie das eines Sees bei Tag und bei Nacht.

Brandons Iris war hellblau und strahlte Jugend und Unerfahrenheit aus. Auryns hingegen war dunkler. Die satte Farbe schien zu verraten, dass er älter war, bereits mehr vom Leben wusste.

Als Anne verstohlen hinter vorgehaltener Hand gähnte, verstummte Auryn. »Du bist müde.«

Sie warf einen Blick auf den Wecker, der elf Uhr anzeigte. »Ein wenig. Ich sollte wohl ins Bett gehen«, sagte sie, machte aber keine Anstalten, aufzustehen.

Auryn beschloss gleichzuziehen. »Ich frage mich, wie die Welt heute aussieht«, sinnierte er.

»Du würdest dich erschrecken«, meinte Anne und fügte lächelnd an: »Und dich über viele Dinge wundern.«

Auryn seufzte. »Ich wünschte, ich könnte einfach durch diesen Spiegel gehen.«

Anne streckte ihren Rücken kerzengerade durch. »Vielleicht ist es möglich«, flüsterte sie. Der Gedanke, dass er zu ihr ins Zimmer steigen könnte, ließ ihren Puls in die Höhe schnellen.

Zögerlich, mit einem Hoffnungsschimmer in den Augen, legte Auryn die rechte Hand auf das Glas, sodass Anne die Linien in seiner Handfläche sehen konnte.

Enttäuscht schüttelte er den Kopf. »Der Spiegel gibt nicht nach.« Trotzdem nahm er die Hand nicht von der glatten Oberfläche. Aus einem Reflex heraus legte Anne ihre Hand ebenfalls auf den Spiegel. Sie spürte die kühle, unnachgiebig glatte Fläche, während sich an ihrem Hals eine angenehme Wärme ausbreitete.

»Der Rubin glüht«, flüsterte Auryn.

Anne senkte ihren Blick. »Selts…« Erschrocken verstummte sie, als das Glas unter ihrer Hand nachgab.

Auryn und Anne zuckten zusammen, als ihre Hände sich berührten. Dann lachten sie gleichzeitig auf. Anne wollte ihre Hand zurückziehen, doch Auryn flocht seine Finger in ihre.

»Komm zu mir«, flüsterte er heiser.

Annes Herz machte einen Sprung. »O-kay«, sagte sie gedehnt.

Auryn zog an ihrer Hand. Annes Kiefer klappte nach unten, als ihr Arm fast bis zur Schulter im Spiegel versank. Sie beugte sich mit geschlossenen Augen vor und rechnete damit, mit der Stirn gegen das Glas zu knallen. Aber die Oberfläche gab nach. Es fühlte sich fast so an, wie durch einen Vorhang zu gehen.

»Schau mich an«, flüsterte Auryn.

Annes Herz hämmerte unbarmherzig gegen die Brust. *O Gott*, dachte sie, als sie ihre Augen öffnete. *Nein, nicht Gott, Auryn*, verbesserte sie sich und sah zu ihm hoch. Er überragte sie fast um einen ganzen Kopf. In seinen dunkelblauen Bügelfaltenhosen und dem weißen Hemd mit Weste sah er sehr schick aus. Anne fühlte sich in Jeans und Shirt wie ein Bauerntrampel neben einem Mann von Welt.

»Ich muss wohl träumen«, scherzte Auryn und kniff übertrieben die Augen zusammen, um sie sogleich theatralisch weit aufzureißen.

Anne kicherte. »Das dachte ich eben auch.«

Es war beinahe so wie in ihren Träumen, aber eben nur beinahe, denn wenn sie träumte, hatte immer Brandon ihre Hand ergriffen. In diesen Augenblicken sahen sie einander in die Augen, und die Welt stand still, während ihre Herzen sich in einem Rhythmus einfanden. In ihren Tagträumen lächelte Brandon zärtlich, ehe er sie in den Arm nahm und sie küsste.

Die Vorstellung, Auryn könnte sie nun küssen, löste in Anne Furcht aus. Nur davon zu träumen, geküsst zu werden, war etwas völlig anderes. Auryn hatte schon viele Mädchen gehabt. Was, wenn sie seinen Kuss schlecht erwiderte? Außerdem war es vermutlich nicht besonders schlau, sich auf einen Jungen einzulassen, der am liebsten Mädchen verführte und sie dann fallen ließ. Auryn behauptete zwar, geläutert zu sein, aber eigentlich konnte er ihr alles erzählen, was er wollte.

Er umfasste ihre Hand mit beiden Händen und drückte sie leicht, als wolle er sich überzeugen, tatsächlich nicht zu träumen.

Annes Kopfhaut prickelte. Angenehme Schauer rieselten unter seiner Berührung ihren Rücken hinunter.

»Du bist so warm – so lebendig«, lachte er glücklich.

»Und du so kalt«, konterte Anne leise.

Auryns Augen verdunkelten sich. »Kalt wie der Marmor dieses Hauses«, flüsterte er und ließ ihre Hand los.

Erst jetzt sah Anne sich in seinem Zimmer um, das mindestens dreimal so groß war wie ihr eigenes. Strahlend weiße Wände. An den Decken wunderschöne Stuckaturen. Ein riesiges Bett stand direkt neben ihnen. Matratze, Decke, selbst das Kissen sah aus, als könnte man darin einsinken. Schrank und Kommode sowie der Nachttisch waren aus dunklem Holz. Etwas weiter hinten im Raum gab es einen hohen Kamin, davor eine Chaiselongue, daneben einen Schreibtisch, auf dem sich Bücher und Papier stapelten, aber in einer so ordentlichen Art und Weise, als würde nie jemand an diesem Tisch arbeiten. »Wie eine Reise in die Vergangenheit.« Anne fuhr mit der Hand über das eingeschnitzte Blumenmuster am Fußende des Bettes. »Alles so altmodisch und kostbar.«

»Hier ist die Zeit stehen geblieben«, sagte Auryn.

»Darf ich?«

»Selbstverständlich.«

Anne setzte sich auf das Bett. Es war so weich, wie es aussah. Auryn nahm neben ihr Platz. Nur eine Handbreit trennte die beiden voneinander.

»Was machst du den ganzen Tag?«, fragte Anne.

»Ich lese viel. Wir haben unten eine große Bibliothek. Früher habe ich mich nie für Bücher interessiert.« Er lachte auf. »Jetzt könnte ich ohne sie nicht mehr sein. Was für ein Narr war ich doch früher.« Er schüttelte den Kopf.

»Sei nicht so streng mit dir«, sagte Anne. »Wir alle machen Fehler. Niemand ist perfekt.« Ohne es beabsichtigt zu haben, dachte sie an ihren Vater. Vielleicht sollte sie ihm auch etwas mehr von diesem Wohlwollen entgegenbringen. Doch Tracy war nicht irgendein Fehler, den ihr Dad gemacht und für den er sich entschuldigt hatte, um reumütig zu ihr und ihrer Mutter zurückzukehren. Nein, er war bei ihr geblieben, hatte sie geschwängert. Vielmehr erschien es Anne nun, als wären sie und ihre Mutter der Fehler ihres Vaters gewesen. Der Gedanke war bitterer als Medizin, aber bei Weitem nicht so heilsam. Sie schob ihn rasch beiseite und begrub ihn in den tiefen Schluchten ihres Unterbewusstseins. Es fiel ihr erstaunlich leicht, denn Auryn lenkte sie ab.

»Was schaust du so?«, fragte sie.

»Entschuldige.« Er wandte seinen Blick ab. »Es war unhöflich, so zu starren.«

Schweigen senkte sich über die beiden. Anne presste ihre Hände zwischen die Knie. Hier und da sah sie kurz zu Auryn, der jedes Mal schnell wegsah und so tat, als gäbe es etwas wahnsinnig Interessantes an der weißen Wand gegenüber zu sehen. Irgendwann konnte Anne nicht anders, sein Verhalten entlockte ihr ein Kichern.

»Was erheitert dich?«, wollte Auryn sofort wissen.

»Du darfst mich schon anschauen«, sagte sie kichernd. »Einfach nicht so lange und eingehend, als hätte ich ein Horn auf meiner Stirn oder sonst etwas Abnormales in meinem Gesicht.«

»Deswegen habe ich dich doch nicht betrachtet«, widersprach Auryn.

»Nein?«

»Nein, ich bin einfach … ich finde dich …« Weiter kam er nicht, denn jemand klopfte an seine Tür. Eine helle, mit Eis verzierte Stimme rief ihn beim Namen.

»Das ist Ava«, entfuhr es Auryn erschrocken. Er sprang auf und sprintete zur Tür. Anne sah ihm verdattert nach.

»Wen hast du zu Besuch?«, fragte Ava durch die geschlossene Tür.

»Niemanden.«

»Verkauf mich nicht für dumm.« Der Knauf bewegte sich hin und her. Auryn lehnte sich gegen die Tür.

»Was fällt dir ein! Lass mich in Ruhe«, rief er stocksauer.

»Hast du dich wieder mit Hanna eingelassen? Oder ist es ein anderes Mädchen?« Ava drückte immer wieder die Klinke nach unten.

Auryn drehte sich, mit dem Rücken gegen die Tür gelehnt, zu Anne um. Seine Lippen formten ein stummes »Entschuldige«. Dazu machte er eine Handbewegung, die ihr zu verstehen gab, dass sie wieder durch den Spiegel gehen sollte. Anne nickte mechanisch. Sie stand auf. Der Name *Hanna* hallte in ihrem Kopf wider und versetzte ihrem Herzen fiese Pikser.

»Es ist niemand hier, Ava.«

»Dann kannst du mich ja einlassen, Bruderherz.«

»Ich bin nicht angekleidet!«

Ava lachte laut auf. Sie glaubte Auryn offensichtlich kein Wort, das war herauszuhören.

Anne streckte ihre Hand aus, berührte die kühle Fläche des Spiegels. Sie warf einen Blick über die Schulter. Auryn sah sie an. Seine blauen Augen waren dunkel, sein Mund zu einer unglücklichen Linie verzogen. Die ganze Situation war ihm unangenehm – und Anne auch. Dabei war es zuvor so schön gewesen.

Sie ging durch den Spiegel.

Auryn ließ sie keinen Moment aus den Augen. Er hätte sich gerne von ihr verabschiedet, aber er fürchtete sich davor, dass seine Schwester seine Worte hörte. Also sah er Anne nur nach und hoffte, sie bald wiedertreffen zu können. Er mochte sie, er wollte sie wiedersehen, und das Amulett wollte er eigentlich auch, doch verspürte er Skrupel, sich das Schmuckstück einfach anzueignen. Verdammt, er schlitterte geradewegs in ein Dilemma hinein.

Mit einem Seufzer trat er von der Tür weg. Ava stürzte sofort in sein Gemach.

»Scheint niemand da zu sein«, stellte sie fest.

»Hab ich dir doch gesagt.« Auryn rollte genervt mit den Augen.

»Vielleicht hast du sie auch irgendwo versteckt«, überlegte Ava laut und begann sofort, den Raum zu durchschreiten. Sie sah wieder einmal unters Bett, öffnete Schranktüren und spähte hinter jeden schweren Samtvorhang.

Auryn ließ sie gewähren. Sie würde sonst keine Ruhe geben.

»Tatsächlich, niemand da.« Die Enttäuschung stand ihr ins Gesicht geschrieben.

»Meine Worte, aber du wolltest mir nicht glauben.«

Ava schnaubte. »Es ist übrigens Essenszeit.«

16. Kapitel

*A*nne warf sich bäuchlings aufs Bett und brach in Tränen aus. Die Ereignisse in den letzten Stunden waren einfach zu viel für sie gewesen. Die Tränen flossen reichlich bis zur Erschöpfung. Sie schlief, durch den Mund atmend, weil die Nase verstopft war, auf einem nassen Kissen ein. Traumlos verstrichen die Stunden, während der Mond und die Sterne am Himmel in aller Stille vorbeizogen, um der Sonne den Platz freizumachen, bis …

»Anne, aufstehen!«

Irritiert blinzelte sie sich wach. Wer rief nach ihr? Sie drehte sich um und blickte in das Gesicht ihres Vaters. »Was machst du denn hier?«

»Auch dir einen guten Morgen«, sagte er ernst. »Ich komme euch abholen.«

»Wo ist Mum?« Erschrocken richtete Anne sich auf. »Warum hat sie mich nicht geweckt? Geht es ihr nicht gut?«

»Sie liegt unten auf dem Sofa. Sie ist sehr müde und scheint etwas Fieber zu haben. Ich fahre jetzt mit ihr ins Krankenhaus.«

Anne sprang aus dem Bett. »Ich komme mit. Ich muss mich nur kurz unter die Dusche stellen und …«

Ihr Vater legte ihr die Hand auf die Schulter. »Nein.«

»Wieso nicht?«, brauste Anne auf. »Du hast kein Recht, mir zu verbie…«

»Anne!« Ihr Vater packte sie an beiden Schultern. »Das will ich auch gar nicht. Jane ist auf dem Weg. Ruf sie an und frag, ob sie dich hier abholt, ehe sie ins Krankenhaus fährt.«

Anne klappte ihren Mund geräuschvoll zu und nickte. Ganz glücklich war sie nicht damit, aber sie begriff auch, dass ihre Eltern sich beeilen mussten. Sie folgte ihrem Vater im Pyjama nach unten, um sich von ihrer Mutter zu verabschieden.

»Wir sehen uns ja später«, lächelte Kate. »Mach dir keine Sorgen. So schnell vergehe ich nicht.«

Anne nickte mit einem Kloß im Hals. Erst als sie das Starten des Motors hörte, rief sie Jane an und bat darum, abgeholt zu werden.

»Geht klar«, meinte ihre Tante. »Ich bin etwa in einer Stunde da.«

Anne bedankte sich, hängte auf und ging auf direktem Weg ins Badezimmer. Nachdem sie geduscht und sich angezogen hatte, fühlte sie sich besser. Hoffnung breitete sich als ein Gefühl der Wärme in ihrer Bauchregion aus. Im Krankenhaus würden die Ärzte dem Krebs zu Leibe rücken. Ihre Mutter würde überleben, anders konnte es gar nicht sein.

Sie nickte ihrem Spiegelbild zu. Automatisch wechselten ihre Gedanken von ihrer Mutter zu Auryn, als sie nach der Zahnbürste griff. Ein Wechsel, der ihr grausam erschien und doch natürlich. Auryn hatte sich in ihr Leben geschlichen, leise und auf eine magische Weise. Sie fühlte sich mit ihm verbunden, als wäre er ein Teil ihrer selbst. Sie dachte an den Augenblick, in dem ein Kuss in greifbare Nähe gerückt war und ihr Herz so schnell geschlagen hatte, dass sie befürchtete, es würde plötzlich vor Erschöpfung stillstehen.

Hanna!, zischte eine innere Stimme ihr zu. Wer war sie? Anne spürte einen leichten Druck auf der Brust, den sie sich nicht so einfach erklären konnte. War sie womöglich eifersüchtig? Das wäre geradezu lächerlich.

Sie starrte ihr bleiches Selbst im Spiegel an, das plötzlich zerfloss, bis Auryn auftauchte.

»Anne«, atmete er erleichtert auf. »Guten Morgen.«

Sie ließ die Zahnbürste auf das Waschbecken sinken. Sie wusste nicht, was sie sagen oder wie sie auf ihn reagieren sollte. Doch das brauchte sie auch nicht.

Auryn ergriff das Wort: »Ich möchte mich für den letzten Abend entschuldigen. Die Zunge meiner Schwester ist spitzer als jeder Dolch.«

»Und treffsicher ist sie auch.« Sie biss sich auf die Unterlippe. »Entschuldige.«

»Für die Wahrheit musst du dich nicht entschuldigen.«

Betretenes Schweigen drängte sich zwischen die beiden. Es war schließlich Anne, die es brach. »Wer ist Hanna?«

Auryns Mundwinkel zuckten unerfreut.

»Tut mir leid, es geht mich nichts an«, sagte Anne rasch und hob abwehrend die Hände. Sie hatte kein Recht auf eine Antwort. Immerhin kannten sie sich kaum. Die Erinnerung an seine Berührungen schob sich in den Vordergrund. Das prickelnde Gefühl erwachte in ihr erneut. Sie hatte geglaubt, er würde sie küssen wollen, und sie hatte Angst davor gehabt. Und jetzt?

»Bist du mir böse?«, unterbrach Auryn ihre Gedankengänge. Er sah ziemlich zerknirscht aus.

Anne schüttelte den Kopf.

»Sicher? Ich habe gerade einen anderen Eindruck. Ich kann dir das mit Hanna erklä…«

»Nein!«, fiel ihm Anne ins Wort. »Nicht jetzt. Ich muss los. Erzähl es mir ein anderes Mal.«

»Heute Abend?«, fragte Auryn hoffnungsvoll.

»Ja, vielleicht. Ich weiß nicht«, erwiderte sie.

»Wenn du mich sehen willst, dann weißt du, wo du mich findest«, presste er mühsam zwischen den Lippen hervor.

Anne nickte. Ihr Magen zog sich unangenehm zusammen. Ihre Gedanken kreisten. Rasch öffnete sie den Verschluss der Kette und legte sie ab.

Auryns Spiegelbild verblasste nahezu augenblicklich. Sein enttäuschtes Gesicht brannte sich in ihr Gedächtnis ein.

Entschlossen griff Anne zur Zahnbürste, quetschte die Zahnpastatube aus und putzte sich energisch die Zähne, als könne sie damit alles Unangenehme aus ihrem Leben tilgen.

»Du bist verrückt«, sagte sie zu ihrem Spiegelbild, nachdem sie sich den Mund ausgespült hatte. Sie blinzelte. In ihrem Bauch schienen sich die Eingeweide ineinander zu knoten.

Es klingelte. Anne rannte die Stufen hinunter zur Tür und riss sie auf. »Hallo Liebes«, begrüßte ihre Tante sie und küsste sie auf die Wange. »Wie geht es dir?«

»Etwas durch den Wind«, antwortete Anne wahrheitsgetreu.

»Geht mir genauso«, sagte Jane und trat ein. »Kann ich die Tasche hier stehen lassen?«

»Ja, klar. Fahren wir gleich los?«

Jane nickte.

Anne war froh, endlich im Auto zu sitzen, Richtung Krankenhaus. Jane schien es ebenso zu gehen. Sie fuhr schweigend, leicht vorgebeugt, als wolle sie den Wagen dadurch zusätzlich anschieben.

»Die Chemo wird kein Pappenstiel«, brach sie die Stille.

Anne nickte, was ihre Patentante allerdings nicht sehen konnte, weil sie ihren Blick starr auf die Straße gerichtet hatte.

»Ich habe mich ein bisschen im Internet umgesehen«, fuhr Jane fort. »Es gibt positive Berichte von Betroffenen, aber auch Geschichten von Menschen, die nach zwei, drei Jahren Leidensweg und ziemlich vielen Aufs uns Abs letzlich doch sterben.«

»Mum wird es überleben«, sagte Anne mit einer Heftigkeit, die sie selbst überraschte.

»Natürlich«, nickte Jane. Aber sie hörte sich nicht besonders überzeugt an. Anne konnte ihr deswegen nicht einmal wirklich böse sein. Sie fand lediglich, dass es die falsche Einstellung war.

Als ob ihre Tante ihre Gedanken gelesen hätte, erklärte sie: »Ich will daran glauben. Ich bin sogar sicher, dass es besser ist, an Heilung zu denken, aber es fällt mir im Moment sehr schwer.« Ihre Augen füllten sich mit Tränen, die sie rasch wegblinzelte. Sie räusperte sich. »Weißt du, ob der Arzt schon etwas wegen einer Stammzellen- und Knochenmarktransplantation gesagt hat?«

»Nein. Ich weiß so gut wie nichts.«

Jane presste die Lippen zusammen. »Dann sind wir schon zwei«, knurrte sie. Den Rest der Fahrt verbrachten sie schweigend.

Der Tag im Krankenhaus verging langsam und wie in einem Traum. Anne kam sich wie in Watte gehüllt vor. Sie sah ihre Mutter im Bett liegen, daneben stand Dr. Brent und erklärte das weitere Vorgehen. Seine Stimme hatte etwas Salbungsvolles an sich, das Anne jedoch nur mäßig beruhigte. Ihr Dad saß auf der anderen Seite des Bettes, die Arme verschränkt und mit einem verkniffenen Gesichtsausdruck.

Jane trug die gleiche Miene zur Schau, stand jedoch dicht neben dem Kopfende und verlagerte unruhig ihr Gewicht von einem Bein auf das andere.

Sehr schnell fiel das Wort Chemotherapie und dass ein Port im oberen Brustbereich eingesetzt werden solle. Das sei schonender, als wenn die Infusionen jedes Mal über die Armvenen laufen würden.

»Was ist mit einer Stammzellen- und Knochenmarktransplantation?«, platzte es aus Jane heraus.

»Dazu komme ich gleich«, erwiderte Dr. Brant geduldig. »Wenn mit der Chemo und der Bestrahlung alles gut läuft, machen wir die Transplantation. Dafür brauchen wir einen geeigneten Spender. Sie als Schwester könnten durchaus infrage kommen, dafür müssten wir Sie aber testen.«

»Sofort«, sagte Jane.

»Und was ist mit mir?«, fragte Anne mit belegter Stimme.

Der Arzt wandte sich ihr zu und erklärte sanft: »Die Chancen für eine Übereinstimmung sind bei Geschwistern bedeutend höher.«

Am späten Nachmittag wurde Kate abgeholt, damit ihr der Port eingesetzt werden konnte.

»Geht nach Hause«, hatte sie zu ihrer Schwester und ihrer Tochter gesagt. James war bereits gefahren. Er musste wieder zur Arbeit, wollte aber spätestens übermorgen wieder vorbeischauen.

»Ihr habt alle noch ein eigenes Leben.«

Weder Anne noch Jane machten Anstalten, sich in Bewegung zu setzen. »Außerdem brauche ich etwas Ruhe«, fügte Kate an und erreichte damit, dass die beiden endlich einwilligend nickten.

»Hast du Hunger?«, fragte Jane, als sie das Krankenhaus verließen.

»Ein bisschen.«

»Wollen wir unterwegs eine Pizza essen gehen?«

»Okay.«

Sie fuhren zurück nach Newquay, um dort bei *Mario's* einzukehren. Es erfüllte, inklusive seines Namens, jedes Klischee eines italienischen Restaurants. Angefangen von den rot-weißen Tischdecken bis hin zur italienischen Musik, die leise im Hintergrund lief. Der typische Geruch von Holzofen, Oregano und Tomaten lag in der Luft und ließ Anne das Wasser im Mund zusammenlaufen.

Sie setzten sich an einen Tisch am Fenster und gaben ihre Bestellung bei einem kleinen, dunkelhaarigen Kellner auf.

»Stört es dich?« Anne hob ihr Handy in die Höhe. Sie hatte heute den ganzen Tag keine Zeit gehabt, nachzuschauen, ob ihr jemand geschrieben hatte.

»Nein, nur zu. Ich will auch kurz prüfen, ob ich noch Freunde habe«, zwinkerte Jane.

Anne hatte eine Nachricht von Abbey. *Ich wünschte, du wärst hier*, dachte sie und beantwortete die Fragen der Freundin zum Zustand ihrer Mutter. Wenige Minuten, nachdem sie ihre Antwort versendet hatte, schrieb Abbey: *Und wie geht es dir?* Eine gute Frage. Anne wusste es nicht. Gestern Abend hatte sie noch Traurigkeit verspürt, und jetzt fühlte es sich an, als wären ihre Gefühle auf Eis gelegt worden. Deswegen schrieb sie zurück: *Ich weiß nicht so recht. Irgendwie seltsam.*

Postwendend bot Abbey ihr an, mit ihr zu telefonieren. Anne schrieb dankend, aber ablehnend zurück. Abbeys Antwort lautete: *Ich mache mir Sorgen um dich und deine Mum.* Anne schrieb retour: *Ich glaube, sie ist jetzt in guten Händen. Die Leute im Krankenhaus scheinen zu wissen, was sie tun.*

Halt mich aber weiter auf dem Laufenden, bat Abbey.

Anne wollte ihr Handy schon wegstecken, als eine weitere Nachricht einging – nicht von ihrer Freundin, sondern von einer unbekannten Nummer.

Mit gerunzelter Stirn las sie die SMS: *Hallo Anne, ich schmeiße heute alleine den Laden. Wenn deine Abwesenheit nicht so einen traurigen Grund hätte, wäre ich beleidigt, weil du mich alleine gelassen hast. Ich hoffe, die Ärzte können deiner Mutter helfen. Dad und ich drücken ihr die Daumen. Falls du etwas Ablenkung brauchst, können wir ja mal was unternehmen.*

Wärme flutete Annes Körper wie Balsam. Sie lächelte, gleichzeitig traten ihr Tränen in die Augen.

»Anne?«, fragte Jane. »Was ist?«

Die Angesprochene blinzelte heftig, um die Tränen zurückzuhalten. »Ach, nichts.«

Jane neigte ihren Kopf leicht zur Seite. »Du bist den Tränen nahe und gleichzeitig lächelst du? Ich mache mir, ehrlich gesagt, schon Sorgen.«

»Es ist albern«, murmelte Anne.

Jane sagte nichts, sah aber ihr Patenkind unverwandt an.

Schließlich streckte Anne ihr das Handy mit der Nachricht hin.

»Wer ist Brandon?«, wollte Jane sofort wissen, nachdem sie die SMS gelesen hatte.

»Ein Junge aus meiner Schule. Mum und Dad waren früher mit seinen Eltern befreundet. Wir kennen uns schon lange, aber dann, als Mum und Dad sich scheiden ließen und auch Brandons Eltern sich trennten, brach der Kontakt ab«, sprudelte Anne hervor. »Ich arbeite jetzt bei seinem Vater im Laden, Brandon auch.«

»Du magst ihn.« Jane lächelte.

Mit hochroten Wangen senkte Anne ihren Kopf. »Ja, schon eine ganze Weile.«

»Und weiß er es?«

Erschrocken blickte Anne hoch: »Ich hoffe nicht.«

Ihre Worte ließen Jane herzlich auflachen. »Was wäre daran so schlimm?«

»Es könnte ziemlich peinlich werden.« Anne drehte das leere Wasserglas zwischen ihren Händen hin und her.

»Wieso?«

Sie zuckte mit den Schultern. »Er ist sehr beliebt bei den Mädchen und … ach, ich weiß auch nicht.«

»Du hast das Gefühl, er könnte nicht auf dich stehen?«

Anne nickte.

»Den Eindruck habe ich aber nicht.«

»Wegen der SMS?«

»Ja.«

»Er wollte nett sein und lustig, vermutlich, um mich aufzuheitern«, überlegte Anne und fügte an: »Mehr nicht.«

»Du meine Güte, du analysierst ja alles zu Tode!« Jane rollte übertrieben mit den Augen. »Was meint deine Mum? Sie kennt den Jungen ja auch.«

»Wir haben nicht wirklich über ihn gesprochen«, erwiderte Anne. Das Gespräch wurde ihr langsam peinlich. Sie sah sich nach dem Kellner um, ob er mit der Pizza kam. Tat er aber nicht.

»Du solltest ihm sagen, dass du ihn magst.«

Wenn das so einfach wäre, dachte Anne und schwieg.

Glücklicherweise tauchte der Ober endlich mit den Tellern an ihrem Tisch auf.

17. Kapitel

Anne klopfte erst an die Tür, ehe sie ins Krankenzimmer eintrat. Ihre Mutter sah ihr aus müden Augen entgegen, doch ihre Lippen waren zu einem Lächeln verzogen.

»Nanu, Anne«, sagte sie zur Begrüßung. »Arbeitest du denn gar nicht mehr?« Kate richtet sich umständlich im Bett auf. »Und wo ist Jane?«

»Hallo Mum. Ich hab Adrian gesagt, dass ich die nächsten beiden Wochen sicher nicht zur Arbeit kommen kann.« Anne ließ sich auf dem Stuhl neben dem Bett ihrer Mutter nieder. »Jane ist am Kiosk und kauft dir noch Zeitschriften.«

Zurzeit war ihre Mutter alleine in dem Zweibettzimmer, was ganz angenehm war.

»Wie geht es dir?«

»Müde, aber sonst ganz okay«, erwiderte Kate.

»Und der Port?«

Kate zog ihr Krankenhemd nach unten, sodass Anne das Plastikröhrchen sehen konnte.

»Wie fühlt sich das an?«

Ihre Mutter zuckte mit den Schultern. »Nicht schlimm.«

»Und wann kriegst du die Chemo?«

»Irgendwann im Laufe des Morgens. Erst hieß es, um zehn, aber das ist ja schon vorbei. Ich glaube, es ist noch was dazwischen gekommen.«

»Aber vergessen haben sie dich nicht?«, fragte Anne besorgt.

»Nein, nein. Bevor du da warst, hat eine Krankenschwester den Port überprüft und gemeint, ich sei nun bereit für die Chemo.«

Anne nickte. Das Wort *Chemo* hatte auf sie in etwa die gleiche Auswirkung wie Beerdigung, Tod, Unfall und Krankheit.

»Wenn du die nächsten beiden Wochen nicht arbeitest, wird dir das Geld fehlen, das du für den Kurs brauchst«, nahm Kate das Thema vom Anfang wieder auf.

»Ehrlich gesagt, ich weiß nicht, ob ich überhaupt wieder gehe«, sagte Anne.

»Wieso nicht?«, fragte ihre Mutter bestürzt.

»Ich kann dich doch nicht alleine lassen.«

»Sei nicht albern.« Kate streckte ihren Rücken durch und straffte die Schultern, so gut es im Bett ging. »Und was ist, wenn die Schule wieder beginnt? Willst du da auch fehlen?«

»Kann ich ja nicht«, schnaubte Anne.

»Gott sei Dank«, meinte Kate. »Komm her.« Sie rückte etwas zur Seite und klopfte auf den freien Platz im Bett. Anne folgte der Aufforderung zögerlich.

Es fühlte sich eigenartig an, in dem Krankenbett zu liegen. Ihre Mutter ergriff ihre linke Hand und drückte sie.

»Ich bin dazu verdonnert, hier zu liegen, aber du nicht. Du hast noch ein Leben, Träume und Ziele. Ich will nicht, dass du das alles auf Eis legst wegen mir.«

»Es ist ja nur für ein paar Wochen.«

»Monate, vielleicht Jahre«, fiel ihr ihre Mutter ins Wort. »Das wissen wir beide nicht. Leukämie kann sehr langwierig sein. Das Leben geht weiter, so oder so. Außerdem tut dir die Ablenkung sicher gut.«

»Jetzt kommst du auch noch damit«, stöhnte Anne, biss sich aber sofort auf die Unterlippe, als sie sich ihrer Reaktion bewusst wurde. Es war unterirdisch, sich mit einer Schwerkranken zu streiten. Erklärend ergänzte sie: »Brandon wollte mich auch ablenken. Er hat mich gefragt, ob ich Lust hätte, mit ihm etwas zu unternehmen.«

Nun lächelte Kate breit. »Was hast du geantwortet?«

»Noch nichts.«

»Anne!«

»Was?«

»Ich hatte den Eindruck, du magst ihn, und Jane hat etwas angedeutet, als sie mich gestern noch mit einem Anruf beglückte.«

Anne rollte mit den Augen. Dieses Mal ohne schlechtes Gewissen. »Dieses Plappermaul.«

Kate kicherte wie ein kleines Mädchen, dann aber fügte sie mit ernster Miene an: »Du solltest dich mit ihm verabreden.«

Anne zupfte nachdenklich an ihrer Unterlippe.

»Du würdest mir damit eine Freude bereiten«, sagte Kate.

Anne richtete sich gespielt empört auf: »Mum! Spielst du gerade den Krankheitsbonus aus?«

»Irgendeinen Vorteil muss ich ja davon haben«, zwinkerte Kate.

Anne war froh, dass ihre Mutter ihren Humor noch nicht verloren hatte.

»Was für ein Vorteil?«, fragte Jane, die lautlos eingetreten war. »Wovon?«

»Mum spielt ihren Krankheitsbonus aus«, sagte Anne, küsste ihre Mutter auf die Wange und kletterte aus dem Bett.

»Soso«, sagte Jane. »Und wofür?«

»Sie soll mit Brandon ausgehen«, antwortete Kate.

»Meine Güte, Mädchen, hast du dem armen Jungen noch nicht zurückgeschrieben?« Jane schüttelte fassungslos den Kopf.

»Es schadet nicht, einen Mann etwas warten zu lassen«, warf Anne ein.

»In dem Fall schon«, widersprach Jane und sah dabei ihre Patentochter streng an.

»Sie hat recht«, stimmte Kate mit dünner Stimme zu.

Anne hob die Hände in die Höhe. »In Ordnung, ich werde zusagen.«

»Gut.« Kate schloss ihre Augen.

»Mum, geht es dir nicht gut?«

»Nur etwas außer Atem und müde«, murmelte Kate. »Wenn ihr mich vielleicht einen Moment alleine lasst …«

»Ja, klar doch«, sagten die beiden synchron.

Anne streckte schon ihre Hand nach dem Türknauf aus, als ihre Mutter ihren Namen rief. Wobei rufen übertrieben war, es war eher ein lauteres Flüstern.

»Mum?«

»Du gehst wieder arbeiten, versprichst du mir das?«

Anne nickte und hauchte: »Ja.«

18. Kapitel

Schmerzen, die wie einzelne Blitzstrahlen durch ihn durchjagten, ließen seinen Körper erbeben. Der Schmerz war gut. Er füllte die Leere aus, die er seit dem Gespräch mit Anne in sich verspürte. Er befürchtete, den Kontakt zu ihr zu verlieren. Sie war besorgt um ihre Mutter, das war offensichtlich, warum sollte sie sich daher Zeit nehmen für ihn, den Schwerenöter, den sie kaum kannte?

Ein heftiges Pochen in seinem Kopf übertönte beinahe die Stimme seines Vaters – aber eben nur beinahe.

»Herrgott noch mal, Auryn!« William stand am Bett seines Sohnes, die Fäuste in die Hüften gestemmt. »Ich weiß nicht, woher du diese Sturheit hast.«

Auryn rieb sich mit den Fingerspitzen die Stirn.

»Du weißt genau, dass Hungern nichts bringt. Komm endlich zu uns hinunter, die Gäste sind da, und auch Innogen ist heute wiedergekommen.«

Heiser lacht Auryn auf. »Ja, sie lässt sich den Spaß nur ungern entgehen.«

William packte seinen Sohn am Kragen und zog ihn vom Bett hoch. »Denk an deine Mutter.«

»Ich sehe sie jeden Tag, da muss ich nicht auch noch an sie denken.« Auryn hätte gerne mehr Kraft in seine Worte gelegt, aber da er schon gestern nichts zu sich genommen hatte, fehlte ihm die notwendige Energie.

»Mehr Respekt, wenn ich bitten darf!«

Auryn befreite sich mit der letzten Kraft, die er hatte, aus dem Griff seines Vaters. Dabei riss das Hemd ein. »Ha, Respekt!

Sie hatte auch keinen, als sie mir dieses verfluchte Leben hier auf-drückte.« Er taumelte zurück aufs Bett.

»Du weißt ganz genau, dass sie nicht wissen konnte, was mit uns geschehen würde«, sagte William.

»Nein, das weiß ich nicht – nicht mit Sicherheit.« Auryn schloss seine Augen. Er wollte nur noch schlafen und im Schlaf sterben. Sein Vater sollte endlich verschwinden.

»Auryn!«, erklang der schrille Ausruf seiner Mutter. Er kniff die Augen fest zusammen.

»Innogen will sich mit dir unterhalten.«

»Lasst mich in Ruhe«, sagte Auryn leise, und genauso leise hörte er Innogen zu seinen Eltern sagen: »Lasst mich einen Augenblick mit ihm allein.«

Schritte entfernten sich, andere kamen näher.

Auryn öffnete seine Augen, als sich eine kühle Hand auf seine Stirn legte. Er blickte direkt in die lapislazulifarbenen Augen der Hexe.

»Du bist ein dummer Junge«, sagte sie sanft.

Auryn richtete sich umständlich auf. »Was willst du?« Seine Worte klangen nicht so harsch, wie er es gerne gehabt hätte.

»Dir einen Rat geben. Nicht mehr und nicht weniger.«

»Ich bezweifle, dass ich ihn hören will.« Auryn lehnte sich in die Kissen zurück und schloss die Augen.

»Es betrifft Anne und das Amulett.«

Die Worte schlugen wie ein Blitz bei Auryn ein. Er richtete sich kerzengerade auf. Die Augen offen und wach, trotz der Schmerzen und dem dösigen Zustand. »Anne?« Sorge wogte in ihm auf.

»Keine Angst, dem Mädchen wird nichts geschehen, solange es keinen Wunsch an das Amulett äußert.« Innogens schmale Lippen verzogen sich zu einem süffisanten Lächeln. Einem Lächeln, das Au-ryn nur zu gerne mit einem Schlag aus ihrem Gesicht gewischt hätte.

»Was ist dein Rat an mich?«, fragte er knurrig.

»Nun ja, du könntest dir das Amulett aneignen.«

»Darauf bin ich schon selbst gekommen.«

»Ah, doch nicht ganz so ein dummer Junge«, lachte Innogen auf. »Nun, ich kann dir noch einen anderen Rat geben, der vielleicht tatsächlich von Nutzen ist.«

»Fass dich kurz.«

Sie beugte sich zu ihm hinunter und flüsterte in sein Ohr: »Geh essen. Du wirst nicht sterben, nur die Schmerzen werden größer, und wenn du zu lange wartest, werden sie nie wieder verschwinden.« Damit erhob sie sich und schritt leichtfüßig zur Tür. Dort drehte sie sich nochmals zu Auryn um. »Ich mag dich sehr, weißt du das?«

»Davon habe ich noch nichts bemerkt«, erwiderte er.

»Ich habe dich gerade gewarnt, obwohl ich gut hätte schweigen können. Qualen nähren mich ebenso wie euer langweiliges Dasein.« Innogen verschwand, verpuffte sozusagen.

Auryn stütze seinen Kopf in seine Hände und seufzte: »Verfluchtes Weibsbild.«

»Auryn Locke! Pass auf, was du sagst.« Eleonora stand im Türrahmen, eine Miene der Entrüstung zur Schau tragend. Sie wählte seit jeher ihre Worte mit Bedacht und erwartete von ihren Mitmenschen dasselbe, insbesondere von ihrer Familie. Unflätigkeit würde eine niedere Herkunft bezeugen, so lautete jeweils ihr Tadel, und genau diesen zeterte sie nun heraus. Auryn ließ es über sich ergehen wie einen unangekündigten Regenguss.

»Junge, du musst etwas essen«, beendete Eleonora ihre Tirade.

Er erhob sich vom Bett und machte auf wackligen Beinen einige Schritte. »Ich weiß.«

»Hak dich bei mir unter.« Eleonora bot ihrem Sohn ihren Arm an. Für einmal seiner Mutter dankbar, ließ er sich von ihr hinunter

in den Speisesaal führen, wo sich bereits die Gäste materialisiert
hatten.

19. Kapitel

Anne saß zu Hause am Schreibtisch. Sie hatte ihren Laptop angestellt, ließ leise Musik von *Two Steps from Hell* laufen, während sie – statt zu schreiben, wie eigentlich geplant – immer wieder die SMS von Brandon las. Sie hatte ihm noch nicht geantwortet, obwohl sie es ihrer Mutter versprochen hatte.

Als ihr Handy vibrierte, drückte sie seine Nachricht weg, um die neu eingegangene zu lesen. Die SMS war von Abbey, ihre Reaktion auf Brandons Nachricht. *Respekt, ich hätte ihm nicht so viel Feingefühl zugetraut. Vielleicht ist der Schokohase doch nicht so hohl. Finde es heraus, Anne. Nimm sein Angebot an, oder du wirst es bestimmt bereuen.*

Annes Mundwinkel zuckten amüsiert. Sie wünschte sich zum gefühlt hundertsten Mal, dass ihre Freundin hier wäre. Mit flinken Fingern schrieb sie zurück: *Ich hab ein schlechtes Gewissen meiner Mum gegenüber. Ich kann mich doch nicht amüsieren gehen, während sie im Krankenhaus liegt.* Auf der Unterlippe kauend, wartete sie auf eine Antwort von Abbey, die auch postwendend folgte: *Das musst du nicht. Ich bin mir sicher, deine Mum hat nichts dagegen.*

Anne schrieb ihrer Freundin zurück, dass ihre Mutter sich positiv dazu geäußert hatte.

Siehst du, schreib dem Kerl endlich! Oder ich versohle dir den Hintern, wenn ich zurück bin. Kopf hoch!

Anne kicherte leise und bedankte sich für die anspornenden Worte. Kurz darauf schrieb sie Brandon: *Ich könnte etwas Ablenkung vertragen. An was hast du gedacht?*

Hoffnungsvoll und mit klopfendem Herzen starrte sie auf den Bildschirm ihres Handys, doch es folgte keine Antwort von Brandon. Enttäuscht legte sie das Telefon auf den Schreibtisch und widmete ihre Aufmerksamkeit dem Buch, an dem sie schrieb. Weit kam sie jedoch nicht, weil Jane an ihre Tür klopfte.

»Dein Vater möchte dich sprechen«, verkündete sie und streckte ihr den Hörer hin.

Augenrollend nahm Anne das Telefon entgegen und meldete sich.

»Anne, hallo. Ich habe gerade mit Jane über den Zustand deiner Mutter gesprochen. Wie geht es dir?«

»Okay, denke ich.« Sie begann, auf einem Block Kreise zu zeichnen.

»Wenn du willst, kannst du gerne für ein paar Tage zu uns kommen.«

»Danke, aber im Moment fühle ich mich ganz wohl zu Hause.« Um kein Geld der Welt würde sie freiwillig für mehrere Nächte bei ihrem Vater, Tracy und Nick einkehren. Lieber würde sie unter einer Brücke schlafen!

»Gut. Gib einfach Bescheid, wenn du meine Hilfe brauchst, bei was auch immer.«

So etwas hatte ihr Vater, soweit Anne sich erinnern konnte, noch nie gesagt. Nicht einmal damals während der Scheidung oder kurz danach.

»Danke«, sagte sie erneut. Für mehr fehlten ihr im Augenblick die passenden Worte, aber sie brauchte auch gar keine. Ihr Vater sprach weiter, teilte ihr ungewohnt offen seine Sorgen mit und kam Anne damit ein bisschen näher.

Zögerlich öffnete sie sich ihm gegenüber ein wenig. Erzählte gefiltert von ihrer Furcht. Eine Furcht, die sie sehr effektiv verdrängt hatte, die aber nun im Gespräch mit ihrem Dad eine klare Form annahm und sich in den Worten äußerte: »Was ist, wenn die Chemo nicht anschlägt oder Jane nicht als Spenderin infrage kommt?«

Mit ruhiger Stimme antwortete ihr Dad: »Mach dir darüber noch keinen Kopf. Wenn Jane nicht infrage kommt, gibt es noch andere Verwandte und im schlimmsten Fall sogar eine Spenderdatenbank. Es wird bestimmt ein Spender gefunden.«

»Das mit der Spenderdatenbank wusste ich nicht«, sagte Anne und fühlte sich etwas erleichtert.

»Deine Mutter ist stark, sie schafft das schon«, meinte der Vater zuversichtlich. »Wenn irgendetwas ist, ruf mich einfach an, verstanden?«

»Ja, das werde ich machen.«

Zum ersten Mal seit langer Zeit fühlte Anne sich nach einem Telefongespräch mit ihrem Dad besser. Sie legte den Hörer neben ihr Handy, das genau in dem Moment vibrierte. Annes Herz machte einen Sprung. Brandon hatte ihr zurückgeschrieben!

Hi Anne, freut mich, dass du dich vertrauensvoll an den Meister der Ablenkung wendest. Was hältst du von Montag? Da muss ich nicht arbeiten, mein Dad hat mich nämlich für das ganze Wochenende eingeteilt! Ich hole dich zu Hause gegen 9.30 Uhr ab und wir fahren an den Fistral Beach. Nimm einen Bikini und Badetuch mit. Brandon.

Anne antwortete ihm, dass der Montag in Ordnung war, und fügte ihrem Einverständnis hinzu: *Ich hoffe, du hast nicht das mit mir vor, was ich befürchte.*

Brandon antworte mit einem zwinkernden Smiley.

20. Kapitel

Damit für den Fall, dass sie nicht infrage kam, genügend Zeit blieb, einen anderen geeigneten Spender zu finden, wurde Jane zum Bluttest aufgefordert, den sie gerne machte und auch nicht müde wurde, das zu betonen. Als sie aus dem Zimmer gegangen war, seufzte Kate.

»Meine kleine Schwester ist ganz darauf erpicht, mich zu retten.« Rührung war aus ihrer Stimme zu hören.

Anne nickte. »Wir würden alle gern etwas tun, um dir zu helfen. Doch irgendwie fühle ich mich so …«

Ihre Mutter lächelte. »Machtlos?«

Anne nickte erneut.

»Was meinst du, wie es mir erst geht? Ich liege hier rum und will nur schlafen, obwohl ich das Gefühl habe, irgendetwas tun zu müssen, um gesund zu werden.« Kate schüttelte langsam den Kopf.

»Wenn du Ruhe brauchst, sag es bitte.«

»Noch nicht.« Wie zum Beweis richtete Kate die Bettlehne mittels Knopfdruck auf. »Hast du Brandon zugesagt?«

»Ja«, antwortete Anne.

»Was hat er geplant?«

Anne zuckte mit den Schultern.

»Wie, du weißt es nicht? Los, erzähl, ich bin zu müde, um dir alles aus der Nase zu ziehen, aber noch fit genug, um dir zuzuhören.«

Annes Wangen fühlten sich warm an. Eigentlich war das die Art Gespräch, die sie gerne mit ihrer Freundin geführt hätte, aber mit ihrer Mutter? Das war irgendwie merkwürdig. Andererseits hatte ihre Mum ja schon etwas Lebenserfahrung, und das Verhältnis zwischen ihnen war vertrauensvoll.

»Ich habe einen Verdacht«, verriet Anne. »Vermutlich will er surfen gehen.« Sie zögerte kurz, doch als ihre Mutter sie erwartungsvoll ansah, fuhr sie fort: »Ich hab etwas Schiss. Die Wellen, das Brett, das Wasser und Brandon. Ich bin ja schon dankbar, wenn ich in seiner Gegenwart nicht über meine Füße stolpere.«

Ihre Worte brachten ihre Mutter zum Schmunzeln.

Anne schüttelte lachend den Kopf. »Völlig idiotisch, nicht?«

»Ja und nein.« Kate streckte ihre Hand aus. Anne ergriff sie.

»Sei etwas selbstbewusster«, sagte die Mutter leise. »Brandon steht auf keinem Podest. Er ist ein gewöhnlicher Junge.«

Anne biss sich zerknirscht auf die Unterlippe. Ihre Mutter hatte recht. Sie hatte Brandon wirklich in den letzten Monaten auf ein Podest gestellt. Von ihm geträumt, er sei der Prinz aus einem Märchen, der unerreichbare Prinz, und sie das kleine hässliche Entlein, obwohl sie selbst nicht der Meinung war, hässlich zu sein, aber eben auch nicht wahnsinnig schön.

»Ich bin sehr stolz auf dich, Anne. Bleib so, wie du bist. Arbeite an deinem Traum. Du weißt, dass ich an dich glaube und dass jetzt nur noch …«

»… ich an mich glauben muss«, vollendete Anne den Satz ihrer Mutter.

»Genau«, flüstere Kate heiser. Sie ließ Annes Hand los, um nach dem Glas Wasser auf dem Beistelltisch zu greifen. Anne schob es ihrer Mutter in Reichweite. Dünne Finger schlossen sich um das Glas.

»Hast du etwas gegessen, seit du hier bist?«, fragte sie besorgt.

»Ein wenig«, antwortete ihre Mutter ausweichend, und ehe ihre Tochter nachhaken konnte, fragte sie zwischen zwei Schlucken Wasser: »Hast du mit Adrian telefoniert?«

»Noch nicht.«

»Mach das jetzt«, sagte Kate.

»Später.«

»Nein, jetzt«, beharrte ihre Mutter und fügte ihren Worten ein Gähnen hinter vorgehaltener Hand an.

Anne zog seufzend ihr Handy hervor. Der Anruf mit Adrian dauerte nicht lange, er freute sich zu hören, dass sie wieder zur Arbeit kommen wollte.

»Ist es in Ordnung, wenn ich nächste Woche noch frei nehme und dann die Woche darauf wieder komme?«

»Ja, natürlich überhaupt kein Problem«, versicherte Adrian.

Weniger verständnisvoll war ihre Mutter, die mit den Augen rollte und seufzte.

»Du hättest doch morgen schon wieder zur Arbeit gehen können«, meinte Kate, nachdem ihre Tochter das Telefongespräch beendet hatte.

»Ich brauche noch etwas Zeit, Mum«, gestand Anne und fügte an: »Außerdem macht mich der bloße Gedanke an den Tag mit Brandon schrecklich nervös.«

Ihre Mutter lächelte nachsichtig und tätschelte ihr die Hand.

»Was macht dich nervös?«, fragte Jane, die gerade zur Tür reingekommen war.

Anne drehte sich zu ihrer Patentante um. »Ach, nichts.«

»Wie – nichts?«

»Nichts ist nichts«, antwortete sie schlagfertig.

»So, so.« Jane ging zu ihrer Schwester und drückte ihr einen Kuss auf die Stirn und legte einen Stapel Hefte auf den Beistelltisch. »Wie geht es dir?«

»Ich bin schon wieder müde«, erwiderte Kate.

»Dann lassen wir dich alleine und kommen am Nachmittag wieder zurück.«

»Bis später«, sagte Kate leise.

Anne drückte ihrer Mutter zum Abschied die Hand.

In den darauffolgenden Tagen verschlechterte sich Kates Zustand aufgrund der Nebenwirkungen der Chemo. Sie schlief viel, redete kaum und wirkte oft geistig abwesend. Anne und Jane wechselten sich mit Besuchen ab, saßen häufig einfach schweigend und hoffend da.

Kate musste sich öfters übergeben, weswegen eine Spuckschale immer griffbereit am Bett stand. Beim ersten Mal war Anne danach selbst ganz elendig zumute, beim zweiten Mal schon etwas weniger. Am vierten Tag der Chemo, einen Tag vor dem Date mit Brandon, kam Anne gerade ins Zimmer, als ihre Mutter umständlich aus dem Bett klettern wollte, eine Hand am Infusionsständer.

»Mum!«, rief sie aus und eilte zu ihr. »Wo willst du hin?«

»Zur Toilette«, zischte Kate mit Tränen in den Augen.

Erschrocken über den Tonfall machte Anne einen Schritt zurück. »Soll ich Hilfe holen?« Ihre Stimme war brüchig wie Herbstlaub. Ihr Herz schlug heftig gegen ihre Brust und der kalte Schweiß trat ihr auf die Stirn. Sie fühlte sich völlig hilflos und überfordert mit der Situation. Anne wollte gleichzeitig bleiben und auch so schnell wie möglich weg.

»Doch, ich hole Hilfe«, brachte sie schließlich hervor.

Kate erwiderte nichts. Wie eine Achtzigjährige bewegte sie sich vorwärts, gestützt auf den Infusionsständer und mit einer ähnlich verbissenen Sturheit.

Auf dem Flur lief Anne ihrer Tante in die Arme.

»Ist etwas passiert?«, fragte Jane besorgt.

»Mum will auf die Toilette.«

»Und warum bist du nicht bei ihr, um zu helfen?«, fragte Jane verdutzt.

Anne zuckte mit den Schultern. Tränen traten ihr in die Augen.

»Schon in Ordnung«, sagte Jane sanft und eilte mit großen Schritten ins Zimmer ihrer Schwester.

Anne folgte, wenn auch zögerlich. Als sie den Raum erreichte, stand ihre Mutter in der Mitte. Sie weinte. Zu ihren Füßen war eine Pfütze.

»Ich hab's nicht mehr geschafft«, wiederholte sie mehrere Male und machte Anstalten, sich zu bücken. Jane packte sie am rechten Arm.

»Einen Dreck wirst du tun!«, sagte sie energisch, und in einem weicheren Tonfall fuhr sie fort: »Du legst dich jetzt wieder ins Bett, wo du hingehörst.«

»Ich kann nicht mehr«, flüsterte Kate. »Ich will dieses verdammte Zeug nicht mehr.« Sie wand sich in Janes Griff und rüttelte mit der linken Hand wütend am Infusionsständer, als wolle sie Äpfel von einem Baum schütteln. Irritiert sah Jane sich nach Anne um.

Es war der stumme Schrei nach Hilfe, der Anne aus ihrer Erstarrung weckte. Auf staksigen Beinen eilte sie zu ihrer Mutter und legte ihre Hand auf deren linken Unterarm. »Mum.«

Erschrocken sah Kate ihre Tochter an. Noch nie hatte Anne sie so gesehen. Aufgebracht und traurig zugleich. Der Anblick versetzte Annes Herz einen Schlag, der ihr beinahe den Atem verschlug.

»Tut mir leid«, stammelte Kate und ließ sich von ihrer Schwester und Anne zurück ins Bett führen. Innerhalb von Sekunden hatte sich ihre Wut zu Beschämung gewandelt. Anne wollte irgendetwas zu ihr sagen, um sie von der Scham abzulenken, doch ihr fiel nichts ein. Jeder Satz, der in ihrem Kopf aufpoppte und den sie überprüfte, wurde von ihr als unpassend deklariert.

»Es muss dir nicht leidtun«, sagte Jane und danach an Anne gewandt: »Hol bitte eine Krankenschwester.«

Erleichtert nickte Anne. Sie konnte indirekt etwas für ihre Mutter tun, ohne dabei Worte zu verwenden. Das war gut. Nicht

perfekt, aber besser als die nutzlosen Sätze, die ihr in den Sinn gekommen waren.

21. Kapitel

*A*uryn fühlte sich leer. Leerer und hoffnungsloser als je zuvor in seinem Leben. Anne schien den Kontakt endgültig zu ihm abgebrochen zu haben. Brütend saß er an der langen Tafel im Ballsaal, die Hände auf der Tischplatte zu Fäusten geballt, den Blick auf die Maserung des Mahagoniholzes gerichtet.

Rechts von ihm saß Ava und links – welche Ironie – Hanna. Die Eltern hatten gegenüber Platz genommen. Die restlichen Bewohner des Marmorhauses waren auch anwesend. Früher wäre es undenkbar gewesen, dass die Herrschaften des Anwesens mit den Angestellten an einem Tisch weilten, aber mittlerweile hatte sich das geändert. Nicht etwa, weil die Lockes plötzlich ihre Dienerschaft auf die gleiche Stufe mit sich selbst stellten, nein, so war es nicht. Dienerschaft blieb Dienerschaft, das änderten auch ein paar Jahrzehnte auf engem Raum nicht. Doch wenn es um das Abendessen ging, blieb ihnen nichts anderes übrig. Innogen ließ das Essen im Saal für alle auffahren, egal welchen Standes.

Auryn hasste und verfluchte diese Stunden des Tages.

Innogen saß am Kopf der Tafel, als wäre sie die Herrin des Marmorhauses, was sie auch irgendwie war. Auryn spürte ihren stechenden Blick auf sich ruhen, aber er sah nicht auf. Er wollte nicht in ihre seltsamen lapislazuliblauen Augen schauen. Er wollte ihr selbstgefälliges Lächeln nicht sehen und schon gar nicht die Gier. Die Gier nach der Verzweiflung der anderen, an der sie sich immer wieder aufs Neue zu laben schien.

Ava beugte sich zu Hanna hinüber, sodass Auryn sich in einer albtraumhaften Zwickmühle fühlte.

»Ich will dieses Mal den jungen Eric Miller«, zischte Ava.

»Als ob Sie ihn noch nie gehabt hätte«, konterte Hanna schlangenhaft. Ihre grünen Augen funkelten wütend.

»Gestern bist du wie eine Hyäne über ihn hergefallen!«, zeterte Ava und wandte sich an ihren Vater: »Weist endlich diese unverschämte Dienstmagd in ihre Schranken!«

William verdrehte die Augen. »Warum suchst du dir nicht einen anderen jungen Mann?«

Ava sprang wütend vom Stuhl auf: »Weil Eric mir gehört!«

»So ein Unsinn!«, keifte Hanna.

»Beruhigt euch bitte«, ermahnte William mit einer ruhigen, etwas müden Stimme.

»Eric Miller ist nicht der einzige geladene junge Mann«, rief Eleonora. »Ihr habt die Auswahl zwischen zehn, zwölf verschiedenen, was weiß ich.« Sie machte eine abwertende Handbewegung.

»Er ist der Schönste!«, sagte Ava und schob trotzig ihr Kinn nach vorne. »Und deshalb verdient er mich, die Schönste von uns allen.«

»Dass ich nicht lache!« Hanna schlug mit der flachen Hand auf den Tisch.

Da platzte Auryn der Kragen. Er sprang mit einer solchen Heftigkeit auf, dass er den Stuhl umstieß. Scheppernd fiel er auf den Boden.

Eleonora rang entsetzt nach Atem. »Der Marmor!«

»Scheiß drauf!«, schrie Auryn. »Scheiß auf euch alle!« Dann drehte er sich zu Hanna um. »Ich wünschte, dein Mordversuch wäre gelungen!«

Innogen, die der ganzen Aufregung mit einem amüsierten Grinsen beigewohnt hatte, trat von hinten an Auryn heran und legte ihm ihre Hände auf die Schultern. »Pass auf, was du dir wünschst, Auryn Locke«, flüsterte sie in sein Ohr. »Manchmal gehen Wünsche in Erfüllung.«

Der junge Mann drehte sich um. »Als ob du mir diesen Wunsch erfüllen würdest.«

Innogens Mund verzog sich zu einem spitzbübischen Lächeln, ehe sie sich vorbeugte und ihm zuflüsterte: »Du weißt, was du brauchst, um deinen Wunsch zu erfüllen. Doch denk daran, es gibt nur Tod oder Leben, nicht mehr und nicht weniger.«

Auryn presste die Lippen zu zwei farblosen, schmalen Strichen zusammen, die Hände noch immer zu Fäusten geballt. Obwohl Innogen anderes behauptete, glaubte er erneut, der Kontakt zu Anne sei für immer abgebrochen. Auryn wusste nicht, was schlimmer war: Anne nicht wiederzusehen oder das Amulett unerreichbar zu wissen.

»Nicht mehr lange«, sagte Innogen betont fröhlich, sodass Auryn am liebsten seine Hände um ihren dünnen Hals gelegt hätte und … Er schüttelte den Kopf, um den Gedanken zu vertreiben. Mit Innogen wollte er sich nicht anlegen.

In einer fließend anmutigen Bewegung wandte Innogen sich von Auryn ab. »Bedauerlicherweise muss ich euch verlassen«, ließ sie mit ihrer samtigen Stimme verlauten und verschwand, wie immer, in Hausgeistmanier von einer Sekunde auf die andere.

Ein zartes Pochen an der Tür ließ Auryn aufhorchen. Dieses zögerliche, ja fast schon scheue Klopfen war ihm fremd. Im Marmorhaus wurde mit Vehemenz an die Tür gehämmert oder mit wilder Entschlossenheit.

Erneut erklang das Geräusch. Für einen Moment lang schwamm er in der absurden Hoffnung, es sei Anne, die den Kontakt wieder zu ihm aufnahm und durch den Spiegel im Flur ins Marmorhaus gelangt war.

»Ja?«, fragte er und bemerkte, wie seine Stimme zitterte.

Die Klinke wurde nach unten gedrückt und die Tür einen Spalt geöffnet. »Auryn?« Hanna, handzahm.

»Was willst du?«

Seine Worte schienen für sie Aufforderung genug zu sein, um einzutreten. Rasch schloss sie die Tür hinter sich. Sie trug ein scheues Lächeln zur Schau, das so gar nicht zu dem leidenschaftlichen Glühen in ihren Augen passte.

»Was willst du?«, wiederholte er seine Frage unwirsch.

»Es tut mir leid«, erwiderte Hanna.

»Was?« Er klappte das Buch, in dem er gelesen hatte, betont laut zu.

»Alles. Die Szene vorhin, der Versuch, dich zu töten …«

Auryn verschränkte die Arme vor der Brust. Er taxierte sein Gegenüber mit einem kalten, undurchdringlichen Blick.

»Ich dachte, du liebst mich, und als ich dich dann mit Laura erwischt habe, ist meine Welt zusammengebrochen«, erklärte Hanna händeringend.

»Wie konntest du das glauben?«, fragte Auryn. »Du hast seit zwei Jahren bei uns gearbeitet. Dir kann nicht entgangen sein, dass ich die Frauen häufiger wechselte als meine Unterbekleidung.«

Hanna blickte ehrlich betroffen auf ihre ineinander verschränkten Hände hinunter. »Ich wusste davon, aber ich dachte, bei mir wäre es anders.«

Auryn stand auf und ging zu Hanna hinüber. Er packte ihre rechte Hand und legte sie sich auf die Brust. »Spürst du etwas?«, fragte er.

Hanna schüttelte den Kopf. »Selbstverständlich nicht. Unsere Herzen sind alle verstummt.«

»In meiner Brust hat niemals eines geschlagen.« Auryn ließ ihre Hand los.

»Nein, das ist nicht wahr. Ich habe es gespürt, wenn wir uns liebten. Dein Herz hat heftig gegen das meine geschlagen. Es war wie ein Versprechen …«

»Eine Lüge war es, kein Versprechen!«, schrie Auryn. »Ich war arrogant, selbstverliebt und gewissenlos.«

»Nein, du warst charmant, glücklich, zuvorkommend«, widersprach Hanna mit fester Stimme.

Auryn lachte auf. »Ich war niemals glücklich. Ein glücklicher Mann verirrt sich nicht ständig unter andere Röcke. Er verliebt sich in eine Frau und trägt sie für den Rest seines Lebens auf Händen.«

»Du hast immer noch die Möglichkeit …«

»Mit dir?«

Hanna nickte. »Wir vergessen, was war, und fangen von vorne an.« Hoffnung schwang in jedem einzelnen Wort mit. Hoffnung, die Auryn mit einem einzigen harten Ausruf zunichtemachte: »Nein!«

Hannas Augen weiteten sich. »Aber … aber … wir könnten uns Wärme geben in diesem kalten Haus.« Tränen perlten wie Tau am frühen Morgen auf den Blättern in ihren Augenwinkeln.

»Verlass mein Gemach.« Auryn drehte Hanna den Rücken zu, den Blick starr zum Fenster gerichtet.

»Bitte Auryn, du …«

»Raus!« Ruckartig fuhr er herum. »Wag es nie wieder, diesen Raum zu betreten!«

Hanna zuckte erschrocken zusammen, doch sie zögerte.

»Sofort!«

Schluchzend rannte sie schließlich hinaus und knallte die Tür hinter sich zu. Der Spiegel an der Wand erzitterte. Auryn blickte sein eigenes Spiegelbild an und wünschte sich, es würde zerfließen, um Anne Platz zu machen.

22. Kapitel

Eine Unruhe hatte von Anne Besitz ergriffen, als würde in ihrem Inneren ein Hurrikan wüten. Einer, der seine Windstärke im Minutentakt änderte und Einfluss auf ihre Stimmung nahm. Sie hatte versucht zu lesen, dann zu schreiben, dann wieder zu lesen. Schließlich war sie hinunter zu Jane gegangen und hatte mit ihr die Nachrichten geschaut, um kurz darauf – angetrieben von der Unruhe – wieder hinauf in ihr Zimmer zu gehen.

Dort begann sie Bücher im Regal zu sortieren, nach Genre, um nach der Hälfte zu kapitulieren; umringt von all den Exemplaren am Boden saß Anne da und gestand sich ein, dass sie aufgeregt war. Aufgeregt, zum ersten Mal zu surfen und noch viel mehr, einen Tag mit Brandon zu verbringen. Der Hurrikan erreichte ihren Kopf. Wie sollte sie sich morgen verhalten? Verbrachte Brandon nur aus Mitleid seine Zeit mit ihr? War es womöglich die Idee seines Vaters gewesen? Oder noch schlimmer: Was, wenn Brandon ihr nur einen Streich spielte?

Stichflammenartig loderte Entsetzen in Anne auf, das sich jedoch nicht weiter ausbreiten konnte, weil der Hurrikan in ihrem Kopf die Gedanken schon wieder neu aufwirbelte und Platz machte für Freude, die wiederum von einem schlechten Gewissen abgelöst wurde, weil ihre Mum im Spital lag und sich jetzt bestimmt einsam und unglücklich fühlte.

Anne sackte in sich zusammen. Sie hatte immer von einem Date mit Brandon geträumt, aber in ihren Träumen war alles viel einfacher gewesen. Furcht hatte es keine gegeben und auch keine kranke Mutter.

Betrübt kaute sie auf einer Haarsträhne herum, während sie ihren Blick durch den Raum wandern ließ, bis er bei dem Amulett hängen blieb. Sie hatte es vor zwei oder drei Tagen vom Nachttisch aufgehoben und ihrem Teddybären, der auf dem Kissen thronte, um den Hals gelegt.

Obwohl es stumm blieb, schien es sie zu locken. Anne gab der Versuchung nach. Als sie das Schmuckstück in der Hand hielt, empfand sie eine starke Sehnsucht nach Auryn und das Verlangen, mehr über diese Hanna zu erfahren, deren Namen ein ähnlich unangenehmes Gefühl in ihr auslöste wie der Anblick von Vicky. Anne schüttelte den Kopf über sich selbst. Das Ganze war absurd, schließlich war Auryn doch nur – ja, was war er eigentlich?

Egal, beschloss Anne, sie wollte den Kontakt wieder zu ihm herstellen. Sie wollte ihn sehen, mit ihm reden.

Mit beiden Händen hielt sie das Amulett fest und starrte ihr eigenes Spiegelbild an, bis ihre Augen brannten und sie blinzeln musste.

»Anne.« Auryns freudiger Aufruf war wie Balsam auf ihrer unruhigen Seele. »Ich dachte schon, du seist meiner überdrüssig«, versuchte er halbherzig zu scherzen. Er wirkte erleichtert, sie zu sehen, dennoch schien er bedrückt. Es dauerte einen Augenblick, bis Anne begriff: *Er hat mich vermisst! Und ich hab ihn ebenfalls vermisst, auch wenn ich jeden Gedanken an ihn immer wieder zur Seite geschoben habe.*

Verlegen erwiderte sie: »Nein, ich war nur etwas …« Nach passenden Worten ringend senkte sie ihren Blick auf die Füße.

»Verärgert? Verletzt? Aufgebracht?«, zählte Auryn auf.

»Von allem etwas, aber auch durcheinander. Im Moment passiert so viel in meinem Leben, und nicht alles ist positiv oder spannend. Meine Mutter liegt im Krankenhaus. Jeden Tag bekommt sie Gift, das die Krebszellen abtöten soll, aber gleichzeitig viele

Nebenwirkungen hat«, sagte sie, ohne ihr Gegenüber anzusehen, und fügte kleinlaut hinzu: »Außerdem möchte ich deine Erklärung zu Hanna hören.« Nun sah sie auf. »Es tut mir leid, dass ich dich das letzte Mal so unfreundlich unterbrochen habe, aber ich wollte zu meiner Mum ins Krankenhaus und …«

»Anne, du brauchst dich wirklich nicht zu entschuldigen«, versicherte Auryn. »Du bist innerlich aufgewühlt, weil deine Mutter sehr krank ist, und dann tritt auch noch so ein Weiberheld wie ich in dein Leben. Einer, der behauptet, geläutert zu sein, und plötzlich steht seine Schwester mit einem geheimnisvollen Namen auf den Lippen vor der Tür.«

»Es ist nur Neugierde, was Hanna betrifft«, warf Anne schnell ein. Seltsamerweise verursachten ihr diese Worte den schalen Geschmack einer Lüge. Hatte sie sich in Auryn verliebt? Nein, das glaubte sie nicht. *Aber egal ist er dir auch nicht*, wisperte die Stimme ihres Unterbewusstseins ihr zu. Die Stimme hatte recht, dennoch konnte Anne nicht mit Sicherheit sagen, was es mit ihren Gefühlen für ihn auf sich hatte.

Auryn legte seine Hand an das Glas des Spiegels. »Möchtest du zu mir kommen?«, fragte er sanft.

Anne nickte. Tränen traten ihr in die Augen. Sie stolperte förmlich durch den Spiegel direkt in Auryns starke Arme, die sich sofort um sie schlossen.

»O Anne«, seufzte er.

Es tat ihr gut, gehalten zu werden. Diese kleine und doch so starke Geste wirkte wie eine beruhigende Medizin auf sie. Ihre Gedanken kamen zur Ruhe. Sie wurden nicht klarer, aber immerhin kreisten sie nicht mehr. *Wenn ich doch bloß für immer in dieser Umarmung bleiben könnte*, dachte sie.

Auryn bewegte seine Hand auf ihrem Rücken sachte auf und ab. »Ich erzähl dir von Hanna.« Dann ließ er sie langsam los.

Anne stand mit hängenden Armen da. »Danke.«

Auryn hob ihr Kinn mit Zeigefinger und Daumen an, sodass er ihr in die Augen blicken konnte. »Keine Geheimnisse. Ich werde dir alles erzählen – die ungeschminkte Wahrheit.«

Anne schwieg.

»Ich habe viele Mädchenherzen gebrochen, das weißt du bereits.« Er führte Anne, ähnlich wie beim Tanz, bis sie in den Kniekehlen etwas Weiches spürte und an den Waden eine harte Fläche.

»Ich hab keine Gelegenheit ausgelassen, ein Mädchen in mein Bett zu locken.« Mit einem leichten Druck gab er ihr zu verstehen, dass sie sich setzen sollte – auf sein Bett.

Wie passend, wisperte eine sarkastische Stimme in Annes Hinterkopf, die sie ignorierte.

Auryn setzte sich neben sie mit einem Lächeln auf den Lippen. »Keine Sorge, das war mein altes Ich. Heute lasse ich junge hübsche Frauen auf meinem Bett sitzen, ohne die Absicht zu hegen, sie zu kompromittieren.« Wie um seine Worte zu unterstreichen, rutschte er ein wenig von Anne weg.

Die Distanz verursachte einen unangenehmen Druck auf ihrem Herzen. Sie sehnte sich nach Halt, sie sehnte sich nach einer weiteren Umarmung von Auryn.

»Ich sorge mich nicht«, sagte sie leise.

»Nein?«

Anne schüttelte den Kopf. »Ich vertraue dir.« Sie sah schräg auf. Haarsträhnen fielen ihr ins Gesicht. Auryn beugte sich vor, um sie zärtlich hinter ihr Ohr zu streichen.

»Du kennst mich kaum«, gab er zu bedenken.

»Meine Mum hat meinem Dad vertraut. Sie kannten sich über zehn Jahre, und dennoch hat er ihr wehgetan.« Anne biss auf ihre Unterlippe.

Auryn legte seine Hand an ihre Wange.

Sie genoss die Berührung, die ein angenehmes Prickeln in ihrem Körper auslöste, das bis zu den Haarwurzeln reichte.

»Möglicherweise kann der Mensch nicht anders, als seinesgleichen über kurz oder lang zu verletzen.« Auryns blaue Augen wandelten sich zu einem Gewitterhimmel – dunkel und unergründlich.

»Nein, das glaube ich nicht«, widersprach Anne.

»Nein?«

»Nein.«

Mit einem Lächeln, das sich in seinen Augen widerspiegelte, sagte er: »Deine Wärme ist angenehm. Sie gibt mir Hoffnung – du gibst mir Hoffnung.«

»Nun verstehe ich«, sagte Anne heiser.

»Was?«

»Wie du all die Frauenherzen gewonnen hast.«

»Und wie?« Auryns Gesicht war Annes gefährlich nahe.

»Dein Charme.«

»Wirkt er auch bei dir?«, fragte Auryn herausfordernd. Seine Lippen waren ganz dicht an ihren. Sein Atem streifte ihren Mund – eine erste Liebkosung.

Hitze schoss in Annes Gesicht. Ihre Wangen fühlten sich an wie zwei Herdplatten

»Ich … also … ich …« Weiter kam sie nicht. Auryn ließ seine Lippen auf die ihren sinken. Trotz der Kühle seiner Haut fühlte sich der innige Kuss heiß an. Annes Herz verwandelte sich in einen aufgeregt flatternden Schmetterling, der jedoch jäh und hart zu Boden fiel. Sie brach den Kuss ab. Die Hitze hatte sich in etwas Brennendes verwandelt. Etwas, das jede Faser ihres Körpers aufschreien ließ: *Das ist nicht richtig!*

»Entschuldige, ich wollte dich nicht bedrängen«, sagte Auryn betroffen. »Du bist für mich keine weitere Trophäe, Anne, und über den Kuss wäre ich nicht hinausgegangen.«

Das Mädchen schüttelte den Kopf. »Es ist nicht deswegen, zumindest nicht nur.«

Auryn schwieg, während seine Kiefer mahlten. Seine Gesichtszüge waren perfekt, ebenmäßig. Die Haut weiß wie der Marmor im Haus. Das Haar schwarz glänzend wie fließende Seide. Er war wunderschön, charmant und durchaus anziehend, aber …

»Mein Herz gehört jemand anderem«, flüsterte Anne mit gesenktem Blick. Sie fühlte sich erleichtert und gleichzeitig wie der schlechteste Mensch auf Erden.

Einen grässlichen und schier endlos scheinenden Moment sagte Auryn nichts. Sein Kopf sank kraftlos nach vorne.

Anne biss sich auf die Unterlippe. Sie wünschte, sie könnte die Worte zurücknehmen.

»Danke«, sagte Auryn dann endlich und sah wieder auf.

»Wofür?«

»Deine Ehrlichkeit.«

Anne blickte verlegen auf ihre Hände hinunter, die in ihrem Schoß ruhten. Sie wusste nicht, was sie darauf erwidern sollte.

Auryn stand ruckartig auf. »Folge mir.« Er ging zum Fenster hinüber.

Anne folgte ihm.

»Was siehst du?«, fragte Auryn.

»Winter«, flüsterte Anne. Sie wusste nicht, warum Auryn ihr den Garten zeigte.

»Schau genau hin«, forderte Auryn sie auf.

Feine dunkle Adern durchzogen den hellen, blattlosen Baum. Das Gras war weiß und spitz. Der Himmel seltsam blau und wolkenlos.

»Als ob alles aus Stein wäre.«

»Marmor«, nickte Auryn.

»Aber die Rose auf deinem Schreibtisch, sie ist rot …«

»… und dennoch tot.« Auryn schritt zum Tisch, nahm die Blume und streckte sie Anne hingegen. Sachte berührte sie den Stiel der Blume. Er war kalt und hart.

»Sie hat keinen Geruch.«

Anne roch daran. »Nichts.«

»Hier drinnen hat nichts einen Geschmack oder Duft. Die Seiten der Bücher riechen nach nichts, das Feuer im Kamin hat keinen Geruch, selbst die Menschen in diesem verfluchten Haus haben keine Ausdünstung.« Frustration fraß sich an Auryns Oberfläche und ließ seine blauen Augen zu dunklen Seen werden. »Es ist gut, dass dein Herz jemand anderem gehört, denn würdest du meine Gefühle erwidern, würde ich dich hierbehalten. Du würdest es dir sogar sehnlichst wünschen.«

Unsicher verflocht Anne ihre Finger ineinander.

»Nur das Blut riecht wundervoll«, fuhr Auryn fort, den Blick in die Ferne gerichtet. »Und gleichzeitig ist es mir zuwider.«

Eine Gänsehaut kroch über Annes Haut. »Das Blut? Welches Blut?«

Auryn ergriff ihre Hände. »Ich will dir zeigen, was der Wunsch meiner Mutter aus uns gemacht hat. Als Warnung, aber auch um dir zu beweisen, dass ich keine Geheimnisse vor dir haben will.«

»Als Warnung? Ich verstehe nicht … Wovor, Auryn? Vor dir?«

»Nein, vor dem Amulett und Innogen.«

Anne sah auf das Schmuckstück auf ihrer Brust hinunter.

»Es erfüllt den Wunsch nach Unsterblichkeit.«

»Unsterblichkeit«, echote Anne und sah Auryn an.

Dieser nickte düster. »Du darfst sie dir nicht wünschen«, warnte er. »Oder du wirst so leben wie wir. In einem Haus ohne Leben mit einem toten Garten drum erum, der das Einzige dort draußen ist, was du betreten kannst.«

Annes Gehirnwindungen begannen zu rattern. War Auryns Leben wirklich so schlimm? Stumm folgte sie ihm aus dem Zimmer.

»Wir müssen leise sein«, flüsterte er ihr zu. »Ich weiß nicht, was sie mit dir machen, wenn sie dich sehen.«

Annes Puls beschleunigte sich. Ein Teil von ihr wollte sofort umkehren, nach Hause eilen, aber ein anderer, ein stärkerer Teil wollte verstehen, wovon Auryn sprach.

Sie gingen an unzähligen geschlossenen Türen vorbei zu einer breiten Treppe, die in den unteren Stock führte. Roter Teppich mit goldenen Borten lag auf den Marmorstufen. Das Geländer war ein Kunstwerk mit protzig goldenen Verzierungen. Sie erreichten den unteren Stock. Stimmen waren zu hören.

Anne sah Auryn besorgt von der Seite an.

»Keine Angst«, beruhigte er sie. »Alle sind um diese Uhrzeit im Saal.«

Als sie ihn überrascht ansah, fügte Auryn an: »Wir pflegen hier spät zu dinieren. Ab jetzt müssen wir sehr leise sein. Versprich mir, nicht zu schreien oder wegzurennen.«

»Warum sollte ich das tun?« Verwundert krauste Anne die Stirn.

»Du wirst es gleich sehen.« Er führte sie in die Küche. Anne ließ ihren Blick schweifen. Alles war aufgeräumt und sauber. Es war offensichtlich, dass hier schon lange niemand mehr etwas gekocht hatte.

Auryn lotste sie zu einer Tür im hinteren Bereich des Raums. »Jede Nacht haben wir Gäste in unserem Haus. Es sind immer dieselben, obwohl sie jede Nacht sterben«, flüsterte er.

Ein kalter Schauer jagte Annes Rücken hinunter.

»Bereit?« Auryn und legte seine Hand auf den Knauf.

Sie nickte, obwohl sie eine Ahnung beschlich, dass sie nicht wirklich sehen wollte, was sich hinter der Tür abspielte. Sachte drückte Auryn sie so weit auf, dass Anne und er in den Ballsaal hineinspähen konnten.

Sie hielt beeindruckt den Atem an. Elegant gekleidete Damen und Herren hielten sich in dem Raum auf. Auf einer Tafel standen

Speisen, deren Farben satt waren, doch kein Geruch ging davon aus, und niemand schien davon zu essen.

»Alles nur gezaubert«, erklärte Auryn, der ihrem Blick gefolgt war. »Dekoration, nicht mehr.«

»Aha.« Anne ließ ihren Blick weiter schweifen. In der Mitte des Saals stand eine wunderschöne Frau. Groß gewachsen und schlank. Ihr weißes Haar leuchtete mit dem violetten Seidenkleid, das sie trug, um die Wette. Ein zufriedenes Lächeln lag auf ihren dünnen Lippen.

»Das ist Innogen.« Auryn hatte bemerkt, wen Anne fixierte.

»Ist sie eine Art Zauberin?«

»Ja, obwohl sie in meinen Augen eher eine sadistische Hexe ist.« Plötzlich klatschte Innogen in die Hände und rief. »Es ist so weit!« Ihre Stimme war kräftig und zugleich seltsam sanft.

Eine schwarzhaarige Schönheit in einem roten Kleid sprang raubtierhaft einen männlichen Gast an. Anne schlug sich die Hände vor den Mund, als die Grazie ihre Zähne in den Hals des Mannes schlug. Blut floss aus der Wunde und tränkte den weißen Kragen seines Hemdes.

»Ava, meine Schwester. Sie mag Eric sehr. Jeden Abend tötet sie ihn mit einer größeren Leidenschaft.« Auryn sprach in einem abgeklärt ruhigen Tonfall.

Schreie erklangen, als weitere Personen sich auf die Gäste stürzten, um deren Blut zu trinken.

Anne drehte sich, die Hände immer noch vor den Mund geschlagen, von dem Geschehen ab.

Auryn schloss vorsichtig die Tür.

Langsam ließ sie die Hände sinken. »Was geht da vor sich? Seid ihr Vampire?«

»Ich erkläre dir alles, aber nicht hier. Komm.« Auryn packte sie am Handgelenk.

Anne zögerte.

»Hab keine Angst. Ich würde dir nie etwas antun«, versicherte er ihr.

Mit einem dicken Kloß im Hals und wild schlagendem Herzen kam sie seiner Aufforderung nach. Sie kehrten zurück in sein Gemach, wo Auryn sofort die Tür verschloss. Bleich, die Arme um sich selbst geschlungen, stand Anne da. Was sie gesehen hatte, lag ihr schwer im Magen.

»Ich musste es dir zeigen«, begann Auryn händeringend und das Gewicht von einem Bein auf das andere verlagernd. Seine Stimme klang belegt. »Es war mir wichtig. Du sollst alles über mich wissen und darüber, was geschieht, wenn du das Amulett verwendest.«

Anne benetzte ihre Lippen. »Diese Leute …« Sie kam nicht weiter, weil ihre Stimme versagte.

»Sind die Gäste unseres allerletzten Balles. Jede Nacht erscheinen sie wie aus dem Nichts. Sie sind nicht real – können es nicht sein –, denn sie sterben immer und kommen doch wieder. Aber sie fühlen sich sehr echt an. Ihre Adern pulsieren unter der Haut wie ein sündig köstliches Versprechen …« Auryn schüttelte den Kopf. »Ich weiß, es ist schwer nachzuvollziehen, aber genauso ist es.«

»Was ist mit meinem Blut?« Annes Puls beschleunigte sich, als sie die Frage stellte.

»Kann ich nicht riechen. Dafür aber deinen eigenen Duft.« Er lächelt verlegen.

»Und wie ist *mein* Duft?«

»Mmh, schwer zu beschreiben. Süß, ein bisschen nach Vanille, einfach ein wunderbarer, ein einzigartiger Anne-Geruch.« Er zwinkerte ihr mit einem schiefen Grinsen zu.

Errötend zupfte Anne an einer Haarsträhne herum. Auryn trat an sie heran, ergriff ihre Hand, welche die Strähne hielt, drückte ihr einen kühlen Kuss in die Handfläche und entschuldigte sich sogleich.

Anne seufzte leise. Sie versuchte, ihre Gedanken zu ordnen.

»Was hat diese Innogen von alledem?«, brachte sie schließlich hervor.

Auryn ließ ihre Hand los. »Sie nährt sich von der Energie, die freigegeben wird. Innogen steht für gewöhnlich in der Mitte des Raumes und saugt alles in sich auf. Nichts Sichtbares, aber spürbar.«

»Was würde passieren, wenn ihr einfach damit aufhört?«, wollte Anne wissen.

»Schmerzen«, antwortete Auryn. »Erst leicht, dann mit jeder Stunde und mit jedem verstreichenden Tag immer stärker. Sterben können wir daran nicht, aber wer zu lange wartet, wird die Schmerzen auf ewig behalten.«

Anne schlug betroffen die Hände vor den Mund, ehe ihr mit Schrecken entfuhr: »Du hast vorhin nicht getrunken …«

Er zuckt mit den Schultern. »Egal. Hauptsache, ich konnte etwas Zeit mit dir verbringen.«

»Ich möchte aber nicht, dass du meinetwegen Schmerzen bekommst.« Aus einem Impuls heraus schloss Anne ihre Arme um Auryn. Er ließ es zu.

»Mach dir keine Sorgen«, sagte er sanft. »Ich werde morgen wieder trinken. Bis dahin werden die Schmerzen in einem erträglichen Bereich sein.«

Anne presste ihr Gesicht fest an seine Brust. Auch wenn sie nicht in ihn verliebt war, fühlte es sich gut an, in seiner Nähe zu sein, ihn zu berühren. Schmerzlich wurde ihr bewusst, dass sie diese Selbstverständlichkeit der Umarmung bisher nicht gekannt hatte. Das Verhältnis zu ihrem Vater war stets angespannt, und ihre Mutter hatte sie selten umarmt, geschweige denn ihre Patentante.

»Kann ich noch ein paar Stunden bleiben?«, fragte sie und sah zu Auryn hoch.

Ein warmes Lächeln breitete sich auf seinen Lippen aus, das seinen Augen erreichte. »Bleib solange wie du willst.« Auryn ließ sich rücklings aufs Bett sinken.

»Danke.«

»Komm«, winkte er.

Anne zögerte. Plötzlich machte sie sich Gedanken darüber, dass er vielleicht ihre spontane Umarmung falsch verstanden haben könnte.

»Sorge dich nicht«, sagte Auryn, der die nachdenkliche Falte über ihrer Nasenwurzel und das Zögern richtig deutete. »Ich respektiere, dass dein Herz einem anderen gehört.«

Anne ließ sich auf dem Bett nieder, während Auryn sich aufrichtete.

»Erzähl mir von ihm«, bat er.

»Ist … also … wäre es nicht unpassend, wo … also … weil du …«, stammelte Anne errötend und setzte sich ebenfalls auf.

»Weil ich mich in dich verliebt habe?« Auryn sah sie ernst an.

Sie nickte.

»Es ist nicht unpassend, sofern es auch für dich in Ordnung ist.«

Ein scheues Lächeln huschte über Annes Gesicht. »Es ist etwas ungewohnt. Bisher habe ich nur mit meiner besten Freundin Abbey über Brandon gesprochen.«

»Ah, Brandon«, lächelte Auryn. »Erzähl.«

Und dann schilderte Anne ihm alles. Auryn hörte interessiert zu, stellte hier und da eine Frage, weil er etwas nicht verstand oder genauer wissen wollte. Mit jedem Wort, das über Annes Lippen kam, fühlte sie sich leichter.

»Du bist eine hoffnungslose Romantikerin«, stellte Auryn ohne Spott fest.

»Bin ich das?« Anne knetete ihre Hände. »Denkst du, die Möglichkeit besteht, dass er auch in mich verliebt ist?«

Auryn seufzte. »In meiner Zeit führte ein Mann eine Frau nur aus, wenn er ernsthafte Absichten hatte oder wenn er ein Schelm war wie ich.«

Anne schwieg. Brandon – ein Schwerenöter? Sie glaubte es nicht. Zumindest gab es an der Schule keine Gerüchte darüber. Vor zwei Jahren war er kurz mit Jennifer gegangen. Damals war für Anne eine Welt zusammengebrochen. Doch dann war Jennifer mit ihren Eltern nach London gezogen und aus Brandons Leben verschwunden. Anne hatte eine boshafte Freude darüber verspürt, für die sie sich heute noch manchmal schämte.

»Ich glaube nicht, dass er so ist wie du«, setzte sie zaghaft an. »Aber ich kann ihn, ehrlich gesagt, nicht besonders gut einschätzen. Es überraschte mich zum Beispiel, dass er meine Kurzgeschichte gelesen hatte und …«

»Anne«, unterbrach Auryn sie mit leiser, aber dennoch fester Stimme. »Herzensdinge«, er legte seine Hand auf seine Brust, »lassen sich nicht hiermit entscheiden.« Er tippte sich an die Stirn. »Lass dich von deinem Herzen führen.«

Anne presste die Lippen zusammen und nickte.

»Das Herz ist mutig genug, im entscheidenden Augenblick das Richtige zu tun, wenn es wahre Liebe ist, davon bin ich überzeugt.«

»Warst du denn jemals richtig verliebt?«, rutschte es Anne heraus.

Auryn streckte seine Hand aus, um ihre Wange zu streicheln. »Ja.« Er lächelte. »Es war das Schönste, was mir je widerfahren ist.« Er zog seine Hand zurück.

»Ich habe Angst, dass er mich ablehnt«, gestand Anne.

Auryns Augen bekamen einen feuchten Glanz, dennoch blieben seine Lippen zu einem Lächeln geformt. »Du solltest trotzdem einen mutigen Schritt nach vorne machen, so wie ich heute. Ich habe dich geküsst und bereue es keinen Augenblick.«

Anne sah ihn ungläubig an. »Das verstehe ich nicht.«

»Hätte ich dich nicht geküsst, würde ich mich immer fragen, was wäre, wenn, und ich würde es mein Leben lang bereuen, das, wie du weißt, unendlich andauert.« Er lachte trocken auf.

»Dann soll ich Brandon einfach küssen?«

Auryn lachte leise auf. »Du könntest ihm aber auch einfach deine Gefühle gestehen. Es muss nicht gleich ein Kuss sein. Wobei ein Kuss sehr überzeugend sein kann – meistens jedenfalls.«

Anne klemmte ihre Unterlippe zwischen Daumen und Zeigefinger und zupfte nachdenklich daran, bis ein energisches Klopfen an der Tür sie erschrocken zusammenfahren ließ.

»Auryn!«, rief eine weibliche Stimme.

»Meine Mutter«, flüsterte er.

Eleonora pochte ein weiteres Mal heftig gegen die Türe und rief: »Auryn!« Dann drehte sie den Türknauf.

Anne hielt den Atem an, doch dann erinnerte sie sich, dass er die Tür verschlossen hatte. Erleichtert atmete sie aus.

»Warum schließt du dich ein?«, verlangte die Mutter zu wissen.

Auryn seufzte. »Sie macht mich wahnsinnig.« Und laut brüllte er: »Ich will meine Ruhe!«

»Du warst nicht auf dem Ball.« Ein vorwurfsvoller Ton schwang in der Stimme mit.

»Morgen gibt es einen neuen«, höhnte Auryn. »Ach nein, warten Sie, es wird ja genau der gleiche sein.«

Eleonora begann, so heftig am Türknauf zu rütteln, dass Anne befürchtete, die Tür würde jeden Moment aufspringen.

»Auryn! Öffne! Sofort!«

Anne legte ihm eine Hand auf die Schulter. »Du solltest aufmachen. Ich gehe wieder nach Hause.«

Er verzog seinen Mund zu einer enttäuschten Linie.

»Ich komme wieder«, versprach sie und hauchte ihm einen Kuss des Abschieds auf die Wange.

»Pass auf dich auf«, sagte er, ehe sie durch den Spiegel verschwand.

»Auuuuuuryn!«, keifte Eleonora.

»Ich komme ja.« Bevor er aufschloss, sah er über die Schulter, um sich zu vergewissern, dass Anne nicht mehr zu sehen war.

Seine Mutter fiel fast ins Zimmer, als er abrupt die Tür öffnete.

»Was ist bloß los mit dir? Du verhältst dich immer merkwürdiger«, klagte Eleonora.

»Ich hab zu viel Zeit mit meiner Familie in diesem verfluchten Haus verbracht.«

Empört stemmte seine Mutter ihre Hände in die Hüften. »Wenn dein Vater hören würde, wie unverschämt du redest, dann …«

»Dann was?«, fiel Auryn ihr ins Wort. »Bestraft er mich mit Hausarrest?« Ein bitteres Lachen brach aus ihm heraus.

Eleonora schlug ihre feingliedrigen Hände über dem Kopf zusammen. »Was ist bloß mit dir geschehen? Ich erkenne dich kaum wieder.«

»Ihr einfältiger und törichter Wunsch ist geschehen, Frau Mutter!«, brüllte Auryn außer sich.

»Ohne meinen Wunsch würdest du schon lange in einem Grab vor dich hin modern«, konterte Eleonora. Die Zornesröte, die früher ihre Wangen, wie perfektes Rouge färbte, musste Auryn sich vorstellen. »Sie haben mich verflucht! Ich wollte nie ewig leben!«

William Locke kam polterndem Schrittes ins Zimmer. »Hört auf!« Er schrie nicht, dennoch war seine Stimme klar und kräftig. Jedes Wort von schneidender Bestimmtheit. Wenn er einen Raum betrat, versprühte er ein wahres Feuerwerk an Autorität.

Eleonora, die eigentlich etwas auf die Vorwürfe ihres Sohnes hatte kontern wollen, schloss ihren Mund mit einer Heftigkeit, dass die Zähne aufeinanderschlugen und ein klackendes Geräusch von sich gaben.

Auryn verschränkte die Arme vor der Brust, die Lippen zu einer zornigen Linie geformt.

»Eure Beschuldigungen sind sinnlos«, sagte William. »Seht es endlich ein. Innogen wird uns für alle Ewigkeiten in dem Haus halten. Damit müssen wir uns abfinden.«

»Und wenn es einen Weg gäbe, dem hier zu entkommen?«, fragte Auryn und machte eine umfassende Handbewegung.

»Es gibt keinen Weg.« Resignation lag in der Stimme des Vaters.

»Und wenn es doch einen gäbe? Wie würden Sie sich entscheiden, Vater?«, beharrte Auryn.

»Für das ewige Leben! Was sonst?«, zeterte Eleonora dazwischen.

»Ich hab nicht Sie gefragt«, zischte Auryn. »Vater, wie wäre *Ihr* Entschluss?«

William fuhr sich mit der Hand durch den dunklen Bart. »Ich weiß es nicht.«

Enttäuscht ließ Auryn die Arme hängen. »Ich wüsste, was ich tun würde«, sagte er mit fester Stimme.

»O ja, das wissen wir alle.« In der Tür erschien Ava. Blut klebte noch in ihren Mundwinkeln wie verwischter Lippenstift. Ihre blauen Augen funkelten streitlustig. »Innogen sollte dir endlich deinen sehnlichen Wunsch erfüllen, dann müssten wir dein Gejammer nicht mehr mit anhören.«

»Fahr zur Hölle!«, zischte Auryn.

Ava lachte. »Der Teufel wäre mit mir überfordert.« Mit einer anmutigen Drehung auf dem Absatz machte sie kehrt und verschwand in Richtung ihres Zimmers.

»Den Verdacht habe ich auch«, brummte William.

Auryn konnte sich ein Grinsen nicht verkneifen.

Eleonora atmete theatralisch laut ein und aus, ehe sie sagte: »Ich will morgen keinen einzigen Ton von dir hören.« Energischen Schrittes verließ sie den Raum.

William legte seinem Sohn die Hand auf die Schulter. »Lass mich bloß nicht mit den Weibern allein.«

23. Kapitel

*D*er Wecker schrillte. Mechanisch streckte Anne ihren Arm aus und stellte ihn ab. Sie fühlte sich eigenartig, fast unwirklich. Was vermutlich mit ihrem längeren Aufenthalt bei Auryn zusammenhing.

Mit einer Portion Widerwillen schlug sie die Decke zurück und stellte die Füße auf den Boden. Die wahre Welt, die Krankheit ihrer Mutter und der bevorstehende Tag mit Brandon rückten wieder in den Vordergrund. Anne beugte sich nach vorne und fuhr mit den Händen durch ihr Haar. Auryn, der Kuss, die Berührungen und Unterhaltungen wurden zu etwas, das einem Traum nahekam und doch greifbarer waren als der junge Surfer.

Als sie in die Küche kam, saß Jane auf dem Platz, auf dem normalerweise ihre Mutter saß. Annes Herz zog sich schmerzlich zusammen, und ihr war plötzlich nach Weinen zumute. Sie wollte aber nicht weinen, also blinzelte sie die aufsteigenden Tränen weg.

»Gut geschlafen?«

Anne nickte.

»Heute ist dein Date, nicht wahr?« Jane lächelte breit.

»Es ist kein richtiges Date«, widersprach Anne.

»Was? Wieso nicht?« Entgeisterung zeigte sich auf Janes Gesicht.

»Brandon will mich bloß etwas ablenken«, murmelte Anne und schüttete Cornflakes in eine Schüssel.

»Ich bitte dich, wir reden von einem Siebzehnjährigen – diese Jungs sind nicht selbstlos. Er *will* mit dir Zeit verbringen.«

Anne zuckte mit den Schultern. Innerlich war sie jedoch aufgewühlter als ein Ozean im Sturm. Sie dachte an Auryns Worte. Der

Gedanke, Brandon ihre Gefühle zu gestehen oder ihn zu küssen, erfüllte sie nahezu mit Panik.

Jane schüttelte verwirrt den Kopf. »Erst warst du doch noch ganz hingerissen von ihm. Und jetzt – puff – alles weg?«

Anne stocherte wortlos in ihrem Frühstück herum.

»Ist es wegen deiner Mutter?«, bohrte Jane nach. »Hast du ein schlechtes Gewissen, weil du mit einem Jungen weggehst, anstatt bei ihr zu sein?«

»Irgendwie schon«, erwiderte Anne.

»Das brauchst du nicht, und das weißt du auch. Deine Mum will nicht, dass du dein Leben unterbrichst, nur weil sie im Krankenhaus ist. Das hilft ihr nicht.«

»Und was ist mir dir?«, konterte Anne.

»Touché«, grinste Jane. »Aber keine Sorge, ich werde spätestens übermorgen nach Hause fahren und erst am Sonntag wiederkommen. Du bist ja alt genug, um alleine im Haus zu sein, oder?«

Anne rollte mit den Augen. »Sicher.«

»Außerdem ist dein Dad ja in der Nähe.«

»Ja, das ist er«, murmelte sie und schaufelte Cornflakes in sich hinein, obwohl ihr Magen sich verknotet hatte. Als es an der Haustür klingelte, zuckte Anne zusammen und Jane kicherte, wie es vermutlich Abbey getan hätte, wenn sie da gewesen wäre. Abbey hatte ihr irgendwann gestern Nacht einen grinsenden Smiley gesendet und den erhobenen Daumen mit den Worten: Wehe, ihr küsst euch nicht. Anne hatte einen Smiley zurückgesendet.

»Willst du den armen Jungen draußen stehen lassen?«, riss Jane sie aus ihren Gedanken.

»Nein, natürlich nicht.« Anne schob scheppernd den Stuhl zurück und eilte zur Tür.

Brandon stand in Shorts und grünem T-Shirt vor ihr. Sein Mund zu einem Lächeln verzogen, das nicht halb so selbstbewusst war wie sonst, aber dafür unglaublich sympathisch und hinreißend. Unter dem Arm trug er sein Surfbrett.

Anne stöhnte auf.

»Was? Ist dir nicht gut?«, fragte Brandon besorgt.

Anne schüttelte erschrocken den Kopf. Ihr war nicht bewusst gewesen, dass sie laut aufgestöhnt hatte. Es sollte eigentlich ein inneres Seufzen sein. Eines, das sagte: *Verdammt, ich kann ihm meine Gefühle nicht gestehen!*

»Mir geht's gut«, log sie. »Nur scheinen meine schlimmsten Befürchtungen wahr zu werden.« Sie deutete auf das Brett unter seinem Arm.

»Ach ja«, grinste Brandon. »Ich dachte, die beste Ablenkung würde darin bestehen, dir eine ordentliche Portion Adrenalin durch die Blutbahnen zu jagen.«

»Bis ich einen Herzstillstand habe?«, scherzte Anne und war selbst überrascht, wie leicht ihr die Worte über die Lippen kamen. Vermutlich lag es an Brandons offener und gewinnender Art.

»Ich würde nichts tun, was dein Leben gefährdet«, sagte er mit ernster Miene, sodass sie errötend den Blick senkte und Brandon sich verlegen räusperte. »Bist du bereit?«

»Ich hole nur kurz meine Tasche.« Anne eilte die Stufen hoch in ihr Zimmer. Als sie zurückkam, stand ihre Tante an der Tür und unterhielt sich mit Brandon.

»Dann wünsche ich euch beiden viel Spaß«, meinte sie und zwinkerte Anne mit erhobenen Daumen zu, als Brandon ihr den Rücken zudrehte.

Während Brandon sich am Strand mit einem Mittdreißiger unterhielt, der Surfbretter und Neoprenanzüge vermietete, beobachtete Anne ihn von der Seite aus zwei, drei Meter Entfernung. Der Anflug von Unsicherheit war wie weggewischt. Brandon strahlte wieder seine übliche Selbstsicherheit aus, lachte, scherzte und deutete schließlich auf sie.

Anne zuckte ertappt zusammen.

»Komm«, meinte er und winkte sie zu sich. »Patrick, das ist Anne. Anne, das ist Patrick.«

Patrick streckte ihr lächelnd die Hand entgegen. »Schön, dich kennenzulernen.«

»Ebenfalls«, meinte Anne.

»Bran sagt, du wirst heute zum ersten Mal surfen.« Patrick fuhr sich mit einer Hand durch seinen kupferfarbenen Wuschelschopf.

Anne nickte.

»Na, dann bring ich dir ein Surfbrett und einen Anzug.« Er kniff die Augen zusammen, als würde die Sonne ihn blenden, und musterte sie. »Mmh … eine Sechs könnte gehen«, sprach er und verschwand in seinem kleinen Laden, um kurz darauf mit einem Neopren und einem Surfbrett zurückzukommen, das im Gegensatz zu Brandons aussah, als wäre es das Junge eines Wals.

»Ist das nicht zu groß?«, fragte Anne entgeistert.

Patrick streckte ihr den Neoprenanzug hin. »Willst du heute einmal auf dem Brett stehen können oder nicht?« Sein breiter Mund verzog sich zu einem schelmischen Grinsen.

Anne beschlich der Verdacht, dass sie gerade einen typischen Surfanfänger-Fauxpas begangen hat.

»Doch, das möchte ich«, stammelte sie und sah Brandon Hilfe suchend an.

»Das Mini-Malibu hat einen besseren Auftrieb«, erklärte er. »Du kannst damit leichter eine Welle anpaddeln, und es ist auch einfacher, eine zu reiten.«

Anne lächelte. »Und die kleinen Bretter sind für die Profis?«

»So in etwa.«

Die nächste Herausforderung für Anne war es, in den Neoprenanzug zu kommen. Es wäre wohl einfacher gewesen, einen Elefantenfuß in Stilettos zu quetschen.

Brandon hatte seinen in der halben Zeit angezogen. Während Anne sich abmühte, schaute er ihr geduldig zu, was für sie die Sache nicht leichter machte. Schweiß brach ihr aus allen Poren.

»Schau mich nicht so an!«, rutschte es ihr heraus.

Brandon kratzte sich verlegen am Kopf, fing sich aber sofort und konterte: »Wie schaue ich denn?«

»Seltsam.«

Patrick, der in der Nähe der beiden stand, brach in Gelächter aus und erntete dafür einen vernichtenden Blick von Brandon. »Hast du nichts Besseres zu tun?«

»Mann, bleib cool«, meinte Patrick mit einem Grinsen, verschwand aber in seinem Laden.

Endlich hatte Anne den Neopren besiegt. Dank des Films *Gefährliche Brandung* wusste sie, wie man den Reißverschluss schloss.

»Bevor wir ins Wasser gehen, erkläre ich dir einige Dinge zum Surfen, und wir machen an Land ein paar Trockenübungen.«

Anne nickte stumm.

Als Brandon ihr die wichtigen Punkte aufzählte, hörte sie ihm aufmerksam zu, nickte oder fragte hier und da nach, wenn ihr etwas nicht ganz klar war. Sie hörte ihm gerne zu. Brandon hatte eine angenehm tiefe Stimme, die jede Banalität zu etwas ungeheuer Wichtigem machte. Aus seinen Worten klang seine Begeisterung für das Surfen und in seinen Augen sah sie das Feuer dafür brennen. *Jeder sollte für etwas brennen*, dachte sie.

»Und jetzt finden wir raus, wie du auf dem Brett stehst, also ob du *Goofy* oder *Regular* bist«, riss Brandon sie aus ihren Gedanken. Sie musste sich auf das Brett legen, die Nase auf den *Sweet Point*, wie Brandon erklärte, und aufspringen. Anne befolgte seine Anweisung.

»Du bist *Goofy*«, erklärte er ihr.

Annes Puls beschleunigte sich, als Brandon mit ihr ins Wasser ging. Er trug ihr Brett, während er seines am Strand zurückließ. Erst wollte er ihr ein bisschen Starthilfe geben. Anne war sich nicht ganz sicher, ob ihr Herz wegen Brandon so heftig in der Brust schlug oder weil sie gleich zum ersten Mal auf einem Surfbrett liegen würde. Vermutlich lag es an beidem.

Der Neopren war wie eine zweite Haut. Dort, wo er nass wurde, fühlte er sich gleich leichter und geschmeidiger an.

»Leg dich hin«, forderte Brandon sie auf, während er das Surfbrett an der *Nose* hielt. Anne folgte seiner Aufforderung, jeder Muskel in ihrem Körper war angespannt.

»Ich sage dir, wenn die Welle kommt, dann gebe ich dem Brett einen leichten Stoß, und du stehst auf, wie wir es zuvor an Land geübt haben«, erklärte er und bewegte sich zum *Tail* des Bretts.

Anne nickte. Das Blut rauschte in ihren Ohren wie ein inneres Meer.

»Bereit?«, fragte Brandon.

»Keine Ahnung«, lachte sie nervös.

»Mach dir keine Sorgen«, sagte Brandon ruhig. »Wenn du vom Brett fällst, lass dich einfach flach fallen und nimm die Hände über den Kopf, wie ich es dir gezeigt habe. Dann kann nichts passieren.«

»Außer, dass mir die *Finne* den Arm aufschlitzt«, bemerkte sie sarkastisch.

»Besser als den Kopf. Achtung, eine Welle kommt.«

Annes Herz machte einen Satz, als das Surfbrett vom Wasser erfasst wurde. Sie sprang auf, stand und fiel. Prustend tauchte sie wieder auf. Brandon war bereits beim Surfbrett, drehte es um und hielt es fest.

»Ich habe gestanden, ganz kurz«, strahlte Anne. »Wenn auch nur ein paar Sekunden.«

Brandon grinste. »Ein Naturtalent. Willst du es nochmals versuchen?«

Sie nickte.

Der Vormittag verging so schnell wie Eis in der Sonne, und als Annes Glieder immer schwerer wurden und sie nur noch wie ein Sack Kartoffeln vom Brett fiel, kehrten sie an den Strand zurück.

»Ich habe mindestens zehn Liter Wasser geschluckt«, lachte sie.

»Und gleich wird es dir durch die Nase wieder rauslaufen«, schmunzelte Brandon.

»Wie meinst du das?« Anne krauste die Stirn.

Geheimnisvoll sagte er: »Du wirst schon sehen«, und legte das Surfbrett hin. Anne schälte sich ungeschickt aus dem Neopren, während Brandon einfach so herauszuschlüpfen schien. Schnell schlang sie sich das Badetuch um den Körper, weil ihr kalt war. Dann ließ sie sich neben Brandon in den Sand fallen.

Eine Weile saßen sie schweigend nebeneinander, bis Anne sich abdrehte und einen Laut von sich gab, der klang wie ein vernäseltes »Igitt«.

Brandon brach in Gelächter aus, als sintflutartig Wasser aus ihrer Nase lief. Sofort brannten ihre Wangen wieder heiß und ihr Gesicht lief rot an. »Ich hoffe, das sah nicht so eklig aus, wie es sich anfühlte.«

»Halb so schlimm, passiert fast allen«, lachte er.

Anne wischte Sand über den Schnodder.

»Jetzt bist du gar nicht zum Surfen gekommen«, realisierte sie.

Brandon winkte ab. »Egal, ich überlebe es.« Er blickte wieder hinaus aufs Meer. Der Wind spielte mit seinem blonden Haar. Anne betrachtete ihn verstohlen von der Seite. Ihr Herz quittierte den Anblick des braun gebrannten Jungen mit einem unregelmäßig aufgeregten Hüpfen, während sich in ihrem Magen ein ganzer Reigen Schmetterlinge zu einem Tanz verabredet hatte.

Gott, dachte sie. *Ich steh total auf ihn.* Am liebsten hätte sie sich die Hände vors Gesicht geschlagen und geschrien, konnte sich aber gerade noch beherrschen.

»Hat es dir gefallen?«, fragte Brandon und wandte sich ihr zu. Seine Zähne blitzten weiß wie Perlen, und seine Augen funkelten mit ihnen um die Wette. Die Grübchen, die sich in seinen Wangen bei jeder Gelegenheit abzeichneten, wenn er redete oder lächelte, brachten Anne fast um den Verstand.

»Ja, sehr«, hauchte sie.

»Gut«, meinte Brandon und sah wieder auf das Meer hinaus.

In Annes Kopf ratterten die Gedanken wild umher. Auryns Stimme flüsterte ihr zu, sie solle ihm endlich sagen, was sie fühlte, während eine andere Stimme kreischte: *Bloß nicht, am Ende bricht er den Kontakt zu dir ab.*

»Hast du Hunger?«, unterbrach Brandon die Stille.

»O ja, wie ein Bär«, lachte Anne erleichtert auf.

Sie kauften sich an einem Imbissstand Sandwiches und Cola und gingen zurück an den Strand. Von Stunde zu Stunde trudelten mehr Menschen ein. Bunte Sonnenschirme wurden in den Sand gesteckt, Tücher ausgebreitet, und blasse Körper dürsteten nach Bräune. Kreischende Kinder rannten am Strand rauf und runter, bauten Burgen oder spielten Fußball. Trotz des fröhlichen Treibens rund um Anne fand Melancholie den Weg in ihr Herz, so wie ein gemeiner Dieb, der unerlaubt in eine Wohnung eindrang. Sie dachte an ihre Mutter, ihren Vater, Auryn und an das gemeinsame Jetzt mit Brandon, das schon bald wieder enden würde. Trauer, Glück und Angst vermengten sich zu einem Cocktail der Unglückseligkeit, die in Annes Mund wie eine bittere Medizin schmeckte. Sie ließ das Sandwich sinken, während sie ihren Blick auf das Meer richtete. Wind zerrte an ihren zu einem Pferdeschwanz zusammengebundenen Haaren und löste einzelne Strähnen daraus.

»Du wirkst sehr nachdenklich«, sagte Brandon. »Wie geht es deiner Mutter?«

»Sie bekommt seit ein paar Tagen Chemo«, antwortete sie.

»Ist das gut oder schlecht?«

»Ich denke, gut.« Sie zuckte mit den Schultern.

»Du machst dir Sorgen?«

Anne nickte. »Ich frage mich, was passiert, wenn meine Mum stirbt. Muss ich dann zu meinem Vater?« Sie hielt kurz inne in ihrem Wortschwall und fügte dann hinzu: »Gott, das klingt so egoistisch. Ich mache mir mehr Sorgen um mich.« Tränen traten ihr in die Augen, die sie rasch wegwischte, den Blick gesenkt. Sie wollte in Brandons Gegenwart nicht heulen, das würde ihn bloß abschrecken.

»Nein, ist es nicht – denke ich zumindest«, meinte er sanft.

Schweigen. Er rückte etwas näher zu Anne heran, was irgendwie seltsam und schön zugleich war.

»Dein Dad und du, ihr versteht euch nicht so gut?«, fragte er zaghaft.

Anne knetete ihre Hände. »Er ist mehr wie ein Bekannter. Unser Verhältnis ist angespannt, und ich fühle mich …« Sie suchte nach einem passenden Wort.

»Nicht aufgehoben? Unwillkommen?«, half Brandon ihr.

Anne nickte. »Ja.«

»Geht mir mit meiner Mum auch so«, gestand er leise. »Sie wohnt mit ihrem neuen Typen in der Nähe von London und hat keinen Platz mehr in ihrem Leben für mich oder meinen Dad.«

Mitgefühl flutete Anne. »Mein Dad kümmert sich auch lieber um seine neue Frau und Nick.«

»Nick?«

»Mein Halbbruder.«

»Ach so. Scheidung ist scheiße«, schnaubte Brandon und fuhr sich mit einer Hand durchs Haar.

Anne wollte erst zustimmen, doch dann erinnerte sie sich an die Unterhaltung mit ihrem Vater in der Kantine und daran, dass er meinte, es wäre eine größere Lüge gewesen, zu bleiben. »Das ist es und irgendwie auch nicht«, sagte sie schließlich und erntete dabei von Brandon einen überraschten Blick.

»Wie war deine Mutter, als deine Eltern zusammen waren? Bei unseren früheren Besuchen und Unternehmungen habe ich sie und auch deinen Dad immer als sehr nett wahrgenommen, aber das war ja auch nur während ein paar Stunden, und ich war damals noch ein Kind …« *Und habe mich damals schon nur für dich interessiert,* fügte sie in Gedanken an.

Brandon blies die Backen auf und ließ langsam die Luft daraus entweichen. »Schwierig zu sagen. Sie war da und irgendwie auch nicht.«

Nachdenkliche Stille folgte seinen Worten. Anne wartete geduldig.

»Eigentlich floh sie bei jeder Gelegenheit aus dem Haus«, erinnerte Brandon sich. »Sie war nie wirklich für mich da. Es war immer Dad gewesen, der sich um mich gekümmert hat.«

Anne spürte das starke Verlangen, ihn zu umarmen, so wie sie es gestern Nacht bei Auryn getan hatte, doch im Gegensatz zu gestern getraute sie sich nicht.

Brandon lachte leise auf. »Jetzt verstehe ich, worauf du hinaus wolltest. Meine Mum war schon abwesend, bevor sie tatsächlich gegangen ist.«

»Ja, so in etwa«, nickte Anne.

»Nur in etwa?« Brandon blickte sie erstaunt an.

»Ich hatte die Worte meines Dads im Kopf«, erklärte sie und erzählte Brandon von dem Gespräch.

»Mmh«, brummte er, als Anne mit ihrer Ausführung zu Ende war. »Ganz so ein übler Kerl scheint er doch nicht zu sein.«

Anne zuckte mit den Achseln.

»Eltern«, meinte Brandon. »Man hat es nicht leicht mit ihnen.« Sein Mund verzog sich zu einem schiefen Grinsen.

Anne seufzte. »Wem sagst du das.«

24. Kapitel

Brandon begleitete sie nach Hause. Ein wenig unentschlossen standen sie sich gegenüber. Beide ein unsicheres Lächeln auf den Lippen.

»Danke«, sagte Anne schließlich. »Für den schönen Tag.«

Küss ihn!, zischte eine innere Stimme ihr zu, die Anne mit einem energischen *Nein!* zum Schweigen verdammte. Brandons Lächeln verwandelte sich in ein Strahlen. »Ablenkung gelungen?«

Anne nickte.

Brandon drehte die Sonnenbrille in seinen Händen hin und her. »Wenn du wieder etwas Ablenkung brauchst oder Lust aufs Surfen hast, lass es mich wissen.«

Anne nickte erneut. Ihre Kehle war so trocken, dass ihre Stimmbänder zusammen klebten.

»Du weißt ja, wo du mich erreichst.«

Abermals Nicken. »Ab nächster Woche werde ich wieder arbeiten«, sagte sie und fühlte sich gleichzeitig unglaublich doof.

»Schön«, meinte Brandon und fügte an: »Also, dann bis bald.« Er drehte sich ab.

Ein Teil von Anne schrie innerlich auf, wollte Brandon am Arm packen, ihn zwingen sich umzudrehen, damit sie ihn küssen konnte, doch dieser Teil war zwar laut, aber zu schwach. Der Verstand wies ihn unwirsch in die Schranken: *Nur weil er nett zu dir ist, heißt das noch lange nicht, dass er etwas von dir will! Punkt.*

Anne stand vor der Tür und sah Brandon nach, bis er außer Sichtweite war. Ihr Herz zog sich schmerzlich zusammen. Sie schalt sich selbst einen Angsthasen. Mit einem Seufzer der Reue öffnete sie die Tür und trat ins Haus. Sie begrüßte ihre Tante mit einem knappen »Hallo« und war bereits an der Treppe angekommen, als Jane rief: »Einen Moment, junge Dame.«

Langsam drehte Anne sich um.

»Wie war's?« Jane lächelte erwartungsvoll.

»Ich habe ein paar Mal auf dem Brett gestanden, aber nach kurzer Zeit bin ich wieder runtergefallen.«

Jane verdrehte theatralisch die Augen. »Ich meine zwischen dir und Brandon?«

»Gut«, antwortete Anne. Sie hatte keine Lust, mit ihrer Patentante darüber zu reden. Viel lieber hätte sie sich mit Abbey getroffen. Abbey war eine gute Zuhörerin, und Anne fühlte sich jedes Mal befreiter, wenn sie mit ihrer Freundin gesprochen hatte selbst dann, wenn Abbey keinen Lösungsvorschlag hatte.

»Und?«

Anne zuckte mit den Schultern. »Nichts und.«

Janes Mundwinkel zuckten enttäuscht nach unten.

»Fährst du mich noch zu Mum?«

Jane wurde ernst. »Sie ist sehr müde und freut sich morgen auf dich.«

Sorgenfalten zeichneten sich auf Annes Stirn ab, die ihre Tante sofort richtig deutete: »Es sind die Nebenwirkungen der Chemo. Ihr Zustand ist ansonsten stabil.«

Anne war sich nicht sicher, ob erleichtertes Ausatmen angebracht war. Unter den gegeben Umständen vermutlich schon.

»Wenn alles gut läuft, kann die Transplantation spätestens in zwei Monaten durchgeführt werden.«

Anne klammerte sich am Treppengeländer fest. »Denkst du, das wird sie retten?«

Jane nickte. »An etwas anderes will ich gar nicht erst denken.«

Die Worte ihrer Patentante hallten Anne noch lange im Kopf nach. Auch dann noch, als sie auf ihrem Bett saß und nachdenklich das Amulett betrachtete. Was war, wenn ihre Mutter trotz der Transplantation starb? Augenblicklich breitete sich ein kaltes Gefühl in ihren Eingeweiden aus. Ihre Finger schlossen sich fester um das Schmuckstück.

»Ewiges Leben«, flüsterte sie und ließ die beiden Worte wie schmelzende Schokolade auf der Zunge zergehen. Sie könnte es sich einfach wünschen – und dann? Wer würde alles betroffen davon sein? Nur ihre Familie?

Sie dachte an all das Blut. Müssten sie dann auch welches trinken? Und von wem? Gänsehaut breitete sich auf ihren Armen aus. Auryn sagte, der Duft des Blutes sei köstlich, und wenn dem so war, dann würde sie sich nicht überwinden müssen. Doch was würde ihre Mutter dazu sagen?

Anne fuhr mit dem Zeigefinger über den Stein und blickte auf zum Spiegel. »Auryn?«, flüsterte sie heiser, und als sich das vertraute Gesicht nicht zeigte, wiederholte sie seinen Namen etwas lauter.

Die glatte Oberfläche des Spiegels verwandelte sich für wenige Sekunden in eine wogende See, ehe Auryn darin erschien. »Anne!«, rief er erfreut.

Wärme durchflutete sie und wischte das kalte Gefühl aus ihren Eingeweiden. Sie erhob sich, ging zum Spiegel und legte ihre Hand an die Scheibe, genau auf Auryns. Sie fühlte sich wie ein Schiff nach einem Sturm, das den sicheren Hafen erreichte, als ihre Hand durch das Glas hindurchglitt und sich mit Auryns verflocht.

»Komm zu mir«, sagte er sanft.

Sie folgte seiner Aufforderung.

Zärtlich streichelte Auryn ihr mit den Fingerspitzen über die Nasenwurzel. »Sorgenfalten, die erkenne ich sofort«, sagte er ernst und zog seine Hand zurück, als hätte er sich daran erinnert, dass Anne ihn zurückgewiesen hatte.

»Was bedrückt dich?«, fragte er.

Ihre Lippen teilten sich, doch kein Laut entwich daraus.

»Ist es wegen deiner Mutter? Geht es ihr schlechter?«

»Sie hat mit den Nebenwirkungen der Behandlung zu kämpfen. Ich habe Angst, dass sie trotz der Therapie sterben wird.«

»Gibt es denn Anlass dazu, so etwas zu denken?«

»Nein, ja. Ach, ich weiß auch nicht.« Anne schüttelte den Kopf. »Ich hab im Internet nachgelesen, und da gab es Tagebücher von Erkrankten, denen ging es erst wieder besser, aber dann wieder schlechter, und schließlich sind sie gestorben. Die letzten Zeilen schrieben die Angehörigen. Es war so unendlich traurig.« Die Worte sprudelten aus ihr heraus wie Cola aus einer geschüttelten Dose beim Öffnen.

Auryn neigte seinen Kopf nachdenklich zur Seite und blinzelte. »Internet?«

Anne musste trotz aller Sorgen und Traurigkeit auflachen. »Ich vergesse manchmal, obwohl du diese altmodischen Kleider trägst, dass du in einer anderen Zeit geboren wurdest« Sie versuchte, ihm das Internet und gezwungenermaßen auch den Computer zu erklären.

Auryn hörte ihr fasziniert zu. Als sie mit ihrer Ausführung fertig war, meinte er sehnsüchtig: »All diese Veränderungen. Ich wünschte, ich könnte dir auch durch den Spiegel folgen. Deine Zeit und ihre Wunder sehen.«

»Ich würde dir gerne alles zeigen.«

Sie hatten sich zwischenzeitlich aufs Bett gelegt und starrten nun beide gegen die Decke, an die ihre Fantasie eine Projektion ihrer Wünsche warf – beinahe greifbar lebendig.

»Auryn«, brach Anne zaghaft die Stille der Träumerei. Sie richtete sich auf, klemmte die Hände zwischen ihre Knie.

»Ja?« Er setzte sich ebenfalls auf.

»Ich denke darüber nach, das Amulett …«

»Nein!«, fiel er ihr energisch ins Wort. Gefährlich laut, weswegen er leiser anfügte: »Die Unsterblichkeit ist eine Verdammnis!«

»Ich sagte: Ich *denke* darüber nach.« Trotzig kniff sie ihren Mund zusammen und starrte geradeaus. Im Blickfeld der Schreibtisch.

Als ihre Lippen zu beben anfingen und Tränen in ihre Augen schossen, griff Auryn nach ihrem Kinn. »Anne, du solltest wirklich sehr gut darüber nachdenken. Wenn der Wunsch ausgesprochen ist, kannst du ihn nicht zurücknehmen. Du und deine Mutter und alle, die bei dir zu Hause sind, wenn du den Wunsch äußerst, werden auf immer darin gefangen sein.«

Anne blickte Auryn an. Doch sah sie nicht ihn, sondern Brandon, ihre Mutter, Jane und ihren Vater. Sie alle im Haus auf immer zusammen. Wie würde das sein? Wollte sie ihren Vater überhaupt dabei haben? Und was war mit Brandon? Sie war in ihn verliebt, gar keine Frage. Doch würde Brandon, der das Meer und das Surfen über alles liebte, glücklich werden? Oder würde sie dann die gleiche dunkle Traurigkeit in seinen Augen sehen wie in Auryns? »Kann ich mir nicht einfach Gesundheit für meine Mutter wünschen?«, fragte sie.

Auryn ließ seine Hand sinken und schüttelte den Kopf. »Innogen ist weder ein Dschinn noch eine gute Fee. Sie bringt ewiges Leben, mehr nicht.«

»Woher weißt du das?«, wollte Anne wissen.

»Weil sie es selbst gesagt hat.«

Anne schnaubte. »Das ewige Leben ist besser als der Tod.«

»Und warum?«, hakte Auryn sofort nach.

»Weil wir nicht wissen, ob es einen Himmel gibt oder ein nächstes Leben, das auf uns wartet, und weil ich noch nicht bereit bin, meine Mum herzugeben.«

Auryn legte einen Arm um Annes Schulter. »Fürwahr, das wissen wir nicht. Doch eines weiß ich mit Bestimmtheit: Ein Gefangener in der Ewigkeit zu sein, das ist wie im Fegefeuer zu schmoren.«

Anne senkte ihren Blick, während die Tränen auf ihren Wangen trockneten und salzige Spuren hinterließen.

»Hab Hoffnung«, flüsterte Auryn.

»Es fällt mir gerade etwas schwer«, murmelte sie.

Ruckartig stand er auf. »Komm, ich stell dich jemandem vor«, sagte er und nahm Anne bei der Hand. Er führte sie aus seinem Zimmer. Zuvor aber vergewisserte er sich mit einem Blick nach rechts und links, dass die Luft rein war.

»Wir müssen leise sein«, flüsterte er. »Ich will nicht, dass meine Familie dich sieht.«

Anne nickte. Sie war auch nicht erpicht darauf, jemanden von den Lockes zu treffen oder gar Hanna. Doch wem wollte er sie eigentlich vorstellen, wenn er sie gleichzeitig vor den Bewohnern des Hauses schützen wollte?

»Zu wem führst du mich?«

»Geduld.«

Auryn lotste Anne bis zu einer Treppe, die in den Dachstock führte. »Hier wohnt das Personal«, erklärte er ihr, als sie die Stufen hochstiegen.

Annes Puls beschleunigte sich. Wer vom Personal war so besonders, dass Auryn ihn ihr vorstellen wollte? Soweit sie sehen konnte, gab es mindestens zehn Türen.

»Nicht alle unsere Angestellten wohnten bei uns ihm Haus«, sagte Auryn leise.

»Aha.«

Er ging zu einer schlichten Holztür, fast am Ende des Flurs, und klopfte sachte daran. Ohne eine Antwort abzuwarten, stieß er die Tür auf.

Der Raum, den sie betraten, war klein. Er bot gerade genügend Platz für ein schmales Bett und einen Schrank. Ganz vorne am Fenster stand ein Sessel. Ein Möbelstück, das teurer aussah als der

Rest der Möblierung und durch das elegante Leder so gar nicht in die Mansarde passte. Der Arm, der unbeweglich auf der Lehne des Sessels ruhte, passte besser zum bescheidenen Zimmer. Ein braunes, schlichtes Hemd, aus dessen Ärmel eine blasse Hand lugte. Irgendetwas an diesem Sessel und dem seltsam unbeweglichen Arm verursachte Anne ein beklemmendes Gefühl. Sie blieb in der Mitte des Raumes stehen. Auryn bemerkte es und winkte sie energisch zu sich heran. Nur widerwillig folgte sie seiner Aufforderung.

»Darf ich dir John vorstellen?«, sagte er.

Anne erschrak zutiefst. Der Mann im Sessel sah grotesk aus. Die braunen Augen waren glasig wie die einer Puppe. Das dunkelblonde Haar – ungepflegt und strähnig – stand nach allen Seiten ab, als wäre er ein verrückter Professor. Die Kleidung, die er trug, war zerlumpt, aber sauber.

»Hanna kümmert sich um ihn. Wäscht ihn, wechselt seine Kleider, nur die Haare, da lässt er niemanden ran.«

Annes Kehle war wie zugeschnürt. Auf ihrer Brust schien eine zentnerschwere Last zu liegen. Die Kleidung, die Haare und die Augen waren bei Weitem nicht das Schlimmste; es war sein Körper, besser gesagt: seine Glieder. Sie waren verdreht, und die Stirn war deformiert. Er sah aus wie …

»John hat sich aus dem Fenster gestürzt«, erklärte Auryn tonlos. »Er hat es überlebt, wie du siehst.«

»O Gott«, stieß Anne aus.

»Nicht Gott. Gott hätte ihn sterben lassen, aber Innogen, die Hexe, lässt ihn weiterleben.«

»Ich verstehe nicht …«, flüsterte Anne kopfschüttelnd. »Das ist doch kein ewiges Leben.«

»Doch, das ist es. Wer Innogens Geschenk ablehnt, wird bestraft.«

Anne schluckte leer.

»John ist nicht mehr bei klarem Verstand. Er spricht seit Jahren nicht mehr, starrt hier einfach zum Fenster hinaus. Vermutlich hofft er immer noch auf den Tod.«

Die glasigen Augen des Verkrüppelten bewegten sich, sahen Auryn an, dann Anne. Die dünnen Lippen öffneten sich. Ein leises Pfeifgeräusch entwischte ihnen und ließ die beiden zusammenzucken. In diesem Geräusch lag etwas Warnendes und Verzweifeltes zugleich, sodass Anne erschauderte. Dann schlossen sich die Lippen wieder.

»Komm, lass uns gehen«, sagte Auryn. Er verabschiedete sich von John, indem er ihm kurz eine Hand auf die Schulter legte und ihm zunickte.

Anne war froh, wieder in Auryns Zimmer zu sein. Obwohl es darin so kühl war wie im Rest des Hauses, fühlte sie sich hier bedeutend wohler.

»Das ist Innogens Geschenk des ewigen Lebens.« Auryn sah Anne mit einem erschöpften Ausdruck an. Er schien es müde zu sein, ihr zu erklären, wie beschissen sein Leben war.

Sie hatte sich wieder gefasst und schüttelte den Kopf. »Er hätte nicht aus dem Fenster springen sollen, dann wäre er noch in Ordnung, so wie du.«

Auryn lachte bitter und laut auf. »Ich sehe vielleicht äußerlich in Ordnung aus, aber innerlich bin ich genauso beschädigt wie John, und außerdem habe ich dieses nette Souvenir von Hanna.«

Anne hielt erschrocken den Atem an, als er sein Hemd aufknöpfte. *Ich sollte wegsehen*, dachte sie, war aber unfähig, ihren Blick abzuwenden. Ihr Mund war trocken, als hätte sie an einer Sandburg geleckt.

Ein weißer, glatter Oberkörper kam zum Vorschein, einer David-Skulptur gleich. Annes Herz preschte nach vorne, um dann abrupt stillzustehen. Ihre Lippen teilten sich und formten einen stummen Laut des Erschreckens und Erstaunens.

In Auryns Bauch prangte ein Spalt, der vielleicht fünf Zentimeter lang war und gut einen Zentimeter breit – ein Schlüsselloch in sein Inneres.

»Was hat sie getan?«, fragte Anne mit brüchiger Stimme.

»Sie war rasend vor Eifersucht und hat mir den Schürhaken in den Bauch gerammt«, erklärte er. »Du siehst, es liegt nicht alleine in deiner Hand, was mit deinem Körper geschieht.« Er schwieg kurz. »Und alles hat seinen Preis.«

Anne wusste nicht, was sie darauf erwidern sollte. Ihre Gedanken torkelten in ihrem Kopf herum wie Betrunkene vor einem Pub. Schließlich sagte sie mit gepresster Stimme: »Ich gebe einfach niemandem einen Anlass, mich erstechen zu wollen.« In dem Augenblick, in dem sie das letzte Wort ausgesprochen hatte, bereute sie es bereits. Sie entschuldigte sich.

»Mit meiner Lebensweise habe ich es geradezu herausgefordert«, winkte Auryn gelassen ab, fügte aber eindringlich hinzu: »Bedenke jedoch, dass es keine Sicherheit gibt. Der Mensch ist ein emotionales Wesen, dessen Gefühle zu den sonderbarsten Handlungen führen können – auch sich selbst gegenüber.«

Anne kaute nachdenklich auf ihrer Unterlippe herum. Auryn hatte recht, das wusste sie, und dennoch …

»Wie kann ich den Wunsch erfüllen lassen?«

Auryn verzog sein Gesicht schmerzvoll, als hätte Anne ihm einen Schlag in die Magengrube verpasst. Ohne zu antworten, hob er das Hemd vom Boden auf und zog es sich wieder an.

»Wie funktioniert es?«, wiederholte sie.

Ein Seufzer, der tief aus seinem Innern kam, entwich seinen Lippen. »Du musst nur das Amulett halten und den Wunsch laut aussprechen. Mehr nicht.«

»Das ist wirklich alles? Keine Kerzen, keine Symbole auf den Boden zeichnen?«

Auryn runzelte die Stirn, dann schüttelte er den Kopf.

Anne nickte mit einer grimmigen Zufriedenheit auf ihrem Gesicht. »Ich muss nach Hause«, sagte sie.

Auryn streckte seine Hände nach ihr aus, packte sie an den Handgelenken und zog sie zu sich heran. »Wenn du den Wunsch aussprichst, werden wir uns niemals wiedersehen.« Traurigkeit tränkte seine Worte.

Annes Herz zog sich schmerzlich zusammen. Undefinierbare Gefühle wogten durch ihren Körper. Im Rhythmus ihres Herzschlages strömten sie durch die Adern. »Was würdest du dir wünschen?«, fragte sie Auryn.

»Bevor ich dich kennengelernt habe, hätte ich mir meinen Tod gewünscht«, erwiderte er.

»Und jetzt?« Annes Frage war kaum lauter als ein Atemzug.

»Dass du auf immer bei mir sein könntest. Ich glaube, mit dir wäre das Leben hier erträglicher.«

Anne presste betroffen ihre Lippen zusammen.

»Aber ich habe kein Recht, mir so etwas zu wünschen«, fuhr er fort. »Ich darf nicht über dein Leben bestimmen, besonders nicht, da ich weiß, dass dein Herz für Brandon schlägt. Ich würde dich genauso unglücklich machen mit meinem Wunsch, wie meine Mutter es mit mir getan hat.«

Anne senkte ihren Blick. Ihr war die Traurigkeit in Auryns Stimme nicht entgangen. Fast wünschte sie sich, sie hätte sich in ihn verliebt und nicht in Brandon – aber nur fast.

»Hast du ihn wiedergesehen?«, fragte Auryn.

»Brandon?«, frage Anne, um aus unergründlichen Gründen Zeit zu schinden.

Auryn nickte und ließ sich auf dem Bett nieder.

Sie setzte sich neben ihn. Zögerlich, aber dann immer fließender begann sie, von dem gemeinsamen Tag zu erzählen.

»Ich wollte ihn küssen, ihn festhalten, aber ich fand den Mut nicht dazu. Ich hatte solche Angst, ihn damit für immer aus meinem Leben zu vertreiben«, schloss sie ihre Erzählung ab.

Auryn lächelte nachsichtig. Trotz seines jugendlichen Gesichtes wirkte er in diesem Moment sehr alt – was er ja im Grunde genommen auch war. »Hast du dir je Gedanken darüber gemacht, dass er womöglich genauso verunsichert ist wie du?«

Anne malträtierte nachdenklich ein Häutchen an ihrem Daumennagel, während sie nuschelte: »Das kann ich mir kaum vorstellen. Brandon wirkt immer sehr selbstbewusst.«

»Manche Menschen sind richtige Meister darin, sich nach außen anders zu geben, als sie wahrlich sind«, meinte Auryn. »Und manchmal sind sie darin so gut, dass sie nicht einmal selbst wissen, dass ihr Leben nur Camouflage ist.«

Anne ließ von ihrem Daumenhäutchen ab und sah Auryn ernst an.

»Ich weiß, wovon ich spreche. Meine ausschweifenden Vergnügungen mit dem weiblichen Geschlecht dienten bloß der Zerstreuung. Sie lenkten mich davon ab, über mein Leben und mich selbst nachzudenken. Denn obwohl ich Materielles im Überfluss hatte, war ich arm. Ich war kein glücklicher Mensch. Mein Leben war frei von jeder Sinnhaftigkeit.«

Auryns Worte drangen tief in Anne ein. Es fühlte sich an, als wäre sie selbst einen Schritt zurückgetreten und würde ihr Leben aus einer anderen Perspektive betrachten. Sie erinnerte sich auch an die kurzen, verletzlichen Momente bei Brandon während ihrer Unterhaltungen und daran, dass er unsicher gewirkt hatte, als er sie zum Surfen abholte.

»Was hast du zu verlieren, Anne?«, fragte Auryn herausfordernd.

»Nichts«, hauchte sie und wusste, dass es stimmte. Ohne den Ferienjob wäre Brandon nicht annähernd so weit in ihr Leben getreten, und nach dem Ferienjob würde sie ihn wieder verlieren, davon war sie überzeugt. Es sei denn, sie fand endlich den Mut, einen Schritt auf ihn zuzumachen. »Okay, ich tu es«, sagte sie, wusste aber noch nicht genau, wie sie es anstellen wollte.

Auryn lächelte, während in seinen Augen Traurigkeit zu lesen war. Anne sprach ihn darauf an.

»Ich beneide dich. Du hast noch so viele Jahre vor dir da draußen in der Welt und unendlich viele Möglichkeiten.« Sein Blick nahm einen verträumten Ausdruck an, als ob er ferne Ziele sehen könnte.

Anne scharrte betroffen mit ihrem Fuß. Von Brandon hüpften ihre Gedanken zu ihrer Mutter, die vielleicht keine weiteren Möglichkeiten haben würde – je nach Verlauf der Krankheit. Sie sagte es Auryn. Beim Sprechen traten ihr Tränen in die Augen. »Es wäre schlimm, sie zu verlieren. Ich hätte keine Familie mehr.«

Auryn reichte ihr ein weißes Stofftaschentuch, das seine Initialen trug. Dankend nahm Anne es entgegen und schnäuzte sich die Nase.

»Was ist mit deinem Vater?«

Schluchzend erzählte sie ihm von der Scheidung, von Tracy und Nick. Sie schilderte ihm, dass ihr Dad sich kaum Zeit für sie nahm und immer seine neue Familie mit anschleppte.

»Ich kann nie mit ihm alleine sein«, schloss Anne ab. Die Tränen waren inzwischen versiegt.

»Hast du ihn je darum gebeten?«, wollte Auryn wissen.

Anne sah ihn perplex an. »Worum?«

»Zeit mit ihm alleine zu verbringen.«

»Nein«, hauchte sie und sah dabei auf ihre Hände hinunter, die in ihrem Schoß ruhten.

»Dann kann er unmöglich wissen, was in dir vorgeht«, schlussfolgerte Auryn. »Es sei denn, er vermag deine Gedanken zu lesen.«

Anne lachte bitter auf. »Ich habe nie darüber nachgedacht, ehrlich gesagt. Vielmehr war ich damit beschäftigt, in ihm den Bösewicht zu sehen, der uns verlassen hat für eine neue Familie.«

Tröstend legte Auryn seinen Arm um Anne. Dankbar lehnte sie ihren Kopf an seine Schultern. Eine Weile saßen die beiden einfach so da. Schweigend, jeder seinen eigenen Gedanken nachhängend.

»Danke«, flüsterte Anne schließlich heiser. »Du hast mir heute die Augen geöffnet. Mehr als einmal.«

Auryn drückte ihr einen Kuss auf den Scheitel. »Versprichst du mir etwas?«

Anne löste sich aus seiner Umarmung, straffte die Schultern und richtete sich kerzengerade auf. Sie nickte.

»Fürchte dich nicht vor dem Leben. Hab keine Angst zu stolpern. Du kannst jederzeit wieder aufstehen.«

Sie nickte. Zu mehr war sie nicht fähig. Sie wurde gerade von so vielen unterschiedlichen Gefühlen überwältigt, dass sie kurz davor war, erneut in Tränen auszubrechen.

»Rede mit deinem Vater und mit Brandon«, sagte Auryn sanft, aber mit fester Stimme.

»Mache ich«, versprach Anne. Sie warf einen Blick auf ihre Armbanduhr. Es war bereits drei Uhr in der Nacht. Erschrocken sprang sie auf. »Jetzt muss ich aber wirklich nach Hause.«

Auryn erhob sich. »Sehen wir uns wieder?« Sorge lag in seiner Stimme.

»Ja. Sicher.« Anne umarmte ihn. »Danke für alles.« Sie schritt eilig auf den Spiegel zu. Davor drehte sie sich ein letztes Mal um und winkte Auryn zu.

Dieser hob seine Hand. Auf den Lippen ein Lächeln. Die Augen dunkel – unergründlich.

25. Kapitel

Ein heftiges Pochen riss Anne aus dem Schlaf. Es war Jane, die unermüdlich gegen das Holz der Tür klopfte.

»Steh auf, wenn du nicht mit dem Bus ins Krankenhaus fahren willst.«

Noch schlaftrunken richtete Anne sich auf und rieb sich die Augen. Sie hatte vergessen, ihren Wecker zu stellen. Mit einem Seufzer erhob sie sich, um die Tür zu öffnen.

»Du bist ja noch nicht mal angezogen«, stellte Jane ohne Vorwurf fest.

»Ich hab verschlafen«, murmelte Anne.

»Eigentlich wollte ich gleich losfahren, damit ich beizeiten zu Hause bin. Ich hab doch noch einiges zu erledigen«, dachte Jane laut nach und machte eine Handbewegung Richtung Koffer, der am Treppenabsatz wartete wie ein geduldiger Hund.

»Fahr nur los, ich nehme den Bus«, meinte Anne, die das Bedürfnis nach etwas Einsamkeit verspürte.

»Sicher?«

»Ja.« Jane drückte Anne zum Abschied einen Kuss auf die Wange.

Mit dem Weggehen ihrer Tante kehrte eine fast gespenstische Ruhe im Haus ein, die jedoch schon bald von Annes lauten Gedanken überlagert wurde. Während sie unter der Dusche stand, erwachte die Erinnerung an das lange Gespräch mit Auryn. Das heiße Wasser war wie eine nachklärende Reinigung, sodass sie mit neuer Entschlossenheit in den Tag starten konnte.

Mit zusammengepressten Lippen, nackt und noch tropfend, stand sie in ihrem Zimmer und schrieb eine SMS an Brandon: *Hi*

Brandon, hättest du am Samstagabend Lust, zu mir zu kommen? Ihr Zeigefinger schwebte einen Augenblick zögerlich über *Senden*. Ihr Puls raste.

Stell dich nicht so an!, ermahnte sie sich selbst und schickte die Nachricht ab. Erleichtert atmete sie aus. Jetzt gab es kein Zurück mehr. Ein Lächeln verzog ihre Lippen. Es fühlte sich gut an einen Schritt vorwärts zu machen, statt nur abzuwarten und zu träumen.

Das gute Gefühl geriet ins Wanken, als Brandons Antwort ausblieb. Anne starrte auf das Display ihres Handys, als könnte sie eine rasche Antwort heraufbeschwören.

Er ist surfen oder arbeitet oder hat sein Telefon liegen lassen. Sie steckte ihr Handy in die Handtasche und machte sich auf den Weg zur Bushaltestelle.

Sorge schloss sich zu einer harten Faust um ihr Herz, als sie ihre Mutter erblickte.

Kate More öffnete langsam ihre Augen. Blinzelte, als müsste sie ihren Blick scharf stellen. »Anne«, sagte sie leise. Umständlich richtete sie sich im Bett auf.

»Mum, wie geht es dir?«, fragte Anne. *Oh Gott, was für eine bescheuerte Frage! Wie soll es ihr schon gehen?*

»Ich versuche mir einzureden, dass die Chemo ein gutes Gift ist.«

»Mmh.«

»Gelingt nicht besonders gut«, gab ihre Mum zu und fuhr sich über das kurz geschorene Haar. Obwohl die Haare noch nicht stark ausfielen, hatte sie sich den radikal kurzen Schnitt gewünscht. Damit der Schock der ausfallenden Haare nicht so groß war – so zumindest die Theorie.

Anne musste sich an den Anblick noch gewöhnen. Sie kannte ihre Mutter nur mit dem schulterlangen dunkelblonden Haar. Ihre grünen Augen, die Annes nicht unähnlich waren, wirkten riesig in ihrem schmalen Gesicht.

»Noch ungewohnt, was?«, fragte Anne mit einem Lächeln.

Ihre Mutter nickte. »Heute Morgen dachte ich, eine Fremde sieht mir im Spiegel entgegen.« Sie benetzte sich mit der Zunge die spröden Lippen. »Generell habe ich gerade das Gefühl, im Körper einer Fremden zu sitzen. Das kann doch nicht wirklich mir passieren.« Kate senkte ihren Blick und schüttelte dabei sachte den Kopf.

Stille breitete sich zwischen den beiden aus. Anne knetete gedankenverloren ihre Hände, während ihre Mutter versonnen die Bettdecke glatt strich.

»Ich rede wieder einmal Blödsinn«, brach Kate das Schweigen. »Die Medikamente machen mich ganz meschugge.«

Anne schüttelte entschieden den Kopf. »Du redest keinen Blödsinn.« Sie legte ihre Hand auf den Unterarm ihrer Mutter. »Mum …«

»Ja?«

Anne räusperte sich: »Ich hab dich lieb.«

Kate lächelte, während ihre Augen feucht schimmerten. »Ich dich auch.«

Erneut schwiegen die beiden. Kate schloss die Augen, und Anne lehnte sich im Stuhl zurück.

»Erzähl mir von deinem Tag mit Brandon.« Kate sah ihre Tochter nach einer Weile gespannt an.

Anne kratzte sich verlegen am Kopf, ehe sie in groben Zügen von ihrem ersten Surfversuch erzählte und schließlich auch davon, dass sie Brandon eine SMS geschrieben hatte.

»Ich hoffe, es ist in Ordnung, dass ich ihn nach Hause eingeladen habe.« Sie nestelte an einem Faden am Saum ihres T-Shirts herum.

»Selbstverständlich«, meinte Kate.

Anne wickelte sich den Faden um den Zeigefinger. »Ich hab ein schlechtes Gewissen«, gestand sie ihrer Mutter und riss den Faden ab.

»Weswegen?«

Mit einem Seufzer ließ sie den Faden zu Boden gleiten. »Weil du hier bist und ich mich vergnüge …« Sie senkte ihren Blick, weil sie zu weinen begann.

»O Anne, das brauchst du bestimmt nicht. Ich freue mich für dich.«

»Wirklich?« Anne sah ihre Mutter durch einen Schleier von Tränen an.

Kate lächelte. »Du musst nicht ständig bei mir hocken oder vor deinem Laptop.«

»Ich bin einmal am Tag hier, das ist nicht ständig«, widersprach Anne und wischte sich eine Träne ab, die über ihre Wange rollte. »Und am Laptop sitze ich nur, weil ich Schriftstellerin werden will.«

Kate streckte ihre Hand nach Annes aus und drückte sie sanft. »Das weiß ich doch.« Nun begann auch die Mutter zu weinen. »Ich wünschte, es wäre ein Jahr später«, sagte sie und griff nach einem Kleenex, um die nassen Wangen abzutrocknen.

Anne schwieg. Ihre Gedanken wanderten zu Auryn und dem Amulett.

»Mum, ich hab eine Frage, die ist vielleicht etwas seltsam …«

»Und die lautet?«

»Würdest du ewiges Leben wollen?«

Kate steckte das Taschentuch in den Plastikbeutel, der an ihrem Beistelltisch als Abfallsack fungierte.

»Ich schreibe an einer Geschichte«, erklärte Anne wahrheitsgemäß.

»Ist es denn ein schönes ewiges Leben?«

»Du bist an ein Haus gebunden.«

»Ich kann es nicht verlassen?«

»Nur in den Garten gehen, der zum Haus gehört, aber der ist tot, wie eingefroren. Du lebst nur mit einer Handvoll Leute in dem Haus.«

Kate schob die Decke etwas zurück, ehe sie antwortete: »Das klingt nach einem sehr tristen Leben. Ich würde wohl dankend ablehnen.«

Annes Herz zog sich zusammen. »Und wenn du dadurch sofort von deiner Krankheit geheilt wärst?«

»Die Heilung wäre verführerisch, aber der Preis … ein ewiges Leben in einer Art Gefangenschaft … das ist wirklich eine schwere Entscheidung.«

»Mmh«, brummte Anne.

»Ich glaube, es ist ganz gut, dass wir keine solchen Entscheidungen treffen müssen«, meinte Kate weiter. »Es gibt schon genügend andere, die gefällt werden müssen.«

Anne seufzte. Ihr Herz entspannte sich zwar, wurde aber schwer wie ein Stein in ihrer Brust.

»Liest du mir aus deiner Geschichte vor, wenn du das nächste Mal kommst?«

Anne nickte.

Es war nach vier Uhr, als sie sich von ihrer Mutter verabschiedete. Vom langen Sitzen – die einzige Bewegung war der Marsch in die Cafeteria gewesen, wo sie zu Mittag gegessen hatte – waren ihre Beine steif. Unten beim Ausgang lief sie ihrem Vater in die Arme, als sie gerade das Handy aus der Handtasche ziehen wollte, um zu schauen, ob Brandon endlich geantwortet hatte.

»Anne!«, rief dieser überrascht auf.

»Hi, Dad.«

»Gehst du?«, fragte er überflüssigerweise.

»Ja.«

»Willst du mit mir nach Hause fahren? Ich sehe nur kurz bei deiner Mutter rein. Sie ist bestimmt müde.«

Anne verlagerte unschlüssig ihr Gewicht von einem Bein auf das andere, ehe sie antwortete: »Okay.«

Also folgte sie ihrem Dad zu den Fahrstühlen.

»Wie geht es dir?«, fragte er. »Ich hab gehört, Jane ist nach Hause gefahren. Willst du am Wochenende zu uns kommen?«

»Danke, nein«, erwiderte sie. »Ich komme schon klar.«

Mit einem *Pling* schwang die Tür des Fahrstuhles auf. Wie zwei Fremde standen Anne und ihr Vater im Lift, während dieser in unangenehmer Langsamkeit ein Stockwerk um das andere hochstieg. Ihr Dad musterte sie mit einem unergründlichen Blick.

»Was ist?«, fragte Anne.

»Ich erinnerte mich gerade daran, wie ich dich zum ersten Mal in den Armen gehalten habe.« James More lächelte. »Damals konnte ich mir nicht vorstellen, dass du jemals erwachsen wirst.« Er schüttelte leise lachend den Kopf über sich selbst.

Anne wusste nicht, was sie darauf erwidern sollte, deshalb schwieg sie.

»Wollen wir auf dem Rückweg etwas essen gehen?«, fragte er.

»Du und ich?« Der Fahrstuhl kam zum Stehen.

»Ja, warum so überrascht?« James trat auf den Flur hinaus.

Anne folgte ihm. »Weil du und ich noch nie etwas alleine unternommen haben. Du schleppst immer Tracy und Nick an.«

James blieb abrupt stehen und drehte sich mit hochgezogener Augenbraue zu seiner Tochter um. Ehe er etwas sagen konnte, platzte es aus ihr heraus: »Du bist nicht nur Nicks Dad, sondern auch meiner! Ich will auch mal alleine mit dir essen gehen oder sonst irgendetwas unternehmen.«

James sah seine Tochter perplex an. »Das … das wusste ich nicht …«

»Ja, ich weiß«, räumte Anne leiser ein. »Ich habe nie etwas gesagt. Ich habe immer nur gehofft, es würde dir von selbst in den Sinn kommen.« Tochter und Vater standen einander gegenüber, mitten auf dem Flur. Rechts und links huschten Besucher und Krankenhausangestellte an ihnen vorbei – unbemerkt von beiden.

»Tracy würde jetzt zu dir sagen: Er ist ein Mann, er kommt nicht von selbst auf solche Ideen.« Ein Schmunzeln verzog James' Lippen, während in seinen Augen gleichzeitig Ernst aufblitzte.

Unter anderen Umständen hätte Anne sich über die bloße Erwähnung von Tracys Namen geärgert, aber in diesem Fall wurde ihr plötzlich bewusst, wie wenig sie eigentlich von der zweiten Frau ihres Dads wusste und dass sie aus reinem Prinzip heraus eine Abneigung gegen diese entwickelt hatte.

Weil sie nicht reagierte, fügte ihr Vater seinen vorangegangenen Worten hinzu: »Ich habe mir wirklich nie Gedanken darüber gemacht.« Er fuhr sich mit der Hand durchs Haar. »Aber nicht, weil du mir nicht wichtig bist, ich habe einfach manchmal den Eindruck, zwischen uns wurde eine Wand stehen.«

Anne presste ihre Lippen zusammen, um nicht in Tränen auszubrechen. Eigentlich wollte sie ihrem Dad sagen, dass sie genau dasselbe empfand, aber statt Worten entsprang ihrer Kehle ein Schluchzer.

»Komm her, Kleines.« James legte seiner Tochter den Arm um die Schultern.

Anne lehnte sich an ihn. Tränen rannen über ihre Wangen, die sie mit den Händen wegwischte, weil es ihr peinlich war, in der Öffentlichkeit zu weinen. »Was für ein beschissener Ort für eine Aussprache«, lachte sie heiser auf.

»Ach was«, meinte ihr Dad. »Hauptsache, die Aussprache findet statt.«

Anne sah zu ihm hoch. Ein weiches Lächeln umspielte seine Lippen. Sie erwiderte es. In diesem Moment fühlte sie, wie die imaginäre Wand, die stets zwischen ihrem Vater und ihr gestanden hatte, Risse bekam.

»Lass uns deine Mutter kurz besuchen und dann essen gehen. Dabei haben wir noch genügend Zeit, uns zu unterhalten.«

Anne nickte, und ihr Vater küsste sie auf die Stirn.

26. Kapitel

Anne war müde, als ihr Dad sie zu Hause absetzte. Der Tag war eine wahre Achterbahn der Gefühle gewesen – fand sie und gähnte, ohne die Hand vor den Mund zu halten, während sie die Haustür aufschloss. Hinter sich hörte Anne, wie ihr Vater davonfuhr.

Es war ein seltsames Gefühl, sich durch das Haus zu bewegen und zu wissen, dass weder ihre Mum noch Jane da waren und auch keine von beiden in den nächsten Tagen erscheinen würde. Unter anderen Umständen hätte sie das cool gefunden, aber jetzt war ihr etwas eigenartig zumute – fast so, als würde ein Stück von ihr selbst fehlen.

Als sie auf dem Weg zu ihrem Zimmer war, vibrierte ihr Handy. Brandon! Hoffentlich … Anne blieb mitten auf der Treppe stehen und hielt den Atem an, als sie die Nachricht las.

Sorry, sorry, dass ich mich erst jetzt melde. Habe mein Handy zu Hause liegen lassen. Hey, komme gerne vorbei. Was hältst du von Grillen? Ich bin ein Virtuose am Grill. Ich bringe Fleisch mit, du kümmerst dich um die Beilage?

Annes Herz machte einen freudigen Satz in der Brust. Mit zittrigen Fingern schrieb sie zurück: *Geht in Ordnung. Sechs Uhr?*

Postwendend antwortete Brandon mit einem zufriedenen Smiley und erhobenem Daumen.

Anne schwebte förmlich die restlichen Stufen hoch. Hastig schrieb sie Abbey eine Nachricht, dann ihrer Mutter. Am liebsten hätte sie lauthals in die Welt hinaus geschrien: *Brandon kommt zu mir nach Hause!* Tat sie aber nicht. Anne nahm das Amulett vom Nachttisch und ließ sich auf ihr Bett fallen, um erst einmal ihre Gedanken zu sortieren, die ein wildes Durcheinander waren. Während sie nachdachte, drehte und wendete sie das Amulett zwischen ihren Händen hin und her. Sie dachte an die Worte ihrer Mutter, an Auryn, an Brandon, an ihren Vater. Ihre Gedanken drohten überzuschäumen. Mit einem Ruck stand sie auf, ging hinüber an den Schreibtisch und startete den Laptop. Sie musste schreiben. Ihr Puls hämmerte durch ihren Körper und trieb ihre Gedanken an wie der Hochleistungsmotor eines Sportwagens.

Sie schrieb ihre Gefühle, Hoffnungen und Ängste nieder. Verpackte alles in die Geschichte. Ein Autor – sie erinnerte sich nicht mehr an seinen Namen – hatte einmal gesagt: »Das Schreiben erspart mir den Psychiater.« Anne konnte ihm nur beipflichten. Mit jedem niedergeschriebenen Wort fühlte sie sich ein wenig leichter, die Gedanken wurden klarer, greifbarer.

Immer wieder spähte sie zum Spiegel hinüber, hoffte, Auryns Gesicht darin zu entdecken, und als es erschien, sprang sie vom Stuhl auf. Hastig legte sie das Amulett um den Hals.

Auryn lächelte erfreut. Er legte die Hand an den Spiegel und sagte mit seiner samtigen Stimme: »Komm.«

Anne folgte seiner Aufforderung, ohne zu zögern.

»Du bringst jedes Mal Wärme an diesen kalten Ort.« Auryns Worte ließen sie erröten. Sie war sich sicher, wenn es Brandon nicht gäbe, dann hätte sie sich wohl in Auryn verliebt, der seinen Charme in jeder Situation auszuspielen verstand, selbst jetzt noch, obwohl er wusste, dass ihr Herz Brandon gehörte. Vermutlich konnte er einfach nicht anders, mutmaßte Anne.

»Ach du ...«, murmelte sie.

»Keine Worthülsen«, sagte Auryn. »Es ist die Wahrheit.«

Verlegenes Schweigen breitete sich zwischen den beiden aus, bis Auryn einen Schritt vorwagte und seine rechte Hand nach dem Amulett ausstreckte. Anne sah auf seine feingliedrigen Finger hinunter, die fast schon zärtlich über den Rubin strichen.

»Ich habe mit dem Gedanken gespielt, dir die Kette zu entreißen«, gestand er.

»Damit ich den Wunsch nicht ausspreche?«, fragte Anne und sah durch das Gitter ihrer Wimpern zu ihm empor.

»Nein«, erwiderte er mit gesenktem Blick.

Anne trat einen Schritt zurück und entzog damit Auryn den Kontakt zu dem Amulett. »Du wolltest es für dich?« Es war eher eine Schlussfolgerung als eine Frage.

»Ja.«

Stille.

Zum ersten Mal wirkte Auryn verloren. Annes Herz zog sich mitfühlend zusammen. Sie versuchte, sich in ihn hineinzuversetzen. »Aber du hast es nicht getan«, flüsterte sie.

Er schüttelte den Kopf. »Ich hätte dich hier zurückgelassen.« Auryn machte eine umfassende Handbewegung, die den ganzen Raum umschloss, aber wohl das Haus meinte.

»Könnte ich für dich den Wunsch aussprechen?« Annes Stimme bebte. Sie wagte sich nicht auszumalen, wie es sein würde ohne Auryn. Er war in der kurzen Zeit ein Teil ihres Lebens geworden.

»Was ist mit deiner Mutter?«

Sie zuckte stumm mit den Schultern, zog das Amulett über den Kopf und zögerte. Ihr Herz schlug im Rhythmus eines Trommelwirbels, als sie das Schmuckstück betrachtete. Das schlichte Gold, der schimmernde, einem pulsierenden Organ gleichende Rubin – das ewige Leben und somit die Heilung ihrer Mutter greifbar nahe. In Annes Magen bildete sich ein Knoten. Sie dachte an die Unterhaltung mit Kate zurück und wusste, dass sie das Richtige tat, indem sie Auryn das Amulett entgegenstreckte, trotzdem schrie ein Teil in ihrem Inneren schmerzlich auf. Jener Teil, der Auryn vermissen würde. *So fühlte sich also ein Abschied auf immer an*, dachte sie. Auryn sah sie an. In seinen Augen lagen zärtliche Wärme und Dankbarkeit.

Ich tue das Richtige, bestärkte Anne sich selbst. Kaum hatte sie den Gedanken zu Ende gedacht, wandelte sich Auryns Gesichtsausdruck mit einem Schlag. Seine Augen weiteten sich, sein Mund klappte auf, ohne dass ein Ton zwischen seinen Lippen entwich. Anne wurde von hinten angerempelt. Sie stolperte nach vorne. Eine Hand schoss wie aus dem Nichts vor. Eine schlanke, schmale Hand mit perfekt manikürten Fingernägeln, die sich um die Kette schloss und sie Anne aus den Händen riss.

»Ava!«, rief Auryn, sprang nach vorne, um Anne vor einem schmerzvollen Sturz zu bewahren.

»Ich wusste es!«, triumphierte Ava, das Amulett in die Höhe gestreckt.

Anne hatte sich, gestützt von Auryn, zu ihrer Angreiferin umgedreht. In ihrer Erinnerung flackerte das Bild auf, wie Ava den jungen Mann angefallen und ihre Zähne in dessen Kehle gerammt hatte. Ein eiskalter Schauer jagte ihren Rücken hinunter.

»Das Ausharren hat sich ausbezahlt.« Sie deutete mit der freien Hand zuerst zu dem schweren Samtvorhang, hinter dem sie sich versteckt gehalten hatte, und dann auf das Amulett.

»Gib es Anne zurück!«, forderte Auryn. »Was willst du damit?«

Ava nahm das Schmuckstück in beide Hände und betrachtete es mit einem selbstgefälligen Lächeln auf den Lippen.

»Tod oder ewiges Leben. Letzteres besitzt du bereits. Das Amulett ist für dich somit nutzlos.«

»Ist das so?« Eine Augenbraue schnellte in die Höhe, als Ava aufsah. »Möglicherweise sehne ich mich auch nach dem Tod.«

»Du hast schon besser gelogen«, bemerkte Auryn mit bissigem Unterton.

Seine Schwester kicherte.

»Was also willst du damit?«

»Dich ärgern. Dich verletzen oder deine Angebetete hierbehalten, damit Hanna ihr die Augen auskratzen kann.« Ava ließ in einer anmutigen Bewegung die Kette über ihren Kopf gleiten.

»Gib sie Anne zurück«, forderte Auryn erneut und machte einen energischen Schritt auf seine Schwester zu. »Das Amulett gehört ihr.«

Ava lachte auf. »Innogen ist die Einzige, die darauf einen Anspruch hat.«

»Ich hab die Kette gefunden«, brachte Anne endlich heraus.

Unbeeindruckt zuckte Ava mit den Schultern.

»Es war sicherlich kein Zufall, dass Anne sie gefunden hat«, eilte Auryn ihr zu Hilfe. »Innogen *wollte,* dass sie das Amulett findet.«

»Und jetzt hat sie es wieder verloren – das arme Ding.« Ava schnitt eine mitleidige Grimasse, ehe sie kicherte.

Anne war wie gelähmt. Ohne das Amulett würde sie nie wieder nach Hause kommen. Weder ihre Mutter noch ihren Vater oder Brandon, Abbey oder Jane würde sie je wiedersehen. Diese Erkenntnis befreite sie von ihrer Lähmung. »Gib es mir zurück!«, zischte sie.

Ava, die einen Kopf größer war als Anne, sah hochnäsig auf sie herab. »Du hast mir nichts zu befehlen, Gossenmädchen!«

Vielleicht war es die Beschimpfung, vielleicht aber auch nur der Blick von ihr, der Anne wutentbrannt vorschnellen ließ. Mit all ihrer Kraft und dem ganzen Gewicht riss sie Auryns Schwester zu Boden, wo sich die beiden jungen Frauen ringend hin und her wälzten. Verzweifelt versuchte Anne, nach dem Amulett zu greifen, doch Ava wehrte sie keifend und kratzend ab.

»Schluss damit!«, schrie Auryn. Er packte Ava an den Schultern, um sie von Anne wegzuzerren.

»Lass mich los!«, zeterte seine Schwester.

Anne nutzte den Moment der Ablenkung und schloss ihre Hand um das Amulett.

»Du wirst mir meinen Bruder nicht wegnehmen«, zischte Ava mit wütend funkelnden Augen. Sie sah aus wie eine fleischgewordene Rachegöttin. Annes Gedanken überschlugen sich, dann kristallisierte sich ein einzelner ganz klar heraus. Sie schloss ihre Hand noch fester um das Schmuckstück, sodass die Kette in Avas Nacken einschnitt. Sie sah an ihr vorbei zu Auryn. Ihre Blicke trafen sich. Für einen Augenblick schien die Zeit stillzustehen. Seine blauen Augen hatten sich verdunkelt, wie sie es schon oft bei ihm gesehen hatte. Sein wunderschönes Antlitz spiegelte jede seiner Empfindungen wider: Trauer, Sehnsucht, Liebe, aber auch Müdigkeit.

Anne benetzte mit der Zunge ihre trockenen Lippen, ehe sie rief: »Ich wünsche mir den erlösenden Tod für alle im Hause der Lockes, die ihn sich hoffen.«

»Nein!«, brüllte Ava. »Das kann sie nicht!« Die Kette des Amulettes gab dem Druck nach und zersprang, während der Rubin selbst wie von unsichtbaren Fäden gehalten in der Luft schwebte.

»Doch, sie kann«, meldete sich eine weibliche Stimme zu Wort. *Innogen!* Das Amulett flog in die ausgestreckte Hand der Hexe.

Ava raffte den Saum ihres weißen Kleides und erhob sich, während Anne sich langsam und mit schmerzenden Gliedern aufrichtete. Auryn streckte ihr seine Hand hin, um ihr zu helfen. Dankbar griff Anne danach.

»Das kann sie sich nicht wünschen«, krächzte Ava.

Obwohl Anne Innogens Worte zuvor gehört hatte, fragte sie: »Das ist doch möglich, oder?«

Ein Lächeln, so kühl wie der Marmor des Hauses, verzog die Lippen der Hexe. »Tod und Leben. Du hast gewählt, Anne More.« Das Amulett auf Innogens ausgestreckter Hand glühte auf.

Gebannt blickten alle darauf, bis ein spitzer Schrei aus Avas Mund entwich.

Anne sog erschrocken den Atem ein, als sie sah, wie Avas Körper zu glitzern begann, als würde er aus unzähligen Diamanten bestehen, die in allen Regenbogenfarben funkelten.

»Ava?« Auryns Stimme bebte. »Was geschieht mit ihr?«

Und als Innogen nicht antwortete, brüllte Auryn erneut: »Was geschieht mit ihr? Antworte!«

Er sah Innogen fordernd an, doch die Hexe schwieg beharrlich, einen zufriedenen Gesichtsausdruck zur Schau tragend. Resigniert blickte Auryn zu seiner Schwester.

Diese lächelte und weinte zu gleich. Obwohl Anne Ava nicht wirklich kannte, begriff sie, dass die Maske gefallen war und nun die verletzliche, die wahre Ava zum Vorschein kam. Auch Auryn verstand es, denn nun sah Anne so etwas wie Zuneigung für seine Schwester in seinen Augen aufblitzen.

»Ich habe mir wohl etwas vorgemacht«, sagte Ava leise.

Auryn trat einen Schritt vor, ergriff die Hände seiner Schwester. »Wir haben uns alle etwas vorgemacht.« Tränen glitzerten in seinen Augen und auch Ava weinte. Doch ihre Tränen verwandelten sich, sobald sie die Wangen berührten, in perlenförmige Diamanten.

Während sie weinte, verzog sich ihr Mund zu einem Lächeln. »Als du noch ein Baby warst, kleiner Bruder, habe ich es geliebt, dich in den Armen zu halten«, gestand sie mit brüchiger Stimme. »Immerzu habe ich nach dir gesehen, habe die Kinderfrau oder Mutter angefleht, dich mir zu geben. Ich würde dich jetzt gerne wieder in den Armen halten.«

»Daran kann ich mich nicht erinnern«, sagte Auryn und drückte seine Schwester fest an sich.

Salziges Wasser nässte Annes Lippen, und sie begriff, dass auch sie weinte.

Ava küsste ihren Bruder auf die Stirn. »Ich hätte netter zu dir sein sollen.« Es waren ihre letzten Worte, ehe ihr Körper zerfiel und als schimmernde Staubschicht durch die Decke verschwand.

Stille. Tränen, die auf Wangen trockneten, Gedanken, die kreisten. Anne löste ihren Blick von der Decke und sah zu Auryn hinüber, der an sich hinunterblickte.

»Was ist mit mir?«, fragte er und sah erst Innogen, dann Anne an. Sein Gesicht war eine Maske der Enttäuschung und des Unglaubens.

Die Hexe schloss ihre Hand um das Amulett, und als sie sie wieder öffnete, war das Schmuckstück verschwunden.

»Ich wollte auch gehen!«, rief Auryn aufgebracht, die Augen geweitet, die Lippen bebend.

»*Wollte*, genau.« Ein süffisantes Lächeln umspielte Innogens Lippen.

Ein schreckliches Gefühl flutete Annes Körper. »Ist es wegen mir?« Stockend verließen die Worte ihren Mund. Sie wagte nicht, Auryn anzusehen, stattdessen blickte sie zu der Hexe.

Innogens linker Mundwinkel schnellte in die Höhe, als wollte sie in Gelächter ausbrechen, stattdessen zuckte sie lediglich mit den Schultern und meinte: »Beeil dich, durch den Spiegel zu gehen, Anne. Das Portal schließt sich bald, und ohne das Amulett kommst du nicht mehr nach Hause.« Dann verpuffte sie wie eine Fata Morgana.

Anne drehte sich zu Auryn um. Tränen traten ihr erneut in die Augen, als sie ihn niedergeschlagen dastehen sah.

»Es tut mir so leid«, flüsterte sie heiser.

Auryn schüttelte den Kopf, ebenfalls Tränen in den Augen. »Das muss es nicht. Du hast keinen Einfluss auf meine Wünsche.«

»Aber hättest du mich nicht …«

Auryn trat schnell vor und legte ihr den Zeigefinger auf die Lippen. »Schscht. Ich bin froh, dich getroffen zu haben.« Er küsste

Anne zärtlich auf die Stirn, ehe er sie mit Bestimmtheit aufforderte, durch den Spiegel zu gehen.

»Aber …«, setzte Anne an, doch Auryn unterbrach sie barsch: »Los, geh nach Hause. Lebe. Egal was passiert, genieße jeden Augenblick. Sei für deine Mutter da und erobere Brandons Herz.« Er lächelte zärtlich. »Es sollte dir gelingen. Du bist eine wunderschöne und intelligente junge Frau, Anne.«

Sie blinzelte den Schleier aus Tränen weg. Sie wollte noch irgendetwas sagen, aber ihre Kehle war wie zugeschnürt. Deshalb umarmte sie Auryn zum Abschied. Obwohl sein Körper kühl war, spürte sie Wärme. Die Wärme von gegenseitiger, wenn auch unterschiedlicher Zuneigung.

»Nun geh!«, murmelte Auryn an ihrem Ohr. Seine Lippen berührten ihren Ohrenbogen wie zu einem verbotenen Kuss.

Ein Schauer jagte Annes Rückgrat hinunter.

»Ich lasse dich sonst womöglich nie wieder los.« Wie zum Beweis schloss er seine Arme fester um sie. Ein Zeugnis seiner Gefühle und gleichzeitig ein Ausdruck der Verzweiflung. Anne fühlte sich hin und her gerissen. Sie wollte gehen, gleichzeitig hatte sie Angst, Auryn allein zu lassen. Seine Umarmung lockerte sich.

»Geh endlich«, sagte er rau und gab ihr dieses Mal einen sanften Stups Richtung Spiegel. Anne gehorchte nur widerwillig. Schuldgefühle nagten an ihr. Vor dem Spiegel blieb sich noch einmal stehen und schaute zu Auryn zurück.

Er lächelte. »Es ist in Ordnung. Hab kein schlechtes Gewissen. Ich bin ein glücklicher Mann, weil ich am Ende doch noch das Gefühl von wahrer Liebe kennengelernt habe.«

Anne erwiderte sein Lächeln, wenn auch etwas verkrampft, während in ihren Augen ungeweinte Tränen brannten. Schließlich atmete sie einmal tief ein, drehte sich dem Spiegel zu und ging hindurch, zurück in ihre Welt – in die Realität.

27. Kapitel

*D*ie Weichheit der Matratze unter sich zu fühlen, und die wohlige Wärme der Decke sowie die flauschige Geborgenheit des Kissens, schien so unwirklich. Mehr wie ein Traum als wie das reale Leben. Generell waren die letzten drei Tage Anne wie ein Traum erschienen. Fast so, als würde sie sich selbst dabei betrachten, wie sie ihre Mutter besuchte und danach zu Hause schrieb, las, aß …

Wie Wolken am Himmel zogen die Gedanken vorbei. Sie dachte an Auryn und an das bevorstehende Essen mit Brandon. Mit einem Ruck, als hätte jemand sie mit dem kalten Wasser der Realität übergossen, richtete Anne sich auf. Ihr Puls flatterte – durch die rasche Bewegung, aber auch wegen der Erkenntnis, dass heute Samstag war! In rund acht Stunden würde Brandon bei ihr sein. Sofort purzelten ihre Gedanken durcheinander wie ein Haufen kleiner Kinder in einer Springburg. Anne hüpfte aus dem Bett und verharrte, als ihr Blick auf den Spiegel fiel. *Auryn!* Seine letzten Worte hallten in ihrem Kopf wider. Sie hörte seine sonore Stimme, als würde er direkt vor ihr stehen. Ihr Puls beruhigte sich. Sie wandte sich vom Spiegel ab. So durfte es nicht enden! Sie würde sich darum kümmern, beschloss Anne. Sie hatte allerdings noch keine Ahnung, wie sie das anstellen sollte.

Anne war nervös. Ihr Magen zog sich ständig zusammen, um sich gleich darauf wieder auszudehnen, während ihr Herz sich auf einen Sprintwettkampf vorzubereiten schien. Immer wieder fühlte es sich an, als würde es zum Galopp ansetzen, lospreschen und dann wieder abrupt innehalten. In ihrem Kopf rief eine freudige Stimme immer wieder: *Brandon kommt bald, Brandon kommt bald.*

Und ich muss noch einkaufen und alles zubereiten!, durchfuhr es Anne mit Schrecken. Sie hatte – weil sie nicht wusste, was Brandon mochte – Zutaten für vier verschiedene Salate aufgeschrieben.

Nach dem Einkauf funktionierte sie wie ein Duracell-Hase, wusch Grünzeug, schnippelte Gemüse, rührte Saucen an, kochte Pasta und Kartoffeln. Am Nachmittag ließ sie sich müde in den Liegestuhl fallen und versuchte etwas zu dösen, aber dafür war sie zu aufgeregt. Also nahm sie ein Buch zur Hand, legte es aber relativ schnell wieder zur Seite, nachdem sie immer wieder die gleichen Passagen durchging, ohne zu wissen, was sie eigentlich gerade gelesen hatte. Schließlich rief sie ihre Mutter an.

Kate meldete sich mit matter Stimme. Die Unterhaltung verlief entsprechend kurz, da ihre Mum sich sehr unwohl und müde fühlte. Ein Gefühl der Machtlosigkeit breitete sich in Anne aus, als sie das Telefonat beendete. Eine Empfindung, die sie hart und unbarmherzig wie ein Sturm ergriff. Tränen nässten ihre Wangen. Es war nicht fair! Warum ihre Mum? Ihre Mutter, die niemandem etwas zuleide tat. Die eine beschissene Kindheit gehabt hatte, dann ein paar Jahre des Glücks bis zum Betrug ihres Mannes, und jetzt diese verdammte Krankheit.

Hoziers Stimme ließ Anne in ihren düsteren Gedanken innehalten. Der *Take me to Church*-Klingelton war Abbey zugeteilt, die völlig aus dem Häuschen geriet, wenn sie nur schon den kleinsten Pieps von *Hozier* vernahm.

Anne blickte auf das Display ihres Handys. Obwohl ihre Freundin sie nicht sehen würde, wischte sie sich hastig die Tränen mit den Handrücken ab und zog in einer sehr unmädchenhaften Art und Weise die Nase hoch, ehe sie den Anruf entgegennahm.

Es tat gut, Abbey zu hören, auch wenn Tausende Kilometer sie trennten.

»Wie geht es dir?«, wollte die Freundin wissen.

»Ein ständiges Auf und Ab, das beschreibt es am besten«, meinte Anne und streckte sich auf dem Sofa aus. »Es passiert gerade ziemlich viel in meinem Leben. Mit meinem Dad, Brandon, meiner Mum und so …«

»Echt heftig. Wie geht es deiner Mum?«

»Die Chemo setzt ihr zu, aber sie hält sich trotz Übelkeit, Juckreiz und anderen Nebenwirkungen tapfer.«

»Steht der Termin für die Transplantation schon?«

Anne drehte sich eine Haarsträhne auf den Zeigefinger auf, um sie gleich darauf freizugeben und wieder aufzurollen.

»Spätestens Ende August, Anfang September. Wenn alles gut läuft, kann sie vorher sogar für ein paar Tage nach Hause kommen.«

Abbey zeigte sich erfreut und optimistisch. Die Worte der Freundin waren wie wärmender Balsam für Anne.

»Und Brandon, was macht ihr heute?«

»Er kommt zu mir. Wir werden grillen, weil er angeblich ein Virtuose am Grill ist. Seine Worte.«

Abbeys helles Lachen erklang. »Klingt wie ein Vierzigjähriger mit Bierbauch und einer Tonne Würstchen auf dem Rost.«

»Sei nicht albern«, meinte Anne glucksend, die sich einen verwandelten Brandon vorstellte. »Außerdem denke ich, er würde auch noch mit einem Bäuchlein süß aussehen.«

»Du bist ziemlich verknallt in ihn«, brüllte Abbey in den Hörer, und Anne konnte förmlich das Augenrollen in ihren Worten hören.

»Hey, ich bin nicht taub!«, empörte sie sich und fügte an: »Musst du nicht los und dir irgendetwas ansehen?«

»Noch nicht.«

»Was ist mit deiner Handyrechnung?«

»Zahlt Dad. Er meinte, ich soll dich anrufen.«

»Echt?«

»Ja, er sagte, du würdest dich vielleicht freuen …«

Anne lächelte. Abbeys Vater war ein Bär von einem Mann, groß, breitschultrig und mit Händen, als könnte er damit Bäume ausreißen. Er war herzlich und lachte viel. Anne beneidete ihre Freundin oft um deren Dad. »Sag ihm, er hatte recht. Und danke.«

»Werde ich machen«, versicherte Abbey. »Anne?«

»Ja?«

»Halt die Ohren steif. In zwei Wochen bin ich wieder zu Hause.«

»Ich freue mich.«

Das Telefongespräch mit Abbey hatte Anne gutgetan und sie gleichzeitig abgelenkt von dem bevorstehenden Date, das in – erschrocken sah sie auf ihre Armbanduhr – genau dreißig Minuten beginnen würde.

Als Brandon an der Haustür klingelte, stand Anne gerade vor dem Spiegel in ihrem Zimmer und warf einen letzten prüfenden Blick auf sich. Sie hatte bequeme Shorts gewählt, die nicht so kurz waren wie Vickys, aber dennoch Bein zeigten. Dazu ein T-Shirt mit *I love NY*, das sie einmal von Jane geschenkt bekommen hatte. Zuerst hatte sie in Erwägung gezogen, ein Kleid anzuziehen, sich dann aber dagegen entschieden. Sie hätte sich zu wenig wohl darin gefühlt, wäre sich zu verkleidet vorgekommen.

Brandon lächelte, während seine Augen Anne von Kopf bis Fuß musterten. Sie spürte, wie ihre Wangen heiß wurden.

»Komm rein«, murmelte sie und trat zur Seite.

»Unser Essen«, verkündete Brandon – die Tasche hochhebend, die er bei sich trug.

»Das sieht nach viel aus.« Anne führte ihn in die Küche. »Hast du noch Gäste eingeladen, von denen ich nichts ahne?« Sie zwinkerte ihm zu.

Brandon lachte auf. »Ich weiß nicht, wie es mit deinem Appetit steht, aber ich esse für zwei.« Er zauberte aus der Tasche Pork-Sausages, eine große Schüssel, die bis obenhin mit Fleisch gefüllt zu sein schien. Brandon hob den Deckel von der Tupperware-Dose ab. »Voilà, meine Spezialität: Schweinsschnitzel mariniert, unter anderem mit Brandy und Pfefferminze.«

»Du bist ja wahnsinnig«, entfuhr es Anne, und etwas leiser fügte sie hinzu: »Das sieht alles richtig lecker aus. Ich hab verschiedene Salate vorbereitet.« Sie öffnete die Kühlschranktür.

Brandon gluckste: »Es sieht eher aus, als würdest *du* weitere Gäste erwarten.«

Etwas später stand Brandon selbstsicher und wachsam am Grill, während Anne in unmittelbarer Nahe auf einem Stuhl saß. Die Beine ausgestreckt und überkreuzt. Es fühlte sich ganz selbstverständlich an, Brandon von der Seite zu beobachten. In ihrer Brust breitete sich eine angenehme Wärme aus. Am liebsten wäre sie zu ihm hingegangen und hätte ihn in die Arme geschlossen, aber das konnte sie unmöglich wagen. Ein sehnsüchtiger Seufzer entfloh ihren Lippen.

Brandon drehte sich, eine Augenbraue fragend hochgezogen, um. »Alles okay?«

»Das war ein Seufzer der Zufriedenheit. Schließlich sitze ich hier faul herum und schau dir beim Grillen zu.«

»Soso«, sagte Brandon und drehte sich wieder dem Fleisch zu, das einen Duft verbreitete, der Anne das Wasser im Mund zusammenlaufen ließ. Ganz selbstverständlich begann er von den vergangenen Tagen am Strand zu erzählen und von der Arbeit im Laden seines Vaters. »Ich bin froh, dass du ab Montag auch wieder da bist.« Er schenkte ihr ein strahlendes Lächeln.

Ich schmelze, ich sterbe, dachte Anne. *Diese niedlichen Grübchen, dieses Funkeln in den Augen und seine liebenswerte Art bringen mich um den Verstand!*

»Habe ich etwas Falsches gesagt?«, fragte Brandon.

»Bitte?« Verdattert blinzelte Anne.

»Ob ich etwas Falsches gesagt habe, du hast so komisch geschaut.«

Sie schüttelte den Kopf. »Nein, nein, ich hab nur … na ja … ach, nicht so wichtig.« Anne stand auf, streckte sich und schüttelte die Beine aus.

Brandon zog eine Augenbraue hoch und grinste schelmisch.

»Deine Grübchen!«, platzte es aus Anne heraus. Ohne zu überlegen, streckte sie ihre Hände aus, um die Grübchen nachzuzeichnen. Als sie realisierte, was sie tat, zog sie die Hände zurück und fuhr sich durchs Haar – den Kopf verlegen gesenkt und mit hochroten Wangen.

Brandon räusperte sich, ehe er sich dem Fleisch zuwandte und die Würstchen umdrehte. »Die können wir schon bald essen«, meinte er mit heiserer Stimme.

Anne wünschte sich, der Erdboden würde sich unter ihr öffnen und sie verschlucken. Wie hatte sie sich bloß so vergessen können? Fast hätte sie alles ruiniert.

Was hättest du ruiniert?, fragte eine innere Stimme kritisch, die sich wie Auryns anhörte. *Zwischen Brandon und dir läuft rein gar nichts, sofern du dich weiterhin nicht getraust!*

Die Stimme hatte recht. Sie musste sich endlich vorwagen.

Anne trat neben Brandon an den Grill. Nur eine Handbreit trennte sie voneinander. Ihr Herz pumpte wie verrückt in der Brust, als sie fragte: »Was ist mit Vicky und dir?«

»Vicky?«

»Das blonde Mädchen mit den knappen Shorts. Hat dir Kaffee gebracht.«

Brandon lachte und verdrehte die Augen. »Eine Nervensäge. Die mir ständig ihre Ti… äh, ich meine … na, du weißt schon …

zeigt. Darauf stehe ich nicht so, also schon irgendwie, ich bin ja ein Mann und an Frauen interessiert, aber nicht auf diese billige und anbiedernde Art. Shit! Ich rede nur Müll.« Brandon fuhr sich verzweifelt durch die Haare.

Anne schmunzelte.

»Lachst du über mich?«, fragte er gespielt vorwurfsvoll.

»Ich bin nur froh, dass ich nicht die Einzige bin, die Müll redet«, gestand sie ihm.

Brandon schüttelte den Kopf. »Ach was, wann hast du denn Müll geredet?«

»Die Grübchensache«, murmelte Anne und fügte dann hinzu, als sie realisierte, wie das klang: »Siehst du, jetzt fängt es schon wieder an. Ich wollte eigentlich sagen …« Sie machte eine kurze Pause, um nach Luft zu schnappen und gleichzeitig Mut zu schöpfen. »Deine Grübchen, die sind niedlich.«

Brandon hantierte umständlich mit der Grillzange, räusperte sich, hantierte weiter.

Wie Schuppen fiel es ihr von den Augen. Brandon war nervös! Genauso wie sie, und das konnte eigentlich nur heißen … Ihr Herz flatterte aufgeregt in ihrer Brust.

»Brandon.« Anne legte ihre Hand auf seinen Unterarm. Seine Haut war warm und weich. Es fühlte sich großartig an, ihn zu berühren.

Er legte die Grillzange auf die Ablage. Langsam drehte er sich Anne zu, sodass sie einander in die Augen blicken konnten. »Du machst mich irgendwie nervös«, gestand er. »Positiv, meine ich.«

Anne lächelte. »Und du mich erst.« Sie stellte sich auf die Zehenspitzen und küsste ihn. Ein kurzer Kuss mit geschlossenen Lippen. Mit hochroten Wangen, aber auch einem Gefühl von Erleichterung und Aufregung zugleich, machte sie einen kleinen Schritt zurück, um Brandon Raum zu geben, auf den überraschenden Kuss von ihr zu reagieren.

»Oh!«, sagte er.

Anne wusste nicht, wie sie dieses *Oh!* deuten sollte. Sie schlug sich die Hände vor den Mund und senkte ihren Blick. Beschämt sah sie schräg zu Brandon auf und murmelte in ihre Fäuste: »Sorry, aber ich musste das tun, das wollte ich schon immer.«

Brandons volle Lippen, die sich beim Küssen so weich angefühlt hatten, verzogen sich zu einem Lächeln. Als er seine Selbstsicherheit zurückgewonnen hatte, umfasste er Annes Handgelenke. »Komm her.« Er zog sie dicht an sich heran. Dann ließ er sie los, legte ihr eine Hand in den Nacken und die andere um die Hüfte. Langsam senkte er seinen Mund auf den ihren herab. Als seine Zunge sanft an ihre Lippen drängte, öffnete Anne sie, um ihn einzulassen.

Sanft umspielte seine Zunge die ihre.

Anne hatte das Gefühl, in einer Achterbahn zu sitzen, die steil abwärtsfuhr. Ihr Magen flatterte wie ein Schmetterling im Frühling, ihre Knie wurden weich. Brandons Kuss war warm und zärtlich. Sie wünschte sich, er würde niemals enden. Sie ließ sich einfach fallen, dachte an nichts, bis ihr ein verbrannter Geruch in die Nase stieg. Auch Brandon roch es. Zeitgleich lösten sie sich voneinander.

»Die Würstchen!«, rief Anne.

Brandon griff nach der Grillzange und rettete die bereits angekohlten Stücke auf einen Teller.

»Du hast den Grillmeister ganz schön abgelenkt«, stichelte er.

»Hey, du warst nicht ganz unschuldig«, beschwerte Anne sich halbherzig.

Das Essen wurde zu einem gemütlichen Beisammensein. Sie redeten über Vergangenes, die Gegenwart und Träume für ihre Zukunft. Brandon brachte Anne oft zum Lachen und konnte dann von einem Moment auf den anderen wieder sehr ernst sein. Anne gefiel diese Mischung. Je mehr Zeit verging, umso mehr schwoll ihr das Herz in der Brust an, als wolle es herausbrechen, um Brandon selbst umarmen zu können. Als es kühler wurde, setzten sie sich ins Wohnzimmer.

»Wann musst du zu Hause sein?«, fragte Anne.

»Willst du mich loswerden?«, konterte Brandon.

»Nein, überhaupt nicht.« Sie beugte sich vor und küsste ihn. »Am liebsten würde ich dich für immer hierbehalten.«

28. Kapitel

Es war kurz vor Mitternacht, als Brandon sich von Anne mit einer Umarmung und einem innigen Kuss verabschiedete. Ein Teil von ihr wünschte sich, er würde über Nacht bleiben, während der vernünftige Teil dazu riet, nichts zu überstürzen. Brandon schien es ähnlich zu gehen. Während einer Stunde lang sagte er mehrere Male: »Ich sollte gehen«, küsste Anne und blieb.

Nun aber ging er wirklich. Anne sah ihm hinterher. Kurz bevor er um eine Hausecke verschwand, drehte er sich nochmals um und hob die Hand zum Abschied. Er stand direkt unter einer Straßenlaterne, sodass Anne sein Lächeln erkennen konnte. Ein Lächeln, das ihr Herz wärmte. Sie erwiderte den Abschiedsgruß, ehe sie hineinging. Einen Moment lehnte sie sich an die Innenseite der Tür, atmete tief durch und ließ die Gefühle, die aufkamen, einfach durch ihren Körper fließen. Freude, Glück und Sehnsucht füllten sie aus und entlockten ihr einen entzückten Aufschrei der Freude.

»Brandon ist in mich verliebt«, flüsterte sie und schlug die Hände vors Gesicht. »Er ist in mich verliebt«, wiederholte sie und lachte, bis ihr unerwartet Tränen in die Augen schossen. Tränen, die sie nicht sofort einordnen konnte. Schließlich begriff sie, dass endlich ein Traum in Erfüllung gegangen war, aber zeitgleich mit der Krankheit ihrer Mutter ein Albtraum begonnen hatte, und dann war da noch Auryn.

Anne wischte sich entschlossen die Tränen aus dem Gesicht. Mit festen Schritten eilte sie die Stufen zu ihrem Zimmer hoch. Das Amulett hatte sich in Innogens Hand aufgelöst, trotzdem trat sie an den Spiegel heran, erfüllt von Hoffnung. So kalt konnte die Hexe einfach nicht sein. Also rief sie nach Auryn und klopfte mit wachsender Verzweiflung gegen den Spiegel, bis das Glas erzitterte und sie befürchten musste, es zu zerschlagen. Dann begann sie, nach Innogen zu rufen. »So kann es nicht enden! Bitte, lass mich mit Auryn sprechen.«

Nichts geschah. Anne lehnte die Stirn gegen den Spiegel und brach erneut in Tränen aus. Der Gedanke, dass Auryn noch als Einziger in dem Marmorhaus sein konnte, zog ihr Herz schmerzlich zusammen. Sie wollte ihn erlösen mit ihrem Wunsch, ihn nicht noch schlimmer verdammen, als er es ohnehin schon gewesen war.

Plötzlich fühlte sich der Spiegel kühler an, bis die Kälte sich in Eis verwandelte und die Tränen auf ihrer Wange zu kleinen Eiskristallen wurden. Erschrocken trat sie einen Schritt zurück. Das Eis verschwand, und die glatte Spiegelfläche bewegte sich wie die Oberfläche eines Sees. Plötzlich erschien Auryn.

»Anne!«, rief er erfreut aus.

Sie machte einen raschen Schritt nach vorne und legte eine Hand an die Spiegelfläche. Auryn tat es ihr gleich. Sie spürte seine Berührung durch das Glas hindurch, und doch gab das Material nicht nach.

»Das ist merkwürdig«, murmelte Anne.

»Innogen war hier«, sagte Auryn. »Sie sprach davon, wie sehr sie dich und mich ins Herz geschlossen habe.«

Anne krauste die Stirn. »Echt? Sie schien mir in keiner Weise gefühlsduselig.«

»Nun, darauf habe ich sie selbstverständlich auch angesprochen.« Auryn straffte seine Schultern. »Ihre Antwort lautete: Ich bin gerecht.«

»Gerecht?«, echote Anne.

Ein mildes Lächeln zeigte sich auf Auryns Gesicht. Ein Lächeln, das Anne nicht nachvollziehen konnte. »Wie kannst du so ruhig bleiben?«

Er zuckte mit den Schultern. »Keine Ahnung.« Wie beim Ausknipsen einer Lampe, so verschwand das Lächeln wieder von seinem

Antlitz. Er zog die dunklen Augenbrauen nachdenklich zusammen, ehe er antwortete: »Ich fühle mich ruhiger, dir näher, obwohl wir uns wohl nie wieder im gleichen Raum aufhalten werden ...« Er ließ die Worte ausklingen wie Musik, dann forderte er Anne lauter und mit fester Stimme auf: »Erzähl mir etwas.«

»Was?« Verdattert blinzelnd sah sie Auryn an.

»Irgendetwas ...«

Nun war es an Anne, zu lächeln. »Ich habe deinen Rat befolgt.«

Fragend neigte Auryn den Kopf zur Seite.

»Ich habe Brandon geküsst. Und mich auch mit meinem Vater ausgesprochen.« Sie schilderte ihm, was sich zugetragen hatte, und mit jedem Wort, das über ihre Lippen kam, wurde ihr klar, wie viel sich in den letzten Wochen verändert hatte in ihrem Leben und wie sehr diese Ereignisse auf sie selbst Einfluss genommen hatten; die positiven wie auch die negativen. Ja, ihre Mutter war krank und der Ausgang ungewiss, doch Anne begriff auch, dass Kate stark war. Und egal, wie stark ein Mensch war, egal wie alt, irgendwann würde der Zeitpunkt kommen, an dem die Uhr abgelaufen war. Das konnte morgen sein oder erst in ein paar Jahren. Jedem geliebten Menschen in ihrem Leben konnte so etwas zustoßen, auch ihr selbst. Sterblichkeit gehörte zum Leben dazu. Es brachte nichts, sich ihr zu widersetzen, das hatte sie bei Auryn und seiner Familie gesehen. Sie dachte an all die Jahre, in denen die Lockes unter einem Dach gelebt hatten – gemeinsam und doch jeder für sich alleine. Anne erinnerte sich an Avas letzte Worte, die Reue, die darin gelegen hatte, und an den Moment, als die Maske gefallen war und Auryns Schwester ihre wahren Gefühle zeigte: die Liebe zu ihrem Bruder ... Sie realisierte, dass es höchste Zeit gewesen war, sich mit ihrem Vater auszusprechen. Hätte sie es nicht getan, wer wusste schon, ob es ihr nicht irgendwann ähnlich ergangen wäre wie Ava mit Auryn.

Auryn! Zuneigung durchflutete Anne warm wie ein angenehm leichter Sommerregen, der Hoffnung und Klarheit brachte. Sie erkannte, dass sie in den letzten Wochen stärker geworden war, mutiger – dank Auryn.

Als sie ihre Erzählung abschloss, konstatierte sie auch etwas anderes: Sie musste loslassen.

»Anne?!« Auryn blickte auf seine Hände hinunter, die plötzlich funkelten wie Tausende Diamanten.

Anne lächelte breit, während Auryns ganzer Körper zu schimmern begann.

»Ich kann gehen«, hauchte er und erwiderte ihr Lächeln.

Anne nickte. Tränen traten ihr in die Augen. Sie war glücklich und traurig zugleich. »Danke Auryn. Danke für alles.« Ein warmes Glücksgefühl füllte ihren Brustkorb aus, als Auryn in einzelne Edelsteine zerfiel, die emporschwebten und verschwanden.

Epilog

Anne war schrecklich nervös. So nervös, dass sie befürchtete, jeden Augenblick ihr Mittagessen von sich geben zu müssen. Kalter Schweiß brach ihr aus allen Poren. Sie klammerte sich an dem Buch in ihrer Hand fest.

»Bleib ganz ruhig«, flüsterte Brandon ihr zu, und Trish, ihre Agentin, flötete: »Die Leute sind hier, weil sie dein Buch *mögen*.«

Anne nickte. Trotzdem fühlte sie sich nicht besser. Eine fiese Stimme in ihrem Kopf flüsterte aufgedreht: *Das ist die London Book Fair. Davon hast du immer geträumt.*

Ja, das hatte sie wirklich, aber in ihren Träumen war sie immer die Ruhe in Person gewesen. Ihr Herz hatte nicht wie ein Harlekin auf Ecstasy Purzelbäume geschlagen und ihre Zunge nie an ihrem Gaumen festgeklebt.

Die Moderatorin kündigte sie an. Panik ergriff Anne.

»Das war dein Stichwort.« Brandon küsste sie aufmunternd auf die Lippen.

Anne stakste nach vorne, wo sie herzlich von der Moderatorin begrüßt wurde. Nur am Rande nahm sie die Zuschauer wahr. Als sie sich in den weißen Sessel setzte, vor dem ein Mikrofon stand, nahm sie sich kurz Zeit, die Menschen anzuschauen, die lächelnd und erwartungsvoll vor ihr saßen. Anne vermochte nicht zu sagen, wie viele es waren, aber auf jeden Fall eine ganze Menge. Eine überwältigende Menge sogar. Und eine Person stach heraus wie ein Leuchtturm auf einer Klippe: James More. Er lächelte ihr aufmunternd und voller Stolz zu.

Annes Herzschlag beruhigte sich.

»Ich danke Ihnen, dass Sie erschienen sind, um mir zuzuhören, wie ich aus meinem Debütroman vorlese.« Anne lächelte. »Wie einige von Ihnen vielleicht schon wissen, ist *Das Marmorhaus* eine besondere Geschichte. Ich habe sie angefangen zu schreiben, als bei meiner Mutter Leukämie diagnostiziert wurde, und beendet habe ich sie an ihrem Krankenbett, als sie im Sterben lag – kurz nach der Knochenmarktransplantation. Sie war vierzehn Tage umgeben von einer Art Plastikzelt. Ich fühlte mich ihr unglaublich fern. Deshalb habe ich wohl begonnen, ihr aus meinem Manuskript vorzulesen, aber auch, um ihr die Zeit etwas zu vertreiben und weil sie es gewünscht hat.« Anne machte eine Sprechpause. Die Erinnerungen drohten sie zu überwältigen. Tränen traten ihr in die Augen, die sie schnell wegblinzelte. Sie sah, dass es den Zuschauern ähnlich ging wie ihr. Einige lächelten gerührt. Eine Frau vorne nickte ihr aufmunternd zu.

»Die Zeit nach der Transplantation war eine Zeit voller Hoffnung. Meine Mum konnte Weihnachten zu Hause feiern. Ich legte die Geschichte zur Seite, wusste nicht weiter. Dann kam der erste Rückschlag. Aufs und Abs folgten aufeinander fast so schnell wie ein Schlagabtausch im Tennis.« Sie griff nach dem Glas Wasser, das auf einem Beistelltischchen stand. Ihre Hand zitterte ein wenig, als sie es an die Lippen führte. »Als klar wurde, dass sie nie wieder nach Hause kann«, fuhr sie fort, »da brach eine Welt zusammen. Und trotzdem, irgendwie schaffte es meine Mutter, ihren trockenen Humor nicht zu verlieren. Ich kann mich noch sehr gut daran erinnern, wie sie sich beschwert hat, immer dasselbe Gesicht sehen zu müssen. Sie meinte damit ihre Schwester Jane, die keinen Tag von ihrer Seite gewichen ist.«

Das Publikum lachte, Anne lachte ebenfalls. Obwohl sie stets Bedenken gehabt hatte, über die Krankheit und den Tod ihrer Mutter in der Öffentlichkeit zu sprechen, so erstaunlich richtig fühlte es sich nun an, es doch zu tun. Trish hatte darauf gedrängt. »Tu es, das sind die Geschichten hinter den Geschichten, welche die Leser hören wollen.«

Anne hatte die Aussage ihrer Agentin nicht gefallen. Es klang so reißerisch. Doch jetzt, wo sie ihren Blick schweifen ließ und in die Gesichter der Menschen vor sich sah, erkannte sie bei dem einen oder anderen Traurigkeit und Mitgefühl.

Ich bin nicht die Einzige, die einen geliebten Menschen verloren hat, stellte sie fest.

»Als ich meiner Mutter den Schluss vorlas, sagte sie zu mir: *Ich will ein Happy End.* Ich erwiderte: *Mir ist aber nicht danach.* Worauf sie augenzwinkernd meinte: *So, wie das Ende jetzt ist, möchte ich mich am liebsten aus dem Fenster stürzen. Leider fehlt mir die Kraft dazu.*«

Wieder brachte Anne die Anwesenden zum Lachen. »Ich sagte ihr, ich wüsste nicht, wie ich ein glückliches Ende hinkriegen soll, und darauf meinte sie zuversichtlich: *Es wird dir schon noch etwas einfallen. Lass einfach die Hoffnung in deinem Herzen nicht erlöschen.*« Sie musste kurz innehalten, um erneut gegen aufsteigende Tränen anzukämpfen. Zwei Jahre war es nun her, seit ihre Mutter gestorben war, und trotzdem fühlte es sich noch an, als wären erst wenige Tage vergangen.

»Wer *Das Marmorhaus* schon gelesen hat, der weiß, dass ich den Wunsch meiner Mutter doch noch erfüllen konnte. Leider konnte ich es ihr nicht mehr vortragen, deshalb widme ich ihr den heutigen Tag und hoffe, sie kann mithören.«

Anne schlug das Buch auf und begann, Auryns Geschichte vorzulesen.

ENDE

Danksagung

*H*erzlichen Dank, dass Sie/Du (suchen Sie sich aus, was Ihnen lieber ist) mein Buch gekauft haben. »Das Marmorhaus« ist ein besonderer Roman – zumindest für mich. Er ist persönlich (auch meine Mutter ist an Krebs gestorben) und irgendwie auch wieder nicht …

Während der Roman bei meiner Lektorin war, habe ich den letzten Brief meiner Mutter gefunden, den sie an meinen Bruder und mich geschrieben hat, und überraschenderweise gleichen sich ihre Worte mit der Botschaft von Auryn an Anne. *Lebt wohl, meine Kinder. Jetzt lebt euer Leben! Genießt jede Minute im Hier und Jetzt. Das Jetzt! So wie damals beim Spielen, als ihr Dörfer bautet.*

Ich glaube, wir hätten mehr Zeit zur Verfügung, wenn wir wieder so leben würden, aber ich ertappe mich selbst immer wieder dabei, wie ich an morgen denke …

Mein Dank geht an meinen Vater, der – Gott sei Dank – kein James More ist. Er glaubt immer an mich, dafür bin ich ihm sehr dankbar.

Ich danke Monika und Michèle, dass ihr da wart.

Großen Dank möchte ich Daniela und Sabine aussprechen, die beide kein Blatt vor den Mund genommen und »Das Marmorhaus« auf Herz und Nieren geprüft haben. Ganz herzlich danke ich auch Wolma für ihre sorgfältige Arbeit.

Einen lieben Dank sende ich Sabine und Virginia für ihre wertvolle Arbeit am Klappentext.

Ein großes herzliches Dankeschön an meine beiden Korrekturleserinnen Eva und Gabriela – ihr seid die Besten!

Ein liebes Dankeschön an Olinto, der mir immer mit Rat und Tat zur Seite steht.

Ich danke meinem kleinen, aber feinen Fankreis auf Facebook, der mir immer wieder mal hilft, wenn ich Fragen habe. Zum Beispiel, was ein Junge zum Grillen mitbringen würde, wenn er ein Mädchen beeindrucken will. Ich habe viele tolle Vorschläge erhalten – dafür danke ich euch allen herzlich. Am Ende habe ich mich für Daniels Rezept entschieden – vielen Dank, Dani! Auch als es darum ging, einen Namen für Brandons Katze zu finden, weil mir einfach kein gescheiter einfiel, bekam ich viele großartige Ideen unterbreitet (herzlichen Dank euch allen). Deborah schlug Harold vor. Danke Deborah.

Brandons Rezept

(von Daniel Schmid)

Schweinsschnitzel mit Minze für 2 Personen

Zutaten:

2 Schweineschnitzel (schmeckt auch mit Tofu gut)
2 EL Brandy
3 EL Olivenöl
1 EL Honig
1 EL Senf
2 kleine getrocknete Tomaten (zerhackt)
1 Handvoll frische Pfefferminze (zerhackt)
2 bis 3 Blätter Basilikum (zerhackt)
1 Prise Salz
Etwas Pfeffer

Alle Zutaten miteinander in einer Schüssel vermengen. Das Fleisch mit der Marinade gut einmassieren. Danach ca. 48 Stunden kühl stellen. Das Fleisch 2 Stunden vor dem Grillen aus dem Kühlschrank nehmen.

Die Autorin

Andrea Schneeberger schreibt bereits seit ihrer Grundschulzeit, als sie gerade einen Stift in der Hand halten konnte. Bis heute ist die Liebe zur Literatur geblieben: Die gebürtige Luzernerin hat bisher sieben Romane und unzählige Kurzgeschichten veröffentlicht. Wenn sie nicht gerade schreibt, arbeitet die gelernte Kauffrau und Marketingfachfrau bei einer NPO oder entspannt beim Reisen, Zeichnen oder Joggen in der freien Natur.

Ein besonderes Anliegen ist der Autorin das Gespräch mit ihren jugendlichen Lesern, sodass sie regelmäßig Lesungen an Schweizer Schulen abhält. Dort sind ihre Texte aus dem Genre Young Adult gefragt: Fantasy-Fans sind immer wieder aufs Neue fasziniert von den dunklen Welten, die Andrea Schneeberger mit ihren Geschichten erschafft: Oft sind die Protagonisten Mittler zwischen Gut und Böse und der zwielichtige, aber charmante Vampir hat eigentlich ein gutes Herz.

andrea-schneeberger.ch

Im Tempus Logus Verlag erschienen

Seit sie denken kann, fühlt sich die 17-jährige Tallulah von der Nacht angezogen: Wenn es dunkel wird, schlendert sie durch den Park oder besucht die Spätvorstellung im Kino – heimlich natürlich, denn ihr überfürsorglicher Vater würde das niemals erlauben: Vielleicht zurecht, denn eines nachts wird sie auf einem solchen Streifzug überfallen und erst in letzter Sekunde vom geheimnisvollen Zacharias Leopold gerettet, der behauptet, ein Vampyyri zu sein.

Trotz seiner kauzigen Art ist er Tallulah sympathisch, doch ein Widersehen ist ausgeschlossen, wie er sagt – schliesslich sei sie eine der verfeindeten Yövaeltaja.

Kein Mann ist der schönen und verwöhnten Prinzessin Alina gut genug, sehr zum Unmut ihres Vaters. Dieser verheiratet sie in seiner Verärgerung an einen mittellosen Spielmann, den er für mutig genug hält, mit seiner widerspenstigen Tochter umzugehen.

Und so muss Alina die Geborgenheit des Schlosses verlassen – an der Seite eines Mannes, den sie unausstehlich findet, um zu lernen, wer sie ist und was ihr wirklich etwas bedeutet im Leben.

Nach dem plötzlichen Tod ihres Vaters wachsen die Geschwister Johannes und Julia bei ihrer Stiefmutter und deren Tochter auf. Die innige Beziehung der Geschwister ist der eifersüchtigen Violetta ein Dorn im Auge und sie versucht mit einer Lüge, Johannes für sich zu gewinnen. Aber ihr Plan scheitert. Sie zieht den Zorn ihrer Mutter auf sich, die Johannes in ein Reh verwandelt und die Jugendlichen fortjagt. Brüderchen und Schwesterchen finden zwar im Wald Zuflucht, aber sie ahnen nicht, wie weit Violetta gehen würde, um Johannes zu besitzen.

Können Brüderchen und Schwesterchen der skrupellosen Violetta entkommen und den Fluch brechen? Ein mitreissendes Märchen über die zerstörerische Kraft und die heilsame Macht der Liebe.

Alma lebt mit ihrer Familie in dem kleinen Bündner Bergdorf
Affeier. Das Leben in den 30er Jahren ist nicht immer einfach.
Alma ist klein und schmächtig. Doch jeder der sie kennt, weiss
was in ihr steckt. Sie ist ein Kind der Berge, wild und zäh wie die
Natur, frei wie der Wind, stark und ausdauernd wie ein Wildbach,
mit dem Kopf voller Flausen.

Andrea Schneeberger

Feuer, Blut und Licht

Seine Eltern hüten ein schreckliches Geheimnis – davon ist der 16-jährige Lestat überzeugt. Als die Familie nach

St. Méen in der Schweiz zieht, freundet er sich mit dem draufgängerischen Marcel an und lernt die scheue, aber faszinierende Malin kennen. Gemeinsam wollen sie das Geheimnis von Lestats Eltern aufdecken und stoßen dabei auf ein mysteriöses Amulett, das Lestat gefährlich wird …